시나몬 • 아이스크림

# 시나몬 아이스크림

**1판 1쇄 찍음** 2018년 12월 20일
**1판 1쇄 펴냄** 2018년 12월 28일

**지은이** | 김지운
**펴낸이** | 고운숙
**펴낸곳** | 봄 미디어

**기획·편집** | 김민지, 김지우
**표지 디자인** | 우물

**출판등록** | 2014년 08월 25일 (제387-2014-000040호)
**주소** | 경기도 부천시 길주로 64, 1303(굿모닝 오피스텔)
**영업부** | 070-5015-0818 **편집부** | 070-5015-0817 **팩스** | 032-712-2815
**E-mail** | bommedia@naver.com
**소식창** | http://blog.naver.com/bommedia

## 값 9,000원

ISBN 979-11-5810-630-0 03810

# Cinnamon on ice cream

## 시나몬 아이스크림

김지운

장편 소설

contents!

chapter 1

아이스 ＊＊＊＊＊＊＊＊＊＊ 크림

산으로 드는 길 초입에 차를 세웠다.

목적지는 산 중턱의 산장. 산 아래의 마을에서 산길을 따라 한 시간쯤 걸어 오르면 나타난다고 했다. 차창 너머로 보이는 길은 시작부터 제법 가팔랐다.

국은 트렁크에서 운동화를 꺼냈다. 짙은 색 슈트에 흰 운동화만 튀었다. 갑작스런 지시에 등산복 따위를 준비할 새도 없었다.

마을을 등지고 산으로 접어들었다. 입춘이야 지났다 해도 아직은 해가 짧아 어두워지기 전에 산을 내려오려면 서둘러야 했다.

때때로 코트 자락이 나뭇가지에 걸렸다. 땀도 나고 거추장스러워 코트를 벗어들고 걸었다.

돌연 완만해지는 길 안쪽에 고즈넉한 집 한 채가 눈에 띄었다.

국은 손목시계를 확인했다. 출발한 시각으로부터 50분이 지났다. 걸음을 재촉했으니 분명 눈앞의 집이 맞을 텐데 아무리 봐도 산장으로는 느껴지지 않았다.

세월의 더께가 확연하게 내려앉은 단층집. 지붕에 초가를 얹고 있어도 어울릴 법한, 산에서 길을 잃고 헤맬 이들에게나 반가울 모습이었다.

산장 이름을 물었을 때 미간을 찌푸리던 이 회장이 떠올랐다. 사람의 이름에 대해서도 마찬가지였다. 며칠 내내 불편하던 이 회장의 심기가 이번 일과 관련돼 있었음을 짐작한 국은 더 묻지 않았다.

이 회장 앞에 '계집아이'를 데려다 놓으면 그만. 결정을 내리게 된 배경이나 관계 같은 것에는 관심 둘 이유도 필요도 없었다. 늘 그러했듯이 묵묵히 지시를 따르면 그만이었다.

국은 마당으로 들어섰다. 대문이랄 것도 따로 없어 문을 두드리는 과정은 생략됐다.

기울어 가는 오후의 햇빛이 깔린 툇마루 끝에 색 바랜 배낭 하나가 오도카니 놓여 있었다.

"계십니까?"

닫혀 있던 방문이 열렸다. 머리가 희끗한 노인이 문가에 앉은 채로 국을 맞았다. 주름지고 여윈 얼굴에 눈빛만이 형형했다.

국은 몸을 숙여 인사했다.

노인은 국에게 누구냐고 묻지 않았다. 덤덤한 표정으로 국을 바라보았다. 올 것을 알고 있었다는 듯, 또는 기다리고 있었다는 듯이.

"이 회장님 댁에서 왔습니다."

확인차 말하자 노인이 희미하게 끄덕였다.

국은 노인에게 명함을 건넬까 하다 그만두었다.

이 회장의 지시는 단 하나. 이곳에 살고 있는 사람에 관해서는 그 어떤 언급도 없었다.

여기에 연결 고리를 남겨 두어야 했다면 그것과 관련한 언질 또한 있었을 터였다.

"좀 앉으시오."

노인의 시선이 가 닿은 마당 가장자리, 빈 평상 위가 깔끔했다. 매일 누군가의 바지런한 손길이 스쳤을 것 같았다.

국은 그 자리에 그대로 서 있었다. 어차피 오래 머물 생각은 없었다.

"제 아버지 묘에 올라갔소."

그러니 좀 기다려야 된다는 말이었다.

국은 침착하게 대답했다.

"네."

"누이는 건강하신가?"

'누이'가 누구를 지칭하는지 생각하는 사이, 노인이 답을 주었다.

"그쪽이 이 회장이라 부르는 사람 말이요."

"네, 건강하십니다."

"다행이오."

"……."

"누이와는 어찌 되시오? 손녀만 하나라고 들었는데. 혹시 사위인……."

국은 노인의 말을 자르며 대답했다.

"아닙니다. 저는 회장님 비섭니다."

"누이가 이런 일까지 시킨 걸 보니, 신임이 꽤나 두터운 모양이오."

딱히 대꾸할 말이 마땅찮아 그냥 있었다.

"젊은 사람이 대견하오. 그 성정 받들기가 쉽지 않을 터인데."

이 회장을 누이라고 칭하는 노인. 게다가 까다로운 성정까지 알고 있는 저 사람. 대체 누굴까.

궁금증이 솟구쳤으나 내색하지 않았다. 가슴속에 든 온갖 감정들을 차갑게 얼리는 습관이 몸에 밴 지 오래였다. 이 회장에게서 배운 면도 있지만, 그보다는 타고난 성품 탓이 더 컸다.

"밥은 먹었소?"

끼니때가 아니라 애매했지만 짧게 답했다.

"네."

"우리 아이가 엊저녁부터 아무것도 먹질 못했소. 가는 길에 억지로라도 뭘 좀 먹여 주면."

울컥한 듯 노인이 말을 급히 끊었다가 다시 이었다.

"그쪽이 시장하다 하면 매몰차게 무시하지는 못할 녀석이요. 그렇게라도 같이 한술 뜨게 해 주면 좋겠소만."

"네, 그러겠습니다."

국의 정중한 대답에 노인이 턱을 끄덕였다.

침묵이 고인 자리에 바람이 한차례 지나갔다. 바람결이 제법 맵싸했다. 등허리에 남은 땀이 식으며 한기가 들었다. 국은 팔에 걸쳐 들고 있던 코트를 입었다.

"이름이 뭐요?"

노인이 물었다.

"도국, 입니다."

"외자요?"

"네."

"몇 살이나 되었소?"

"서른넷입니다."

"찬란한 나이요."

지금껏 국은 자신의 어떤 나이에다가도 찬란함을 덧대어 생각해 본 적이 없었다.

노인의 상념에서 흘러나온 혼잣말일 수도 있을 것이므로 국은 침묵했다.

"비서라면, 혹 누이 집에서 기거하오?"

이 회장의 집은 소규모 수목원을 방불케 하는 정원과 여러

13

채의 한옥들을 한데 거느리고 있는 대저택이다. 그중 대문에서 가까운 별채에 도우미 아주머니와 이 회장의 기사가 거주한다.

국의 방도 별채에 따로 마련되어 있었지만 주로 안채에서 머물렀다. 물론 이 회장의 지근거리였다. 안채는 저택에서 가장 넓었다.

"네."

"잘되었소."

무엇이 잘되었다는 것인지 얼른 맥락을 이해하지 못한 국은 노인을 건너다만 보았다.

"우리 아이가 낯선 곳에서 적응하기 힘들 터인데, 여기서부터 동행한 사람이 한집에서 지낸다니 말이오."

한집에서 지낸다? 그렇다면 저 노인의 핏줄을 이 회장이 거두기라도 한다는 건가? 왜?

너무도 뜻밖이라 국은 가까스로 대꾸했다.

"……네."

"그나마 우리 아이한테는 그쪽이 있어 그곳이 덜 낯설지 않겠소?"

과연 그럴까.

천성이 상냥하거나 친절하지도 않을 뿐더러, 낯설기로도 별반 차이는 없을 터. 한 조각의 희망에 기대려는 노인의 마음이 불편했지만 겉으로 드러내지는 않았다.

"이제 곧 들어올 거요."

노인의 말에 국은 바깥으로 고개를 틀었다. 바람 소리만 낮게 수런거릴 뿐 어디에도 사람 기척은 없었다.

"우리 아이를 잘 부탁하오."

섣부른 희망에 뒤이은 당부가 무거워 선뜻 대답하기 어려웠다.

묵묵히 지켜 선 사이 노인이 방문을 닫아걸었다. 조용해진 마당으로 누군가가 걸어 들어왔다. 눈앞에 나타난 '우리 아이'는 국이 짐작했던 꼬맹이가 아니었다. 스무 살 남짓, 소녀와 여자의 경계가 애매한 여자애였다.

치렁치렁한 원피스 위에 손뜨개로 짠 듯 두툼한 카디건. 아무렇게나 흘러내린 연갈색의 긴 머리칼. 집시 소녀 같았다. 양말 위로 설핏 드러난 발목이 희었다.

국을 빤히 쳐다보던 여자애가 물어왔다.

"아저씨예요?"

단정하면서도 고집이 깃든 목소리였다.

대답 대신 국은 여자애 앞으로 몇 걸음 다가섰다. 여자애가 그리 적지 않은 키임에도 국하고는 한 뼘 넘게 차이가 졌다. 국의 키가 유난히 큰 까닭이었다.

가까이에서 내려다본 여자애의 얼굴이 살짝 특이했다. 유난히 투명한 피부 톤. 머리칼과 같은 색깔의 눈동자. 윗대 어디쯤에 외국인의 피가 섞여 있을 거란 추측이 스쳐 갔다.

여자애가 다시 물었다.

"서울로 나 데려갈 사람, 아저씨예요?"

그래, 하고 답할 뻔했다.

"네."

"우리 할아버지랑은 대화 다 끝나셨겠네요."

"네."

"그럼 가요."

단호하게 말하고는 여자애가 툇마루로 걸어가 배낭을 집어 들었다. 국이 배낭을 받아 들려 하자 내치듯 재빨리 제 등에 멨다.

굳게 닫힌 방문을 향해 뭐든 한마디쯤 남길 줄 알았다. 그러나 여자애는 그냥 돌아섰다. 꾹 다문 입술이 화를 참고 있는 것처럼 느껴졌다.

방 안에서도 아무런 기척이 없었다. 할아버지와 손녀 사이에 눈물 바람이 한차례 오갈 줄 알았건만. 해괴한 이별이라고 생각했다.

"그게 답니까?"

국의 물음에 여자애가 도전적으로 내쏘았다.

"뭐가요?"

"짐이 단출해서."

"그럼 뭐 집이라도 떼메고 가야 돼요?"

표정이나 어투로 봐서 웃자고 하는 말은 아니었다. 혹여 그렇다 해도 웃음을 내비칠 국도 아니었지만.

국은 닫힌 방문을 향해 몸을 숙이며 인사했다.

"안녕히 계십시오."

노인에게서는 답이 없었다. 손녀한테 울음 섞인 음성을 들키기 싫어서일지도 모른다는 생각이 들었다.

여자애는 날다람쥐처럼 날렵했다. 국을 따돌리기라도 하듯 재바르게 앞서가다, 간혹 뭔가가 생각난 듯 뚝 멈춰 서서는 뒤돌아보곤 했다. 국과 거리가 좁혀졌다 싶으면 다시금 혹 멀어졌다. 마치 약이라도 올리려는 듯했다.

그러거나 말거나 국은 일정한 속도를 유지했다. 여자애한테 말을 건네지도 않았다.

사실 좀 피곤했다. 예상되는 변화 때문이었다. 국은 변화가 싫었다. 보육원에서 살던 어릴 때부터 그랬다. 변화는 언제나 불안과 균열을 동반했다.

노인의 말대로 저 여자애를 한집에 둘 것인지, 그렇다면 이유는 무엇인지, 이 회장의 의중이 궁금했다.

산을 내려와 차에 이르렀을 땐 해가 산기슭에 간신히 걸려 있었다. 낮은 산허리에 엷은 노을이 번지기 시작했다.

여자애가 낯선 물건 보듯 차를 바라보았다. 조수석 문을 열어 주자 여자애가 배낭을 내려들고 차에 올랐다.

운전석에 오른 국은 시동을 걸고 잠시 기다렸다. 여자애한테 시간을 주려는 것이었다.

지금이라도 마음을 바꿀 시간을. 차 문을 열고 뛰쳐나가 버릴 틈을.

만약 여자애가 그렇게 한다면, 국은 이 회장에게 거짓말을 할 셈이었다. 그 아이가 손 쓸 새도 없이 달아나 버렸다고. 감쪽같이 숨어 버려 도무지 찾을 수가 없었다고.

여자애가 몰고 올 변화보다는 잠시 이 회장의 분노를 견디는 편이 나을 것이었다.

그러나 여자애는 차에 그대로 머물렀다. 두 손으로 배낭을 힘껏 그러쥐고서 차창 너머만 내어다 보았다. 옆으로 비튼 목의 각도가 위태로워 보였다.

"출발합니다."

아무런 대꾸도 없었다. 시선은 여전히 차창 너머에만 매달려 있었다. 논밭 저편 마을에 드문드문 앉은 집들이 작고 멀었다.

국은 차를 출발시켰다.

"용서 안 해."

문득 여자애가 중얼거렸다. 다부지면서도 어딘가 애조 어린 목소리였다. 그래서인지 귀에 익은 노랫말처럼도 들렸다.

차가 마을을 거의 벗어날 무렵, 국은 백미러 속에 든 사람을 발견했다. 여자애 또래의 남자애가 팔을 휘두르며 차를 따라 뛰어오고 있었다. 여자애는 모르는 눈치였으므로 굳이 일러 주진 않았다.

울퉁불퉁한 비포장도로를 버리고 국도로 올라섰다. 마을과 산이 완벽히 뒤로 물러났다. 멀리에 뒤처진 채로도 끈질기게 달려오는 남자애가 보였다.

국은 차의 속력을 높였다.

"어떤 사람이에요?"

국은 맞은편에 앉은 여자애를 반문하듯 건너다보았다. 더운 김이 피어오르는 우동 그릇을 앞에 둔 채로 여자애가 덧붙였다.

"할머니요."

할머니라면 이 회장을 말하는 것인가. 이 회장이 어떤 사람인지 여자애한테 한마디로 설명할 수 있을까?

없다. 설명해야 할 의무 또한 없었다.

"먹어요."

쓸데없는 질문 말고 어서 먹기나 하란 소리였다. 숟가락을 들고 우동 국물을 뜨는데, 여자애가 또 물었다.

"아저씨는 누구예요?"

누구건 너와는 상관없는 일. 국은 대답하지 않았다.

"할머니 아들이에요?"

"아닙니다."

"손자?"

"아닙니다."

"그럼 뭔데요?"

집요한 물음이 성가셨다. 노인의 부탁대로 여자애에게 밥을 먹이기 위해 들른 휴게소였다. 여자애가 고른 우동을 함께 시킨 것뿐 식욕은 조금도 없었다.

"친척이에요?"

"비섭니다."

"비서요? 커다란 회사의 대장쯤 되나 봐요? 할머니 말예요."

자산 규모가 어마어마하지만 회사라고는 할 수 없다. 하지만 대장이라는 표현이 영 틀린 말도 아니어서 정정하진 않았다. 국은 못 들은 척 우동 국물만 한술 떴다.

"만약에 대장한테 나를 데리고 가지 못하면 어떻게 되는데요?"

국은 고개를 들었다. 자신을 보고 있는 여자애의 눈빛이 쨍했다. 얼음장에 반사된 빛의 조각처럼.

"그럴 일은 없을 겁니다."

"어째서요?"

"그럴 셈이었다면 애초에 나를 따라나서지도 않았을 테니까."

"도중에 마음이 바뀔 수도 있죠. 아저씨가 나한테 이상한 짓을 하려고 해서 도망쳤다고 하면 어쩔 건데요?"

맹랑한 소릴 입에 담고도 여자애의 눈빛은 그대로였다. 국은 그 눈빛을 피하지 않고 마주 보았다. 잠시 버티던 여자애가 항의하듯 물었다.

"왜 그런 눈으로 봐요?"

어떤 눈인지 되레 여자애에게 묻고 싶었다. 기쁨인지, 슬픔인지, 아픔인지, 괴로움인지, 다른 그 무엇인지 도무지 알 수 없는 눈이라고, 이 여자애도 대답할까.

"그런 황당한 핑계는 믿지 않으실 겁니다."

"친척 맞구나."

자꾸만 들이대는 친척 타령이 짜증스러웠다. 이 회장하고는 피 한 방울 섞이지 않은 남남이다.

어려서는, 그러니까 열두어 살 때만 해도 행여나 하는 생각을 품은 적이 있었다. 이따금 보육원에 들르는 이 회장이 친척 어른이었으면 좋겠다고 생각했었다.

하지만 어린 국은 스스로를 약해지게 만드는 그 바람을 힘껏 떨쳐 버리곤 했다.

"아닙니다, 친척."

"고모할머니래서, 아저씨도 나랑 먼 친척쯤 되는 줄 알았어요."

일순 머리가 띵해졌다.

"고모, 할머니?"

"나 데려오라는 그분, 나한테는 고모할머니라던데요. 비서 아저씨는 몰랐어요?"

그게 사실이라면, 몰랐다. 여자애가 잘못 알고 있는 거라면, 그 배경을 알아야겠지만. 지금으로선 뭐라 할 말이 없었다.

"먹어요, 어서."

"안 먹을래요."

국은 식판 위에 숟가락을 내려놓았다. 망설임 없이 우동을 가리킬 땐 언제고 이제 와 안 먹겠다고 뻗대다니. 안 그래도 없던 식욕이 싹 달아났다.

얼른 서울로 달려가 이 회장의 심중을 읽고 싶은 마음뿐이었다. 여자애를 데려오라는 명령의 진의가 무엇인지 파악하지 않고는 먹어 봐야 소화도 안 될 듯싶었다.

"그럼 일어나요."

여자애는 따라 일어서지 않았다. 국을 빤히 올려다보다가 젓가락을 집어 들고는 마지못해 우동을 먹기 시작했다. 청개구리가 따로 없었다.

국은 여자애를 두고 식당을 나왔다. 바깥엔 밤안개가 자욱했다. 휴게소로 들어서는 차량과 빠져나가는 차량들이 제 형체를 잃고 모두 흐릿했다.

이럴 때 담배라도 피워 물면 어정쩡한 시간을 때우기 적당하겠지만, 국은 담배를 배우지 않았다. 무엇에든 중독되는 건 질색이었다. 사춘기 때부터 그랬다.

담배 한 개비를 피울 만큼의 시간이 흐른 뒤 식당 쪽으로 고개를 돌렸다. 유리문 저편, 여자애가 있어야 할 자리가 비었다. 국은 재빨리 움직였다.

식당 안 어디에서도 여자애의 모습을 찾을 수 없었다. 감쪽같이 사라져 버렸다.

눈을 떼지 않았어야 했건만, 방심했다. '고모할머니'라던 여자애의 언급 때문이다. 혈연관계라면 빚 때문에 잡혀가는 게 아닐 테니 달아날 염려도 없다고 생각했던 거다.

국은 자신의 섣부른 판단이 못마땅했다. 여자애의 얄팍한 거짓말에 보기 좋게 당한 꼴이었다. 생각보다 훨씬 더 잔망스러운 녀석일지도 몰랐다.

여자애를 찾는 국의 시선과 걸음걸음이 날카로웠다. 어차피 멀리 가진 못했을 것이었다. 차가 없으니 고속도로 쪽으론 나가지도 못할 터였다.

예상이 맞았다. 기다란 휴게소 건물 끝자락의 자판기 옆에 여자애가 있었다. 뒷모습이었으나 발목까지 치렁거리는 원피스를 보고 정확히 알아챘다.

달려가 뒷덜미를 잡아채려던 국은 멈칫 그 자리에 섰다. 여자애가 허리를 꺾은 채 토하고 있었다.

잠시 지켜보다 가까이 다가갔다. 바닥에 방금 먹은 우동 가락이 선명했다. 미처 다 토해 내지 못한 듯 여자애가 끅끅 힘겨운 숨을 내뱉었다.

국은 여자애의 굽은 등을 두드렸다. 두 번, 세 번, 그리고도 여러 번.

"아파요."

여자애가 말했다. 물기는 없지만 특유의 고집이 묻은 목소리였다.

손길을 거두자 여자애가 몸을 일으켰다. 얼굴이 해쓱했다. 엉클어진 머리칼이 바람결에 여리게 흔들렸다. 지금으로선 도망칠 기운조차 없어 보였다.

손을 씻고 입을 헹구어 내도록 여자애를 화장실로 데려다준 뒤, 편의점에서 비닐 봉투와 일회용 장갑을 사 왔다. 토사물을 쓸어 담고 있는데 등 뒤에서 여자애 목소리가 건너왔다.

"제가 치우려고 했는데. 죄송해요."

국은 묵묵히 할 일을 계속했다. 말끔히 정리를 마친 다음 손을 씻고 나오니, 화장실 바로 앞에서 여자애가 기다리고 서 있었다. 한결 가뿐해진 얼굴로 여자애가 말했다.

"억지로 먹어서 탈난 거예요."

"억지로 먹으라고 한 적 없습니다."

"안 먹으면 막 화낼 것 같은 얼굴이었잖아요."

막, 화낼 것 같은?

제멋대로 넘겨짚고 있거나 전혀 모르거나, 둘 중 하나다. 여자애한테든 누구한테든 그럴 일은 없으니까 말이다.

국은 자신의 내면 어딘가에 얼어붙은 강이 존재하는 것만 같았다. 기억하는 한 아주 오래 전부터 그래 왔다. 그 강을 억지로 깨뜨리려 하지도 녹이려 들지도 않았으므로 이 회장이 미더웠다.

"아저씨. 실은 나 도망친 줄 알고 엄청 놀랐죠?"

아무런 대꾸 없이 국은 차 쪽으로 걸음을 뗐다. 여자애도 곁을 따라 걸었다.

"아저씨 몰래 숨으려고 했는데 갑자기 토하는 바람에 실패했어."

국은 여전히 걷기만 했다.

차가 눈앞에 보이자, 여자애가 똑 멈춰 섰다.

"좀 있다 가면 안 돼요?"

"안 됩니다."

여지를 주지 않는 대답에 여자애가 천연스레 되물었다.

"왜 안 되는데요?"

이 회장이 기다리고 있을 터였다. 명령이 순조롭게 이행되고 있다고 보고해야 할 시점이었다.

예상한 시간보다 늦어지면 이 회장이 먼저 전화를 해 올지도 몰랐다. 이 회장의 냉엄한 얼굴이 두렵지는 않았다. 다만 그분의 심기를 어지럽히기 싫었다.

국은 말없이 키를 꺼내 차를 향해 눌렀다. 차가 잠에서 깨어나듯 불빛을 내뿜었다. 차 앞으로 다가서서 조수석 문을 여는 순간, 여자애가 다급히 말했다.

"멀미한단 말이에요."

국은 여자애를 돌아보았다. 배도 아니고 무슨 차멀미를? 앙큼한 거짓말일 거라 생각했다. 도착을 미루기 위해, 또는 성가시게 만들려고 내뱉어 보는 아무 말이거나.

하지만 여자애는 더 말을 보태지 않고 국의 눈빛을 견디며 가만히 서 있었다.

때로는 침묵이 더 많은 것들을 표현하기도 한다. 말하지 못한 것과 숨겨진 이면을 더 잘 설명하는 것은 고요히 버티는 자세일 때도 있는 것이다.

오는 동안 차 안에서 말 한마디 없이 입을 앙다물고 있던 여자애의 모습이 떠올랐다.

저 혼자 멀미를 견디느라 그랬던 걸까. 차멀미를 한다는 게 창피했을까. 멀미 끝에 내키지 않는 식사로 결국 탈이 났던 걸까.

국의 짐작을 떠밀어 버리듯 별안간 여자애가 웃음을 터뜨렸다. 손가락질까지 해가면서 즐겁게 깔깔깔. 여자애의 손가락이 가리키는 곳은 국의 운동화였다.

"뭐예요, 그게? 똑 떨어지는 정장에 하얀 운동화라니. 서울에선 그러고 다니는 게 유행인가 봐요?"

웃고 있는 여자애의 눈가가 반짝였다. 불빛이 없었다면 알아채지 못했을 그 작은 반짝임은 눈물.

거리를 충분히 두었다면 안개가 가려 주었을 테지만, 지금 여자애는 국과 너무도 가까이에 서 있었다.

국은 누군가의 눈물에 마음이 휘둘리는 사람이 아니었다. 여자건 남자건, 보란 듯이 펑펑 서럽게 울고 있다 해도 마찬가지였다. 눈물을 앞세운 애원에 무감한 것은 지금껏 해 온 일로 단련된 까닭도 있지만, 역시 천성 탓이었다.

국의 무심한 눈길을 내치듯 여자애가 고개를 옆으로 돌리고는 눈가를 손등으로 문질렀다. 되돌아온 여자애의 얼굴이 말갰다. 감정의 연약한 부분을 앞세워 호소하는 타입이 아니라는 점에서 이 회장과 일맥상통하는 면이 있었다.

국은 차 문을 잠그고 건너온 길을 되짚어 걸어갔다. 여자애가 바짝 붙어 따라왔다.

사람이 드문 가장자리의 벤치에 앉았다. 여자애도 옆에 앉았다. 국과 두 뼘쯤 틈을 두고서였다.

국은 휴대폰을 꺼내 이 회장에게 연결했다.

—어디냐?

"고속도로 휴게솝니다."

—피곤했던 모양이구나.

내용만 놓고 보면 배려일 수도 있는 말이었다.

그러나 상대방의 처지를 고려해 말하는 건 이 회장의 어법이 아니었다. 곧장 달려오지 않고 태평스레 휴게소에나 들렀느냐는 질책과 다름없었다.

"안개가 심해 걷히기를 기다리는 중입니다."

—아이는?

"같이 있습니다."

—알았다.

이 회장이 전화를 끊었다.

국은 근처의 음료 자판기에서 페트병에 든 보리차를 사서 여자애한테 건넸다.

"아저씨는요?"

대답 없이 벤치에 등을 기댔다. 이 회장 말마따나 좀 피곤했다. 몸이 아니라 마음이. 꼴깍, 보리차 한 모금을 들이키는 소리가 옆에서 났다.

시간이 느리게 지나갔다. 가야 할 길이 남아 있는데 안개는 점점 더 짙어져 갔다.

다시금 여자애의 물음이 뛰어들었다.

"어떤 사람이에요?"

"만나 뵈면 알게 될 겁니다."

"아니, 할머니 말고요."

국은 여자애를 돌아보았다. 여자애의 눈길은 국에게 닿아 있지 않았다. 방금 제가 한 말을 까맣게 잊기라도 한 것처럼 여자애는 눈앞에 펼쳐진 안개만 바라보고 있었다.

밤이 깊어서야 이 회장의 저택에 도착했다.

별채는 이미 캄캄했지만, 정원엔 군데군데 등이 켜져 있었다. 이 회장이 잠을 미루며 기다리고 있다는 뜻이었다. 안채로 이어지는 포석들이 빛을 받아 차갑게 반들거렸다.

"여기가 할머니 집이에요?"

"네."

"박물관 같네요."

한옥이라 예스럽다는 뜻인가. 아니면 시간이 오래도록 멈춰 버린 곳 같다는 뜻인가.

스치는 생각들을 접고 국은 덤덤히 일러 주었다.

"회장님 앞에서 그런 소린 안 하는 게 좋을 겁니다."

"네. 입니다. 습니다. 겁니다."

뜬금없는 어미 나열에 여자애를 돌아보았다.

"아저씨 말투가 매번 그렇잖아요. 대장한테야 비서니까 그런다 치고, 나한테는 왜 그러는 거예요? 아저씨보다 한참, 한참 어린데."

랩이라도 하듯 힘이 실려 흐르는 여자애의 목소리가 정원의 적막을 흩뜨리며 퍼져 나갔다.

'한참'을 두 번이나 붙여 강조할 정도로 나이 든 사람으로 보이는 걸까. 그래서 아저씨, 아저씨, 부르는 걸까.

국의 생각 틈으로 여자애의 리드미컬한 말들이 끼어들었다.

"아, 알겠다. 아저씨가 모시는 대장이 우리 고모할머니라서 그러는구나. 그래서 나한테 잘 보이려고."

너 같은 어린애한테 잘 보이려 애쓰지 않아도 이 집에서 나는 이 회장에게 첫 번째인 사람이야. 하나뿐인 아들보다도, 하나 남은 손녀보다도.

평소에는 생각지도 않았던 말들이 국의 입속을 맴돌았다. 물론 입 밖에 내어 놓지는 않았다.

그러고 보니 이 아이, 사람을 살살 긁는 재주가 있다. 얄밉게 굴지는 않으면서도 상대로 하여금 말을 끄집어내고 싶게끔 만드는 재주 말이다.

이 회장과 여자애의 조우가 과연 어떤 그림일지 은근히 기대됐다. 어떻든 간에 둘의 첫 대면이 범상하진 않을 듯싶었다.

"그런 거 아닙니다, 안 하네요?"

"기다리고 계십니다."

"괜한 말은 치우고 얼른 들어가기나 하라는 소리죠?"

"네."

건조한 대답에 하아, 낮은 소리가 번졌다. 여자애의 입에서 터진 숨소리였다. 국의 표정은 흐트러짐 없이 그대로였다.

"저쪽으로 가면 돼요?"

"네."

여자애가 포석을 징검돌 삼아 걸어갔다. 퐁당거리는 움직임을 따라 긴 치맛자락이 멋대로 나부꼈다. 경쾌한 걸음마다 흰 발목이 보였다 안 보였다 했다.

안채에 다다르자, 여자애가 국을 돌아보았다. 여기까지 제 발로 걸어와 주었으니 이젠 비서의 할 일을 하라는 표정이었다.

국은 신을 벗고 마루로 올라섰다. 여자애도 국을 따라 마루로 올라왔다. 마루 너머 이 회장의 방에 불빛이 환했다.

"회장님."

큼, 헛기침하는 소리만 들려왔다. '그래'라는 대꾸조차 떼먹는다는 것은 현재 심기가 몹시 좋지 않다는 신호였다.

"들어가겠습니다."

국은 미닫이 방문 한쪽을 옆으로 밀었다.

나지막한 책상을 앞에 두고 보료 위에 꼿꼿한 자세로 앉아 있는 이 회장이 보였다. 자리옷으로 갈아입지도 않은 채 낮에 입는 한복 차림이었다.

국은 몸을 숙여 인사부터 했다.

"다녀왔습니다."

"뭘 하느라 이리 늦은 것이야!"

패대기치듯 호령부터 날아들었다.

이럴 땐 무성하던 안개나 여자애의 멀미 따위를 변명거리로 들이밀지 않는 편이 좋다. 국은 고개를 숙였다.

"죄송합니다."

"아이는?"

국은 곁을 돌아보았다. 닫힌 문 쪽에 서 있던 여자애가 국 바로 옆으로 왔다.

안방이 워낙 크고 넓어 마루에서 이 회장까지는 여자애 표현으로 '한참'이었다.

이 회장의 이마가 일그러졌다.

"도대체…… 이게 무슨."

쓴 약재를 짓이기듯 씹어뱉는 이 회장의 말이 환영 인사가 아니라는 것쯤은 누구라도 알 수 있었다.

"계집아이라고 하지 않았느냐."

이 회장과 여자애의 할아버지 사이에 약간의 착오가 있었다는 판단이 들었다. 아마도 이 회장은 노인의 말을 액면 그대로 어린애로 알아들었나 보았다. 이 회장의 지시를 들을 때 국 또한 그러했듯이.

"보시다시피 계집아이 맞는데요."

땡글땡글한 말투로 받아친 것은 여자애였다. 정말 고모할머니라면, 예상했던 첫 상봉과는 멀어도 너무나 먼 상황이어서 제 딴엔 서운했을 것이다.

"몇 살이냐?"

"스물셋, 아니지, 스물네 살인데요."

이 회장이 미간을 좁혔다.

"제 나이도 몰라 헤매는 반푼이가 아니냐?"

"모르는 게 아니라 잠깐 헷갈린 거예요. 새해가 되고 겨우 한 달밖에 안 지났잖아요. 그리고 12월생이라서 며칠 만에 한 살 더 먹는 거 억울하단 말이에요."

"억울할 것도 많다. 스물셋이건 스물넷이건 간에 꼬락서니가 어째 그 모양이야? 미친년이 따로 없구나. 머리에 꽃이라도 달아 주랴?"

돌아보지 않아도 여자애의 표정이 어떨지 국은 알 수 있었다. 여자애는 지금 그 쨍한 눈빛으로 이 회장을 마음껏 노려보고 있을 게 분명했다.

이 회장도 잔뜩 구겨진 얼굴로 여자애를 쳐다보고 있었다.

둘 사이를 완충하려 국이 나섰다.

"죄송합니다. 급히 오느라 옷차림을 제대로 챙기지 못했습니다."

이리 들어와 앉으라는 말도, 가까이에서 얼굴 좀 보자는 말도, 반갑다는 입에 발린 말도, 이 회장은 건네지 않았다. 하긴 그런 종류의 말은 이 회장과 어울리지도 않았다.

여전히 여자애를 방문 밖 마루에 세워 둔 채로 이 회장이 물었다.

"이름이 무엇이야?"

마뜩찮은 얼굴의 이 회장을 쏘아보며 여자애가 돌멩이를 딱 내던지듯 대꾸했다.

"크림인데요."

"뭐라?"

인상 쓰며 되묻는 이 회장에게 여자애가 소리를 높여 다시 대답했다.

"크림이요. 이. 크. 림."

제 이름을 한 글자 한 글자 끊어 되새겨 주기까지 했다.

기가 막힌다는 듯 이 회장이 헛웃음을 내던졌다.

"어째 새끼들 이름을 그따위로들 짓는지."

여자애야 맥락을 모를 테지만, 이 회장은 지금 손녀와 손자 이름을 함께 들먹이며 흉을 보는 셈이었다. 거기서 끝이 아니었다.

"생겨먹은 꼬락서니는 또 어째 그 모양이야? 에미가 대체 어느 나라 종자길래."

여자애가 와락 뛰어들듯 대꾸했다.

"엄마가 아니라 아빠 쪽이거든요."

"뭐라?"

"그리고 종자가 아니라 사람이고요."

"뭐, 뭐라?"

"누가 할머니더러 종자라고 하면 기분 좋으시겠어요? 할머니는 사람이잖아요. 저도 사람이고요. 사람은 누구나 다 고귀한 생명체라고요. 존중받아 마땅한 인격체고요. 그러니까 어느 나라 사람이건 간에 본 적도 없는 우리 아빠더러 종자라고 하면 안 되는 거죠."

꽝!

이 회장이 책상을 내리치는 소리에 여자애의 어깨가 움찔했다.

"저것이 지금 뭐라고 한 게야? 누구 앞이라고 따박따박 내지르는 것이야! 배우지 못한 것 같으니라고!"

서슬 퍼런 이 회장의 호통에 여자애가 뒤로 반걸음 물러섰다. 환대까진 아니어도 이런 분위기의 냉대는 꿈도 꾸지 못했을 것이다.

국의 마음도 가볍지 않았다. 손녀를 매몰차게 박대하던 그 모습이 고스란히 되풀이되고 있었으니 말이다.

"쓸모없는 것!"

이 회장의 말이 독화살처럼 날아왔다. 줄곧 손녀에게 향하던 저 말이 튀어나왔으니, 오늘의 조우는 여기까지다.

국의 짐작대로 이 회장은 둘을 외면하고 쌩하니 돌아앉았다. 어서 나가란 명령이었다. 여자애와 이 회장이 어떤 관계인지 오늘 제대로 확인하기는 틀렸다.

"주무십시오."

국은 다시금 몸을 숙여 인사하고 방문을 닫았다.

스물네 살. 크림이라는 이름을 가진 여자애가 쿵쿵 부러 발소리를 크게 내며 마루를 건넜다.

마루에서 내려와서는 신발도 신지 않고 포석 위로 덥석덥석 발을 내디뎠다. 저대로 대문까지 걸어가 버리나 싶었더니, 중간쯤에 멈춰 섰다.

국은 크림의 구두를 챙겨들고 다가갔다. 기다렸다는 듯이 크림이 투덜대기 시작했다.

"사극 찍는 줄 알았네. 말끝마다 것이냐, 게야, 느냐. 뭐야,

그게? 박물관이 아니라 드라마 세트장이었어. 카메라도 없는데 혼자 폼 잡고 양반집 안방마님 연기가 아주 늘어지셨어요. 다 늦게 배우 되시겠어."

묵묵히 지켜보는 국에게도 난데없는 트집이 날아들었다.

"아저씨 바보예요? 죄송하긴 뭐가 죄송해요? 멀미 때문이라고, 지긋지긋한 안개 때문이라고 왜 말을 못 해요? 할머니가 그렇게 무서워요?"

국은 여자애 앞에 몸을 낮추었다. 본래 그런 것인지 닳아서인지 크림의 구두는 굽이 없다시피 납작했다. 크림의 두 발 앞에 구두를 나란히 놓았다.

가느다란 발가락들을 앞세운 두 개의 발은 곧장 구두 속으로 들어오지 않았다. 한밤, 차디찬 돌 위에서 발이 시릴 것이다.

국은 크림의 하얀 맨발을 보며 말했다.

"신어요."

크림은 듣지 않았다. 제 구두 두 짝을 집어 들더니 나무가 우거진 어둠 저 깊은 데로 던져 버렸다.

국은 몸을 일으켰다.

크림이 국을 마주 쳐다보았다. 주변의 빛을 모두 반사하듯 시린 눈빛이었다.


도우미 아주머니가 국의 방으로 밥상을 차려 들고 왔다.

"자다가 전화를 받았더니 회장님이잖아. 냉큼 일어나 도 실

35

장 밥상 차리지 않고 늘어져 자고 있느냐고 혼났지 뭐야. 하도 난리를 치셔서 난 벌써 아침인 줄 알았네."

방금 잠에서 깬 듯 아주머니 머리가 까치집이었다. 말끝에 하품도 늘어졌다.

국은 밥상을 내려다보았다. 자다 일어나 급히 차려 낸 밥상 치고는 알찼다. 따뜻한 국을 보니 마음이 불편했다.

"밥 더 있습니까?"

"더 갖다 줘? 배가 많이 고팠던가 보네."

"손님이 있습니다."

"손님? 누구 손님? 도 실장 손님?"

아주머니가 호기심 어린 눈으로 방 안을 기웃거렸다.

국은 지금껏 누구를 이곳에 데려온 적도 없거니와 손님이란 이름으로 이 방에 들일 사람도 없다.

"회장님 손님입니다."

"손님이 오셨어?"

"사랑채에 상을 따로 봐 주시면 좋겠습니다."

"사랑채?"

이 회장의 가족들이 방문했을 때 머무는 공간이 사랑채이니 아주머니가 화들짝 놀라는 것도 무리가 아니었다.

"어떤 손님이기에 사랑채에 재워?"

크림을 누구라고 명명할 수 있을까.

아직은 아무것도 확인된 것이 없으므로 국은 침묵했다.

이 회장이 고용인들에게 세밀한 사항을 설명하는 사람이 아

니라는 것을 잘 알고 있는 아주머니인지라 이내 물음을 거두
었다.

"알았어. 금방 상 차려 내갈게."

국은 밥상을 마주하고 앉았다. 입이 썼으나 밥을 한술 떴다.

자정이 훌쩍 넘어 이미 어제가 되어 버린, 긴 하루였다.

chapter 2

아이스 ********* 크림

아주 커다란 집이었다.

어디서부터 어디까지인지 경계를 헤아리기조차 어려울 만큼.

그런데도 크림은 갑갑했다. 비좁은 곳에 갇혀 있는 것 같은 느낌마저 들었다.

정원에 무성한 저 나무들 때문이다. 우거진 나무들 뒤편에 끝도 없이 높다랗게 펼쳐진 저 담장 때문이다.

"홍아!"

아니다. 눈매가 매섭고 인정머리 없고 성질 고약한 저 할머니 때문이다. 냉큼 달려오기는커녕 100미터쯤 달아나고 싶게 하는 목소리를 가진 저 사람.

"홍아!"

도대체 홍이가 누구기에 이른 아침부터 저리도 강파르게 불러 대는 걸까.

혹여 이 집에 홍이라는 이름의 아이라도 있는 건가 싶어, 크림은 목을 쭉 내밀고 할머니 방 앞의 마루를 올려다보았다.

"예, 회장님."

납작 엎드리는 대답과 더불어 복도 안쪽에서 쪼르르 뛰어오는 사람이 유리 너머로 보였다. 어젯밤에 크림의 방으로 밥상을 들여다 준 아주머니였다.

"세상에."

크림은 실소했다.

대충 봐도 마흔은 훌쩍 넘은 아주머니였더랬다. 그런데 어린애 불러들이듯 이름을 마구 외쳐 대다니.

방문 앞의 마루에 머리를 조아리고 선 아주머니 모습이 크림으로 하여금 지난밤의 자신을 떠올리게 만들었다. 곁에서 나무처럼 함께 서 있었던 그 사람도.

아니다. 나무보다는 고드름이라고 하는 게 맞겠다.

겨울만 있는 나라에서 볼 법한, 그래서 결코 녹지 않을, 두껍고도 단단한 고드름 말이다.

위에서 아래로 내려오며 얼어붙는 게 아니라, 아래에서 위로 자라 오르며 얼어 가는 고드름. 그러니까 모양새로 따지자면 나무에 견주어도 영 틀리지는 않겠다.

크림은 무릎을 굽히고 나무 그늘 아래로 들어갔다. 어젯밤에 내던져 버린 구두를 찾으려는 거였다. 분명 여기 어디쯤이었던 것 같은데 이리저리 둘러봐도 안 보였다.

어젯밤엔 화가 났더랬다. 할머니 때문이었다.

이럴 거면 왜 데려왔어!

마음속에 포도알처럼 맺히는 원망의 그 말을 토하지도 못한 채 괜히 엉뚱한 사람한테 화풀이를 해 버린 셈이었다. 친절하진 않았지만 자기 방식으로, 어떤 의무를 다 하듯이 묵묵하게 배려해 주려던 사람에게.

아마 황당했을 것이다. 어쩌면 막 화를 낼 수도 있었을 것이다.

휴게소에서의 얼굴이 생각났다. 젓가락을 들게 한 그 눈빛이.

말이야 그렇게 했지만, 사실 '막' 화를 낼 것 같지는 않았다.

결코 화를 내지 않을 거라는 뜻이 아니라, 막, 함부로, 무섭게, 화내지는 않을 것 같다는 얘기다.

표정에는 조금도 변화 없이 눈빛만으로 사람을 제압한다고 할까. 눈빛만 봐도 지금 몹시 화가 나 있음을 깨닫게 한다고나 할까. 그랬다, 그 사람은.

그리고 그런 사람이 또 하나 있다.

할아버지.

언성을 높이지 않고도, 눈을 부라리지 않고도 화낼 수 있는 사람. '막' 화내지 않아서 더 무서운 사람.

무섭다는 건 좀 다른 의미였다. 오금을 저리게 만드는 두려

움하고는 달랐다. 말하자면 거역할 수 없다는 뜻. 싫어도 어쩔
수 없이 따르게 된다는 뜻.

묘하게도 할아버지랑 닮은 구석이 있는 그 비서 아저씨. 이
름이 뭘까?

"예에?"

고개를 숙이고 있던 아주머니의 입에서 깜짝 놀라는 물음이
터졌다.

보나마나 저 고약한 할머니가 뭔가 말도 안 되는 소리를 했
을 테지.

추측하며 나무 그늘 아래에서 기어 나오던 크림은 뒤따르는
아주머니의 말에 귀를 쫑긋 세웠다.

"사랑채에 드셔서 손님이신 줄 알았는데……."

방 안의 목소리는 잘 들리지 않았다.

"예, 그럼 잘 가르쳐 보겠습니다."

크림은 할머니와 아주머니 사이에 제 얘기가 오가고 있음을
알았다. 무엇을 잘 가르친다는 것인지 궁금해졌다.

"그래도 방은 사랑채를 쓰는 게 낫지 않을까요? 별채엔 오
기사도 있는데. 젊은 여자애가 건너와 있으면 아무래도 서로
서로 불편하……. 예, 알겠습니다."

긴 말과 짧은 대답 틈에 무엇이 있었는지 크림은 충분히 짐
작할 수 있었다.

할머니의 험악한 얼굴.

그 얼굴이 눈앞에 보이는 듯해 절로 콧날이 찌푸려졌다.

아주머니가 방을 향해 공손히 머리를 숙이고는 뒤돌아 마루에서 내려섰다. 크림은 조용히 나무 그늘을 벗어났다.

"깜짝이야."

낮게 뇌까린 아주머니가 할머니 방을 살피는 기색이더니, 크림더러 가까이로 오라는 손짓을 했다.

크림은 뛸 듯이 걸어 아주머니 곁으로 갔다.

"일찍 일어났네? 거기서 뭐 했어?"

"뭘 좀 찾느라고요."

"뭘 찾는데?"

"별거 아니에요. 그런데 할머니가 저한테 뭘 가르치라고 하시는 거예요?"

"들었어?"

"할머니 얘긴 하나도 안 들리던걸요. 뭐라고 하신 건지 궁금해요."

아주머니가 다시금 마루 위를 흘끗거리고는 여기서는 안 되겠다 싶었던지 크림의 팔을 잡아 이끌었다.

아주머니를 따라간 곳은 대문 근처에 위치한 또 하나의 독채 한옥이었다. 어젯밤에는 불빛이 없었던 데다 무심히 지나쳐 와서 건물이 있는지도 몰랐다.

"도대체 집이 몇 채나 되는 거예요?"

"안채, 사랑채, 별채, 또 별채, 그렇게 모두 네 채."

크림은 입을 딱 벌렸다. 어제 묵은 사랑채만 해도 방이 셋이나 되어 웬만한 집 한 채 크기였건만. 모르긴 해도 할머니가 머무는 안채는 그보다 훨씬 더 넓을 터였다.

별채도 사랑채처럼 겉에서만 정통 한옥이지, 안으로 들어서면 거실이며 주방이며 욕실까지 일반 주택처럼 편리하게 꾸며 놓았다.

"대단하지?"

"네. 나무들도 많아서 정원이 아니라 거의 숲 같아요."

"덕분에 오 기사만 죽어나지."

"할머니 비서 아저씨가 오 기사님이에요?"

"무슨. 오 기사는 회장님 기사이자, 정원사이자, 장보기 담당이자, 이 집에서 온갖 잡다한 일들은 다 떠맡아 하는 사람이지. 오 기사 혼자서 열 사람 몫은 거뜬히 한다니까?"

늘어지는 오 기사 칭찬을 끊으며 크림은 궁금하던 것을 물었다.

"그래서 아까 할머니가 뭐라고 하셨는데요?"

"응? 그게 말이야……."

거리낌 없이 잘도 말하던 아주머니가 살짝 머뭇거렸다. 느낌이 좋지 않았다.

"괜찮아요. 그냥 편하게 말씀해 주세요."

"너도 봤다시피 이 집이 워낙 커? 돌아서면 일, 일, 일. 일이 그냥 끝도 없이 나와요. 게다가 회장님은 한복만 고집하시지. 한복 손질에는 또 얼마나 손이 많이 가는지 몰라요. 그래서 원래는 일주일에 두 번씩 도우미를 부르거든."

"그런데요?"

"회장님이 이젠 부르지 말라고 하시네."

더 듣지 않아도 무슨 소린지 파악해 버렸다. 크림이 더 묻기도 전에 아주머니가 확답을 주었다.

"너한테 시키라고."

그러려고 할아버지한테서 떼어 내 이리로 데려왔나?

원망이 새록새록 차올랐다.

지금 이 순간 크림은 엄마가 가장 미웠다. 할아버지의 마음을 움직이고 결심하게 한 사람이 엄마일 테니까.

엄마하고는 상관없는 일이라고, 오로지 당신의 결정이라고 했지만, 크림은 할아버지의 그 말을 믿지 않았다. 믿어야 할 근거가 없었다.

할아버지의 결정은 너무도 갑작스러웠다.

당신 혼자 서울에 다녀왔던 날 밤, 크림을 앉혀 두고 할아버지는 말했다. 이제부터 너는 서울로 가서 고모할머니 집에서 살아야 한다고. 고모할머니가 너를 기다리고 있다고.

평소에 장난 같은 것을 즐기는 분이 아니었다. 실없는 농담을 하는 분도 아니었다. 그 밤, 할아버지의 얼굴은 진지했고 눈빛은 그 어느 때보다도 형형했다.

크림은 할아버지에게 항의하듯 왜냐고 물었다. 많은 말들이 가슴 안에 샘솟았지만 할아버지의 눈빛이 질문들을 막았다.

오래 침묵하던 할아버지가 뜻밖의 대답을 꺼내 놓았다.

"지쳤다. 남은 날들은 혼자 지내고 싶구나."

거짓말이라고 생각했다. 말도 안 되는 핑계라고 생각했다.

크림은 열 살 때부터 할아버지 곁에서 살았다. 기본적으로 자상한 사람은 아니었지만, 그렇다고 해서 크림을 귀찮아하거나 성가셔한 적도 없었다. 함께인 삶이 힘들었던 기억도 없었다.

이제 와서 혼자이던 시간으로 돌아가고 싶다니. 그런 새빨간 거짓말을 가능하게 만든 건 할아버지의 딸, 엄마. 할아버지가 서울까지 가서 만나고 온 사람이 엄마가 아니면 누구겠는가.

용서 안 해.

크림의 가슴에 또 한 번 그 다짐이 맺혀 들었다. 엄마를 향한 다짐이었다.

할아버지의 결정을 받아들이며 산속의 집을 떠나오던 순간 크림이 품었던 다짐은 또 하나 있었다. 한 달이라는 기한이었다.

할아버지와 갈등을 빚지 않고도 넘어갈 수 있는 방법. 그것이 크림에게는 스스로에게 부여한 한 달이라는 기한이었다. 더불어 할아버지에게 손녀의 부재를 절실히 느끼게 해 줄 시간.

그 시간들이 흐른 뒤에는 할아버지도 못 이기는 척 받아 줄 것이었다. 그러리라고 크림은 믿어 의심치 않았다.

"그런데, 회장님하고는 어떻게 되는 사이야?"

아주머니의 조심스런 물음이 크림을 현실로 이끌어 냈다.

"할머니가 말씀 안 하세요?"

"안 하시던데?"

이곳에서 기다리고 있는 사람이 고모할머니라던 말도 설마 거짓말이었을까?

불현듯 새로운 의혹이 솟았다.

"고모할머니래요."

"누가? 회장님이?"

"네."

차라리 그것도 거짓말이었으면 좋겠다. 그럼 한 달을 버틸 것도 없이 지금 당장 떠날 수 있을 테니까. 할아버지한테로 돌아갈 수 있을 테니까.

크림은 바람을 담은 눈으로 아주머니를 바라보았다. 이 집에 대해 잘 아는 사람이니까 뭐든 사실을 말해 주었으면 싶었다.

"이상하네. 회장님이 고모할머니라면, 회장님한테 남동생이나 오빠가 있다는 말인데. 여태 그런 소린 한 번도 못 들어 봤거든."

크림은 반색하며 맞장구쳤다.

"그죠! 저도 처음 들었거든요. 저도 여태 저한테 고모할머니가 있는지도 모르고 살았거든요."

"근데 뭐, 회장님이 우리한테 속속들이 말해 주는 사람도 아니고. 아! 도 실장이라면 알지도 모르겠다. 그러고 보니 어제 도 실장하고 같이 오지 않았어?"

"비서 아저씨요?"

"응. 도 실장은 뭐래? 정말 회장님이 너희 고모할머니래?"

고모할머니라는 말을 듣고서 미세하게 흔들리던 그 사람의
얼굴이 떠올랐다. 놀라움보다는 의아함에 더 가깝던. 미리 들
어 알고 있었다면 나올 수 없을 표정이었다.

"비서 아저씨도 잘 모르는 눈치던데요?"

"그래?"

아주머니가 고개를 갸웃했다.

별채에 오 기사도 살고 있다던 아주머니의 말이 생각났다.

"그럼 비서 아저씨도 이 별채에서 살아요?"

"도 실장? 도 실장 방도 여기 있긴 한데, 도 실장은 주로 안
채에서 지내. 회장님이 그러라고 하셨거든. 도 실장은 우리랑
은 급이 좀 달라. 이를테면 회장님 복심이랄까?"

"복심? 그게 뭔데요?"

"뭐냐 하면, 그러니까 도 실장이 회장님의……."

문이 열리는 소리가 아주머니의 말을 멈췄다. 크림은 아주
머니 시선을 따라 문 쪽으로 고개를 돌렸다.

그 사람이었다.

아주머니가 도 실장이라 칭하는, 할머니의 비서. 아직 뭔지
는 잘 모르지만 할머니의 복심이라는 남자.

그가 문 밖에 서서 주방 안을 건너다보고 있었다. 눈빛이며
표정이며 어제랑 다를 바 하나 없었다. 머릿속에 어떤 생각들

50

이 살고 있는지 전혀 모를 얼굴.

"도 실장이 여긴 어쩐 일이야?"

조금 허둥대는 듯한 아주머니의 물음에 그가 건조하게 대꾸했다.

"회장님 녹즙 드실 시간입니다."

"아차차. 내 정신 좀 봐. 얘랑 얘기하다 그만. 금방 준비해서 가져갈게."

두 군데의 냉장고를 여닫으며 과일과 채소를 꺼내는 등 부산스럽게 움직이던 아주머니가 도 실장의 눈치를 살피며 말했다.

"전화로 하지, 왜 직접 왔어."

그때까지 그는 크림에게는 일별도 하지 않았다. 빤히 보일 텐데도 투명 인간 취급이 따로 없었다.

지난밤 구두를 내던져 버린 일로 화를 내고 있는 것인지도 모르겠다. 저 사람이 화를 내는 방식이 저런 것일지도.

멀뚱히 서 있기도 뭣해서 크림은 개수대로 가 아주머니가 꺼내 놓은 채소를 씻기 시작했다. 채소는 물론 과일도 밭에서 갓 따온 듯 싱싱했다.

"아주머니."

그의 목소리였다. 크림은 뒤돌아보고 싶은 걸 참았다.

"왜?"

"저 아가씨는 회장님 손님입니다."

크림은 느릿해진 손길로 귀를 기울였다. 그가 무슨 말을 하

려는 건지 알고 싶었다. 하지만 물소리에 섞여 아주머니의 말
이 띄엄띄엄 들렸다.

"그, 그게……. 회장님께서 좀 전에……. 아니, 뭐, 내가 시
킨 게 아니잖아."

어이가 없었다. 본 척도 안 할 땐 언제고, 일 좀 시킨다고
아주머니를 타박하고 있는 꼴이라니.

"사랑채로 돌려보내세요."

음색은 덤덤한데도 온기가 없어 거의 명령조로 들렸다. 비
서도 자신이 모시는 분의 스타일을 따라가는 모양이었다.

"아, 아, 알았어."

더듬거리며 기죽은 대답이 아주머니한테서 흘러나왔다.

크림은 물을 잠그고 뒤돌아섰다. 이게 다 존경해 마지않는
그 회장님 지시임을 가르쳐 줄 셈이었는데 문 밖이 훤했다. 그
새 그가 사라져 버린 것이다.

"어휴, 아침부터 되게 서늘하네. 대체 뭐가 문제야?"

믹서를 조리대 위로 가져다 놓으며 아주머니가 투덜거렸다.
크림도 기꺼이 그 투덜거림에 동참했다.

"그러니까요. 사람도 본 척 만 척하고."

"도 실장이 원래 그래. 웃는 걸 한 번도 못 봤다니까?"

"진짜요?"

"도무지 속을 모르겠어요, 속을."

"맞아요."

"뭘 안다고 맞대?"

"딱 보면 알죠, 뭐."

"그래도 사람이야 진국이지. 비가 오나 바람이 부나 늘 한결같으니."

다정다감하진 않아도 언제나 한결같은 사람은 할아버지. 역시 닮은 걸까.

"근데 말이야. 내가 어젯밤부터 궁금한 게 있는데. 물어봐도 돼?"

"저한테요?"

"응."

"뭐든 물어보세요."

아주머니가 크림의 얼굴을 가만히 뜯어보았다.

뭘 궁금히 여기는지 크림은 단박에 알았다. 크림과 처음 마주친 이들은 누구나 그랬다. 보편적인 한국인의 외모가 아니니까.

얼핏 보면 미처 인식하지 못한 채 지나치다가도 가까이에서 얼굴을 마주하면 다름을 확연히 느끼며 살짝 놀라는 표정들을 한두 번 겪은 게 아니었다. 산행 중에 집에 들러 쉬어 가는 등산객들도 열이면 열 모두 그랬다.

그중에는 대체로 감탄 쪽이 많았다. 예쁘다고 대놓고 표현하는 사람들도 있었다. 부모 중 어느 쪽이 외국인인지 물어오는 이들도 드물지 않았다.

코앞에서 얼굴을 보고서도 별다른 반응을 보이지 않았던 딱 한 사람. 그가 어제의 도 실장이었다.

딱히 감춰야 하거나 부끄러워할 일도 아니었으므로 크림은 그럴 때마다 그들의 궁금증을 해결해 주곤 했다.

"아빠가 독일 사람이에요."

"엄마는 한국 사람이고?"

"네."

"아빠가 엄청 미남이신가 보다."

"엄마도 미인이세요."

"미남, 미녀 부모님은 그럼 어디 계시는데?"

"아빠는 7년 전에 돌아가셨어요."

"저런."

"그리고 엄마는……."

"엄마는?"

"어딘가에서 엄마 인생을 잘 살고 있겠죠."

아주머니가 한숨을 폭 내쉬었다. 그러고는 생기 넘치던 지금까지와는 다르게 가라앉은 어조로 말했다.

"같이 안 살아도 엄마는 엄마지."

"미워도요?"

"미워도."

믹서가 윙 돌아갔다. 믹서 안의 과일과 채소가 뒤섞이며 으스러졌다.


별채에서 막 사랑채로 돌아온 참이었다.

툇마루로 오르는 판판한 댓돌 위에 크림의 구두가 가지런히 놓여 있었다. 크림은 주위를 휘둘러보았다. 아무도 없었다.

마루 앞에 펼쳐진 정원은 비어 있었고, 아름드리나무들도 담장을 호위하듯 지키며 서 있었다. 이따금 새들이 가냘프게 울었다.

그 사람이 구두를 가져다 놓았을 거라고 크림은 생각했다. 어둠 속으로 구두를 내던져 버린 사실을 아는 것은 도 실장, 그 사람뿐이니 말이다.

크림은 마루에 걸터앉아 슬리퍼를 벗고 구두를 신었다. 구두로 갈아 신고 나니 마음이 멀미하듯 울렁거렸다. 낡았으나 발에 착 감겨 오는 친숙한 감촉.

지금이라도 이 집을 뛰쳐나가 할아버지에게 돌아갈까. 이 집에서는 단 하루도 못 살겠다고 할아버지 앞에서 마구 울어 버릴까.

그러나 크림은 이를 악물었다. 아직은 때가 아니었다. 서울로 온 지 이제 겨우 하루밖에 지나지 않았다.

조금 더, 조금만 더.

할아버지가 외로움과 직면할 시간이 필요했다. 후회로 잠 못 이룰 나날들이 있어야 했다. 그래야만 눈물 섞인 호소가 통할 것이었다.

운다고, 또는 막무가내로 떼를 쓴다고 들어주는 사람이 아니라는 것을 누구보다도 잘 알기에 마음을 다잡았다.

크림은 방으로 들어가 배낭을 갖고 나왔다. 회장님한테 자기만 혼날 거라며 걱정하던 아주머니 입장을 생각해 곧장 별채로 옮겨 가려는 거였다.

사랑채건 별채건 크림에게는 어차피 마찬가지였다. 넓고 넓은 공간에서 외로움을 곱씹으며 혼자 있느니 별채에서 아주머니랑 지내는 쪽이 나을 터였다.

게다가 이 집에서 사람 냄새 나는 사람은 아주머니뿐인 듯싶었다.

"회장인지 대장인지, 도 실장인지 복심인지, 둘 다 내 취향은 절대 아냐."

누가 묻지도 않건만 크림은 단단하게 말했다. '절대'라는 말에서 조그만 돌부리를 만난 것 같은 느낌이 들었지만 그냥 무시했다.

"할아버지 닮았단 것도 취소야."

괜히 덧붙였다.

대문 쪽의 별채로 가려면 어쩔 수 없이 안채를 지나야 했다. 그나마 집과 집 사이가 멀어서 바짝 붙어 지나가지 않아도 되어 다행이었다.

아주머니는 안 보이고 낯선 남자가 별채 주방의 식탁에서 밥을 먹고 있었다. 아주머니가 얘기한 오 기사라고 생각한 크림은 꾸벅 인사부터 했다.

"안녕하세요."

"누구……?"

눈을 끔벅거리며 건너오는 물음에 대답이 궁했다. 이 집 주인 할머니가 진짜로 고모할머니인지 지금으로선 확실치도 않왔다.

"오 기사님이시죠? 저는 크림이에요."

"크리미?"

"크리미가 아니고 크림, 이요. 이, 크, 림."

"이름이 크림이라고?"

"네. 홍이 이모는요?"

"홍이 이모? 홍이한테 이모가 있었나?"

크림은 내심 놀랐다.

오 기사까지도 아주머니를 홍이라고 부르다니. 얼추 연배가 비슷해 보였지만 그렇다고 아주머니보다 많아 보이진 않았던 것이다.

"홍이 친구니?"

어처구니없는 물음에 크림의 머릿속은 엉망이 되었다.

딱히 대답을 듣자는 물음이 아니었는지 국에 만 밥을 숟가락 가득 떠 입에 넣고 우걱우걱 씹더니, 오 기사가 말했다.

"회장님 눈에 안 띄게 조심해라."

오 기사의 당부가 아니더라도 할머니 눈에 띄고 싶은 마음은 없었다. 오히려 최대한 안 마주치고 싶었다. 거주하는 집들이 따로 나뉘어져 있으니 어려울 일도 아닐 것이었다.

맛나게 밥을 먹는 오 기사를 보니 할아버지에게 마음이 흘렀다. 밥은 지어 드셨는지, 손녀 없다고 끼니를 거르거나 대충 때우는 것은 아닌지 걱정됐다.

"여기 혹시 전화 있어요?"

오 기사의 두꺼비 같은 두 눈이 다시금 끔벅끔벅했다.

"전화를 좀 써야 하는데 전 휴대폰이 없거든요."

오 기사가 주머니에서 휴대폰을 꺼내 들고 물었다.

"국제 전화 같은 건 아니지?"

"아니에요. 제가 정말 휴대폰이 없어서 그래요. 오래 안 쓸
게요."

오 기사가 휴대폰을 식탁 위에 놓고는 크림 쪽으로 밀었다.

"감사합니다."

크림은 휴대폰을 들고 거실로 나왔다. 막상 전화를 걸려고
하니 망설여졌다. 전화를 찾을 땐 할아버지한테 걸어 볼 생각
이었는데 서운함이 마음을 옹골차게 만들었다.

할아버지의 외로움을 다진다는 애초의 목적을 이루려면 전
화도 참아야 했다. 멀리 떨어져 있어도 통화로 인해 곁에 있는
것 같은 느낌을 주어서는 안 되었다.

크림은 기억하는 두 개의 전화번호 중 나머지 하나를 꾹꾹
눌렀다.

―여보세요.

전화 받는 목소리가 다 죽어 가는 게 푹 익은 파김치가 따
로 없다.

"째!"

―크림? 너 정말 크림이야?

눈이라도 튀어나올 듯이 반기는 우재의 얼굴이 눈에 선했
다.

"응, 나야."

─야! 너 진짜 어떻게 된 거야? 어제 너 차에 태워 갔던 그 사람은 누구야? 너희 할아버지한테는 여쭤 봐도 대답도 제대로 안 해 주시고. 도대체 어딜 간 거야?

"숨 넘어 가겠네. 하나씩 좀 물어봐."

─내가 지금 하나씩 물어보게 생겼냐? 너 어제 나 못 봤어? 내가 죽어라 차를 따라 뛰어갔는데 보란 듯이 쌩하니 더 밟고 가 버리더라? 그 사람 진짜 누구야?

우재가 차를 따라 달려온 줄은 몰랐다.

그 사람은 알았을까? 알면서도 말해 주지도 않고서 도리어 속력을 높였을까? 왜?

크림의 가슴 안에서 의문이 연이어 돌아났다.

─일단 너 지금 있는 데가 어디인지부터 말해.

"말하면? 또 죽어라 달려오려고? 여기가 어딘 줄 알고?"

─어디든!

"가게는 어쩌고?"

─지금 가게가 문제야? 네가 부르면 지금 당장 우주 끝까지라도 달려간다고.

다른 때 같으면 우재의 허세에 대뜸 핀잔을 주었을 테지만, 지금은 맘이 푸근해졌다.

"너밖에 없다, 째. 넌 역시 내 소중한 불알친구야."

─야! 불, 그거 넌 없잖아!

크림은 키드득 웃었다. 마을에 하나뿐인 우재네 가게 앞, 나무 그늘 아래의 평상에 앉아 있는 기분이었다. 전화 너머에서 우재의 웃음소리도 유쾌하게 울렸다.

"쨰. 나 너한테 부탁이 있어."

—부탁? 뭔데?

"우리 할아버지."

—뭔 소리야? 먼 데로 떠나 버린 사람처럼. 옳지 않아.

"나 지금은 먼 곳에 떠나온 사람이야. 당분간이겠지만, 아무튼 내가 다시 돌아갈 때까지 우리 할아버지를 부탁해. 안부 전화도 드리고 가끔씩 찾아도 뵙고. 딴 거 없어. 그냥 삼시 세끼 잘 챙겨 드시는지, 건강하신지 그것만 봐 주면 돼."

말하다 보니 아련히 서러워졌다. 어제 휴게소에서처럼 와락 눈물이 깃들까 봐 크림은 요구하듯 물어 확인했다.

"내 부탁 들어줄 거지?"

—근데 그거 누구 폰이야?

우재답다. 매번 중요한 시점에 옆길로 새고 엇나가는 녀석.

"넌 꼭 그러더라? 이거 빌린 전화라서 통화 길게 못 해. 부탁 들어주는 걸로 믿고 끊는다. 안녕!"

대답도 듣기 전에 크림은 전화를 끊었다.

우재는 분명 부탁을 들어줄 것이었다. 그리 어려운 일도 아니었다. 걸핏하면 전화하고 산속의 집으로 쳐들어오고. 우재한테는 그게 일상이었으니 성실히 이행하리라 믿었다.

다시 주방으로 가니, 오 기사는 그새 식사를 마친 상태였다. 크림은 휴대폰을 돌려주며 공손히 인사했다.

"잘 썼어요. 고맙습니다."

휴대폰을 받아 든 오 기사가 별말 없이 별채를 나가 버렸다.

오 기사의 휴대폰으로 우재가 전화를 되걸어 올 확률이 99%였지만 따로 당부를 덧붙일 틈도 없었다. 혹여 우재한테 걸려 오는 전화를 받으면 말을 전해 주겠지, 생각했다.

식탁 위에 먹음직스럽게 남아 있는 반찬들을 보니 슬슬 배가 고파 왔지만, 아주머니가 안채에서 오면 같이 먹으려고 뒤돌아 나왔다.

크림은 거실 여기저기를 둘러보았다. 아주머니를 기다리는 동안 앞으로 머물게 될 별채 구경이나 해 볼 생각이었다.

별채는 사랑채보다 규모가 작았다. 방문도 안채나 사랑채와는 달리 창호지 바른 미닫이문이 아니라 나무로 된 문이었다. 문득 도 실장의 방이 궁금해졌다.


"어떤 사람이에요?"


어젯밤 고속도로 휴게소에서 문을 두드리듯 건네었던 그 말에 그는 어떤 답도 주지 않았었다.

할머니에 대해서는 이제 조금도 궁금하지 않았다. 알고 싶지도, 마음 한 조각을 떼어 주고 싶지도 않았다. 더 궁금할 여지도 없도록 빤히 알아 버렸으니까.

그런데 그 사람은 여전히 궁금하다. 어떤 사람인지 잘 모르겠으니까. 절대 취향 아닌 것과는 별개로, 단지 궁금한 것뿐이다. 일종의 호기심처럼.

주방에서 제일 가까운 방이 아주머니 방일 테고, 거실 너머 안쪽 방 두 개 중 하나가 도 실장의 방일 것 같았다. 둘 중 어느 쪽일까 하고 기웃거리고 있을 때였다.

"여기서 뭐 합니까?"

등 뒤로 날아든 목소리에 크림은 천천히 뒤돌아섰다. 다섯 걸음쯤 떨어진 곳에 도 실장이 서 있었다. 딱 걸렸다는 생각에 크림은 시침을 뗐다.

"아무것도 안 하는데요."

"사랑채에서 지내라고 했을 텐데요."

아주머니도 오 기사도 첫 대면에 편안히 말을 놓는데 이 사람만 굳이 존대를 고집하는 게 불편하기 짝이 없었다.

"그냥 편하게 말하시면 안 돼요?"

"안 됩니다."

"안 됩니다."

들으랍시고 그대로 따라해 버렸다. 그러나 도 실장의 표정에 변화 따위는 한 톨도 보이지 않았다.

확 달려들어 간지럼을 태울까 보다. 제아무리 잘 견디는 사람이라 해도 옆구리 공격엔 참지 못할 텐데. 그럼 이 사람도 어쩔 수 없이 웃어 버리겠지?

혼자 품은 발칙한 상상이 크림을 웃게 만들었다.

"아저씨 대장이 나 여기서 지내라고 하셨대요."

그제야 도 실장의 담담하던 눈빛이 생각을 머금었다. 물론 눈에 띄게 변한 것은 아니지만, 크림에게는 그렇게 느껴졌다.

"여긴 아가씨가 지낼 방이 없습니다."

아까도 그러더니 또 아가씨란다. 닭살이 돋는 듯했다.

"크림이랬잖아요, 내 이름. 이크림이라고요. 아가씨, 그런 거 아니고. 그리고 비서 아저씨는 안채에서 지낸다면서요? 그러니까 비서 아저씨 방을 내가 쓰면 되겠네요."

"도 실장입니다."

"네?"

"아저씨, 그런 거 아니고."

뭔가 모르게 기분이 나빠졌다. 도 실장이라는 직함으로 불린다는 걸 알고 있는데, 그걸 본인이 직접 일러 주는 것인데, 왜인지 모르게 거리감이 확 밀려드는 것 같았다.

비서 아저씨라고 부를 때의 배타적인 일대 일의 관계에서, 누구나 부르는 도 실장이란 호칭으로 인해 일대 다수로 전락해 버린 느낌이랄까. 그게 왜 싫은지는 잘 모르겠지만, 싫은 건 싫은 거다.

"아저씨는 알고 있었죠?"

"뭘…… 말입니까?"

"어제 우리 마을에서 나올 때 아저씨 차 따라서 열심히 뛰어온 사람 있었다는 거. 알고 있었죠? 다 봤으면서도, 알면서도, 나한테는 말도 안 하고 더 속도 내서 달린 거잖아요. 맞죠?"

도 실장의 눈빛이 흔들렸다. 아주 미세하지만 알아챌 수 있을 만큼. 고모할머니라는 말을 듣고 찬찬히 되묻던 그 순간처럼.

크림은 긍정이라고 느꼈다. 그냥 넘겨짚어 본 건데 정말 그랬던가 보다. '왜?'라는 의문이 강렬히 찾아들었다.

"왜 그랬어요?"

"……."

"왜 나한테 말해 주지 않았어요?"

"몰랐습니다."

"거짓말."

"……."

"거짓말이잖아요. 거짓말인 거 다 알……."

"누굽니까."

크림의 말을 자르며 다가든 말은 끝을 올리지 않아 질문으로는 들리지 않았다. 오히려 순종을 요하는 지시처럼 들렸다. 지금까지 그가 한 대부분의 말들이 그러했듯이.

"누구든 아저씨랑은 상관없잖아요."

"도 실장이라고 했습니다."

다시금 선을 긋는 것 같았다. 결코 넘어오지 못하도록 또렷한 색깔의 선을 그어 놓고 있다는 것을 크림은 알 수 있었다.

"알아요. 알았어요. 이제부터는 비서 아저씨라고 안 할게요. 도 실장님이라고 부를게요. 그럼 되죠? 이제부터 비서 아저씨도, 아니, 도 실장님도 나한테 아가씨라고 그러지 마세요. 완전 오글거리……."

"이크림 씨."

돌연 날아든 직선의 부름에 크림은 멈칫했다.

크림아, 하고 부르리라고는 당연히 생각하지 않았다. 하지만 이름 뒤에 '씨'를 붙이다니. 닭살 돋는 건 똑같았다.

"여기 자꾸 드나들지 말고 사랑채로 가 있어요."

권유도 아니고 명령조였다. 감정이 실리지 않아서 더 그렇게 들렸다.

자기가 뭔데 이래라 저래라 하는 거야. 상황이 어떻게 돌아가는지 알지도 못하면서.

크림은 발끈해서 소리쳤다.

"할머니가 나 여기서 지내면서 아주머니 일 도우라고 그랬단 말이에요!"

도 실장의 입매가 딱딱하게 굳었다.

✿          ✿          ✿

두 번째 밤을 맞았다.

크림은 다시 사랑채로 왔다. 도 실장의 말을 따라서는 아니었다. 아주머니가 할머니의 지시가 바뀌었다고 말해 주었기 때문이었다.

도우미를 대신해 일은 시키되 잠은 사랑채에서.

그것이 할머니의 새로운 지시라고 했다.

할머니의 말을 전하면서 크림은 아주머니에게 새로운 사실을 몇 가지 알아낼 수 있었다. 홍이는 아주머니의 이름이 아니었다. 아주머니 딸의 이름이었다.

그리고 홍이는 크림과 동갑이며 아주머니랑 같이 살지 않는다고도 했다. 아주머니는 오래 전에 남편과 이혼했고, 딸 홍이는 재혼한 아빠랑 함께 사는데 이따금 엄마를 만나러 온다고 했다. 크림은 홍이가 궁금했다. 궁금한 것들이 생겨서 그나마 다행이었다.

아주머니한테는 딸 이름 '홍이'를 떼고 그냥 '이모'라고 부르기로 했다. 아주머니는 흔쾌히 끄덕였다.

할머니 이름을 알아냈다. 이순덕.

할아버지의 이름은 이재덕.

가운데 한 글자만 달랐다. 고모할머니가 아니기를 바랐지만 그 바람은 어긋났다.

그리고 도 실장의 이름은…….

모른다.

별로 알고 싶지도 않다. 어차피 이름으로 부를 일도 없으니까. 이름이든 무엇이든 즐겨 부르고 싶지도 않으니까.

그렇지만 마음 한구석에 무언가가 남았다. 찜찜함 같은 것, 아쉬움 같은 것.

화풀이하듯 구두를 내던져 버린 일에 대해 사과하고 싶었다. 말없이 찾아다 준 것에 대해서 고맙다는 인사도 하지 못했다.

거슬러 생각해 보면 고마워해야 할 순간들이 더 있었다.

차 안에서 아무것도 묻지 않아 주었던 것. 고속도로 휴게소에서 더러운 토사물을 직접 쓸어 담아 치워 준 것. 조금 있다 가자는 청을 들어주고, 안개를 핑계 삼아 멀미 증세가 진정되기를 기다려 준 것.

어쨌거나 오늘은 나쁘지만은 않은 하루였다.

할머니랑은 한 번도 부딪치지 않았고 아주머니랑은 금세 친해졌다. 오 기사님은 아주머니처럼 수다스럽진 않지만 자기 일에 성실하고 수더분한 분 같았다.

그러고 보니 이 집에 사는 사람들은 모두가 각각 혼자다. 할머니, 아주머니, 오 기사, 도 실장까지 모두 가족 없이 외따로 각자 자기만의 방에서 홀로 지낸다.

외로움이 오래도록 굳어 얼음장으로 되어 버린 것일지도 모르겠다. 도 실장, 그 사람.

내일은 오늘보다는 조금 더 투명한 하루였으면 좋겠다. 잠자리에 들 때 마음에다 미진하게 남겨 둘 것들이 없도록.

창밖으로 보이는 까만 하늘에 별들이 반짝였다. 서울이라고는 해도 외곽인 데다 집 뒤편으로 산이 가까워 그런지 별들이 제법 빛났다.

반짝이는 별들이 산속의 집을 떠올리게 만들었다. 맥주 한 모금, 그리고 할아버지가 그리웠다.

크림은 이불을 머리끝까지 뒤집어썼다.

chapter 3

아이스 ＊＊＊＊＊＊＊＊ 크림

"왜 그랬어요?"

야무지게 따지던 크림의 목소리가 이따금 국의 귓가에 맴돌
았다.

따져 묻던 크림에게 국은 대답하지 못했다. 그때 왜 그랬는
지 스스로도 알지 못했기 때문이었다. 거의 본능적으로 가속
페달을 밟았고, 크림에게 뛰어오던 이의 존재를 일러 주지도
않았다.

왜 그랬을까.

쫓아오던 그 남자애는 누굴까.

그리고 크림은 그 사실을 어떻게 알았을까.

크림의 당찬 물음이 귓전을 때릴 때마다 국의 가슴에선 의

문이 꼬리를 물고 이어지곤 했다.

"국아."

국은 고개를 들었다. 눈앞에 이 회장의 얼굴이 있었다. 못마 땅한 기색이 역력했다.

"네, 회장님."

"무슨 생각에 빠졌기에 두 번이나 부르게 만들어?"

"죄송합니다."

이 회장이 쯧쯧 혀를 차더니 밥맛이 다 떨어졌다는 듯 숟가 락을 딱 소리 나게 놓았다. 국도 들고 있던 수저를 상 위에 내 려놓았다.

이 회장과 겸상은 오랜만이었다.

보통은 따로 식사를 하지만, 지시가 있을 때면 이 회장의 방에서 겸상을 했다. 대개 긴밀히 할 이야기가 있을 때 겸상 지시가 떨어졌다.

당연히 오늘도 특별한 이야기가 있을 터였다. 그런데도 집 중하지 못한 채 어느 결엔가 생각이 옆길로 흘러가고 있었다 니. 자책하고 있는 국에게 이 회장이 말했다.

"방금 내가 뭐라고 했는지도 못 들었겠구나."

크림 때문이다.

낯가림이라곤 없는, 불리한 상황에서도 제 할 말은 꼭 하고 야 마는, 낯선 집에 와서도 주눅이라곤 드는 일 없이 여기저기 로 마음껏 돌아다니는. 아직도 정체를 제대로 파악하지 못한 그 여자애 때문이다.

"죄송합니다, 회장님."

다시금 국은 정중히 사과를 드렸다.

"여자 때문이냐?"

국은 이번에도 얼른 대답하지 못했다. 당황스러웠다. 이 회장에게 정곡을 찔린 것만 같았다. 그러나 내색하진 않고서 덤덤히 대답했다.

"아닙니다."

"여자가 있다고 주장하지 않았느냐."

크림을 짚은 것이 아님을 알고 마음이 놓였다. '주장'이란 표현을 사용함으로써 이 회장은 작년 여름에 국이 했던 그 말이 거짓임을 넌지시 확인하고 있었다.

국은 대답 대신 입가에 희미한 미소를 올렸다. '역시 회장님다우십니다'라는 뜻이었다.

"웃지 마라."

"웃지 않았습니다."

"내 눈엔 환히 보이거늘, 어찌 부정하는 것이야?"

이 회장의 말이 국에게는 다른 맥락으로 다가들었다. 크림 때문에 생각에 샛길이 생겼다는 것을 빤히 들여다보고 있다는 소리로 들렸던 것이다.

민망했지만 이참에 묻고 싶었다. 크림이 누구인지를 알고 싶었다.

국은 크림을 바로 들이대지 않고 돌려서 질문했다.

"산장의 그 어르신은 누구입니까?"

"동생이다."

"회장님의……?"

"그래."

국은 고개를 끄덕였다.

이로써 크림의 실재가 확인된 셈이었다. 크림이 들은 대로 이 회장은 크림의 고모할머니가 맞았다.

"크림인지 설탕인지 하는 그 아이, 게으름 안 피우고 일은 잘하고 있다더냐?"

크림이 이 집으로 온 지 오늘로 닷새째.

첫 밤의 첫 대면 이후로 이 회장은 크림을 안채로는 한 차례도 불러들이지 않았다. 머무는 곳이 다르니 서로가 얼굴을 마주칠 일도 없었다. 아예 없는 사람 취급하는 줄 알았더니 마음에는 두고 있었던 모양이었다.

일을 잘하는 정도가 아니라 나름 즐기고 있는 듯 보였지만, 그런 크림의 모습을 이 회장에게 세세히 말하기는 내키지 않았다.

앞날이 창창한 나이의 여자애한테 집에서 허드렛일이나 하도록 방조하는 것만 같아서였다. 더구나 고모할머니라면 핏줄인 크림을 그리 방치해서는 안 될 일이었다.

그래서 국은 짤막하게 대꾸했다.

"네."

"불만인 게냐?"

"네?"

"아니다."

국은 이 회장에게서 시선을 떼지 않았다. 말을 이내 거두어들이는 것은 이 회장과 어울리지 않는다고 생각했기 때문이었다. 이면에 든 말을 헤아리고도 싶었다.

"그런 눈으로 보면 어쩔 것이야?"

어떤 눈이냐고 차마 묻지 못했다.

자신을 가장 잘 꿰뚫어 보는 사람이 이 회장이라는 것을 국은 알고 있었다. 다만 입 밖에 내어 놓느냐 아니냐의 차이일 뿐.

"사랑채를 고집하여 들어주지 않았느냐."

그랬다. 크림이 별채에서 지내면 성가신 일들이 생기기 십상이니 사랑채로 돌려보내는 게 좋겠다는 말을 이 회장에게 한 것은 국이었다.

별채엔 직원들이 종종 드나든다. 모두 이 회장이 부리는 사람들이다.

예전에 비해 관리가 잘되고 있다고는 하나, 혈기 왕성한 남자들 눈앞에다 크림을 놔두어야 하는 것이 불안하기 짝이 없었다.

"별채는 고용인들이 머무는 곳입니다. 그러니 옳은 결정을 하신 겁니다."

"머리가 굵어졌다고 내 말에 옳으니 그르니 판정까지 내리려 드는구나."

뜻밖에도 호통이 아니어서 국은 좀 의아했다.

"그럼 그 아이, 다시 데려가라고 했다."

며칠 사이에 또 다른 결정을 내린 것인가. 그렇다면 왜?

국은 의문을 담고 이 회장을 바라보았다.

"당차고 영특한 계집아이라 하여, 데리고 잘 가르쳐 내 뒤를 잇게 하면 어떨까 생각했느니라."

어쩔 수 없이 국은 이 집에 처음 발을 들인 날을 생각하고 있었다. 그때 국은 어린 사내아이가 아니었다. 보육원에서 사춘기를 다 보낸 뒤였다.

"그런데 이미 다 자라 머리가 굵을 대로 굵어져 버린 아이를 내가 어쩌겠느냐."

"저도 스무 살에 회장님께 오지 않았습니까."

"경우가 다르지. 너한테는 내가 미리 가서 점을 찍어 두지 않았더냐."

국은 놀랐다. 이 회장에게 이런 얘기를 듣는 것은 처음이었다.

"그러신 줄은 몰랐습니다."

보육원에 들러도 국은 물론이려니와 아이들 중 누구에게도 살갑게 말 한마디 걸어 준 적 없던 이 회장이었다.

"내 일찌감치 원장한테 일러두었느니라. 너를 아무 데도 입양 보내면 안 된다고."

"그럼 더 일찍 데려오시지, 어째서 그렇게……."

"다 자라도록 내버려 두었느냐 항의하는 것이렷다."

"아닙니다. 항의가 아니라 단지 궁금해서……."

76

"네가 어떤 녀석으로 커 가는지 내내 지켜보았느니라."

"시험하고 계셨던 거로군요."

"말하자면 그렇지."

국은 합격 여부를 묻지는 않았다. 묻지 않아도 결과야 확연한 일. 지금 이 회장 곁에서 신임 받는 비서실장으로 일하고 있으니 말이다.

"국아."

"네, 회장님."

"내가 얼마나 살겠느냐."

"무슨, 그런 말씀을."

"여든이 코앞이지 않느냐."

올해 일흔여섯. 일흔보다는 여든에 더 가까운 나이로 접어들긴 했다.

하지만 이 회장은 그간 사소한 병치레 한 번 없이 정정했다. 타고난 건강 체질이라 여겨질 정도였다.

"회장님께서는 그 연배의 누구보다도 건강하십니다."

"건강은 누구도 장담 못 하는 법이다."

"갑자기 왜. 혹시 어디 편찮으십니까?"

"얼마 남지 않았다고 하더구나."

놀라 말문이 막힌 국에게 이 회장이 무겁게 덧붙였다.

"동생 말이다."

"아……."

겨우 안도의 숨이 쉬어졌다. 이어 깡마른 몸에 눈빛만 유독 형형하던 노인의 얼굴이 떠올랐다.

손녀딸의 얼굴도 보지 않은 채 방문을 닫아걸던 노인의 그 마음이 어떤 빛깔이었을지, 국으로서는 짐작하기 어려웠다.

"크림, 그 아이한테는 말할 것 없다."

"……네."

가까스로 대답하면서도 국은 혼란스러웠다.

지금껏 국은 말해야 할 것과 말하지 않아야 할 것에 대해서 이 회장의 명을 철저히 받들어 왔다. 이 회장이 시키는 일에 있어서나 이 회장의 가족 관계에 있어서나 똑같이 지켜져 온 사항이었다. 갈등 따위 해 본 적 없었다.

그런데……

"용서 안 해."

할아버지를 떠나오던 그날, 크림의 그 중얼거림이 애절한 음색으로 변해 귓가에 박혔다.

"저 죽는 꼴 보여 주기 싫어 마음 모질게 먹고 나한테다 떼어 보낸 아이를 그 산골짜기로 도로 돌려보낼 수도 없고. 이제 내가 어찌 해야 하겠느냐?"

이 회장이 갈등하는 모습도 처음이었다.

"제 의견을 듣고자 하십니까?"

"의견이 있더냐?"

"생각해 보겠습니다."

당사자인 크림에게 물어야 할 문제라고, 국은 직언하지 못했다.

할아버지에 대하여 말해 주고 그 뒤의 선택은 크림에게 맡기는 것이 옳지 않겠느냐고, 이 회장에게 말하기가 거리꼈다.

왜.

지금 국에게는 크림의 거처나 향후 거취보다는 그 '왜'에 관해서 생각해 보는 게 급선무였다.

❂          ❂          ❂

무릎과 허벅지가 자유롭게 찢긴 멜빵 청바지, 소매가 몇 번 접힌 흰 셔츠, 포니테일로 묶어 올린 머리칼, 그리고 말간 맨발.

별채 거실에서의 크림은 그런 모습이었다. 청소기 소리에 국이 들어서는지도 알지 못한 듯 그저 청소에만 열중하고 있었다.

오 기사는 이 회장을 모시고 사무실로 나갔다. 보통은 국이 대동하는데, 가끔씩 오 기사만 데리고 가는 경우가 있었다. 국이 함께 움직이지 않는 때는 이른바 잠행이다. 불시에 이 회장 혼자 들이닥쳐 직원들의 동태를 파악하는 거였다.

아주머니는 비어 있는 안채를 청소하고 있을 것이었다. 모셔온 지 오래 되어 익숙하다고는 하지만 아무래도 이 회장이 없을 때 훨씬 편안해했다.

국은 잠시 문가에 선 채 크림을 지켜보았다.

이 회장과 겸상했던 그제부터 국의 생각은 지속되고 있었으나 여태 뾰족한 해답은 나오지 않았다.

이 회장에게 전할 의견부터 정립하고자 마음을 가다듬었다. 가슴에 움트는 '왜'에 대해서는 시간을 두고 생각해도 좋을 것이다.

허리를 굽히고 소파 아래로 청소기를 밀어 넣으려던 크림이 문득 국 쪽으로 고개를 돌렸다.

눈길이 마주치자 작동 중인 청소기를 끄고는 크림이 똑바로 섰다.

"이상한 취미가 있나 봐요?"

당돌한 시비조로 크림이 선공을 해왔다.

국은 크림 앞으로 다가갔다. 크림의 쨍한 눈빛과 가까워졌다.

"이상한 취미라니?"

크림의 입이 톡 소리라도 나듯 동그랗게 벌어졌다.

"비서 아저씨 지금 나한테 반말하신 거죠?"

이번엔 시비조가 아니었다. 놀라움이 반, 반가움도 반. 국에게는 그렇게 느껴졌다. 나쁘지 않았다.

"도 실장님."

차분히 호칭을 교정해 주자, 크림이 쌕 웃었다. 무음에다 채도도 낮은 그 웃음이 국의 머리에 네 글자를 심어 놓았다. 무장 해제.

"자꾸만 까먹어서 미안해요. 도, 실, 장, 님."

목소리 톤이 경쾌했다.

졸지에 도우미 노릇을 하며 살게 됐는데도 이곳에서의 생활에 완벽히 적응해 버린 것만 같은 얼굴이었다. 제 할아버지의 상태를 모르기에 가능한 모습일 터.

국은 마음이 무거웠다.

"근데요."

"네."

"또!"

한 글자의 가벼운 타박이 무엇을 의미하는지 알았으나 국은 대꾸하지 않았다.

"듣기 거북해서 그러는데, 제발 말 좀 편하게 하시면 안 돼요?"

"안 됩니다."

"왜요?"

너는 이 회장의 조카 손녀니까.

"하려던 말이 뭡니까?"

"하려던 말? 뭐였더라? 아! 이름이 뭐예요, 아저씨?"

국은 입을 꾹 다물었다. 미간에까지 힘을 주진 않았다. 불편한 감정을 전달하는 데에 꾹 다문 입매는 대체로 확실한 효과를 발휘하곤 했다.

연체가 쌓인 악성 채무자들 앞에서 국은 언제나 입을 굳게 다물었다. 섣부른 독촉 따위는 하지 않았다. 말을 많이 하면

할수록 상대는 여지를 찾기 마련이었다. 아주 작은 여지 하나를 붙들고 바짓가랑이 잡듯 매달리면 골치 아팠다.

서글서글한 호감형의 얼굴이 아니라는 점이 보탬이 됐다.

건조하고 차가우며 감동이라곤 모를 것 같은 얼굴. 무심한 사람. 글자 그대로 마음이 없는 사람.

자신에게 붙여진 그 이미지가 국은 싫지 않았다.

"아차. 또 까먹었다. 도 실장님, 도 실장님, 도 실장님. 왜 이렇게 입에 안 붙지? 그냥 계속 아저씨라고 부를까 보다."

말을 좔좔 늘어놓고는 크림이 조금 전의 그 웃음을 또 지었다.

"기분이 좋아 보이네요."

"네, 좋아요. 이제 3주 남았거든요."

"3주?"

"여기 온 지 일주일 됐잖아요. 그러니까 딱 3주 남은 거죠. 약속했거든요. 한 달만 견디기로. 4분의 1이 훌쩍 지나갔으니까 나머지도 금방 지나갈 거예요."

애초에 그런 약속이 있었던 것인가. 그래서 이렇게 맑을 수 있었던 건가.

노인이 한 달을 내세워 억지로 등을 떠밀었을까? 그랬다고 하기엔 그날 분위기와 어울리지 않는다. 노인에게 그날은 긴 이별의 서막이나 다름없었으니 말이다.

"누구와 약속을 했다는 겁니까?"

생긋 웃고서 크림이 대답했다.

"나랑."

마치 외국어처럼 들렸다. 크림의 남다른 외모 때문만은 아닐 터. 비밀이라도 나누어 주듯 속삭이는 말투 때문일지도 모르겠다.

"어, 도 실장 여기 와 있었네?"

아주머니 목소리였다.

국은 크림에게서 비켜섰다.

"부탁 좀 할까 해서 방에 갔더니, 없더라고."

국을 앞서 크림이 물었다.

"무슨 부탁인데요, 이모?"

"오 기사랑 장 보러 나가려고 했는데, 마침 회장님 수행 나갔잖아."

장 보는 날은 요일별로 정해져 있는데, 오늘은 나가는 날이 아니었다. 국의 심중을 읽은 듯 아주머니가 설명했다.

"저녁에 서 대표님 오신다는데 찬이 마땅찮아서 말이지. 그분도 한 성깔 하시는 거 도 실장도 알잖아."

크림이 듣고 있는데도 무람없이 말하는 아주머니가 국이야 말로 마땅찮았다. 서 대표가 누군가. 이 회장의 외아들이다.

일하는 사람들끼리 모시는 분의 아들에 대해 험담을 하는 것도 곤란하거니와, 크림 앞에서는 더더욱 조심해야 할 일이었다.

"아주머니."

"응?"

"이크림 씨는 회장님의 손녀입니다."

어안이 벙벙한 얼굴로 쳐다보던 아주머니가 이내 깨닫고는 입술을 맞물렸다.

"그래서 뭐가 어쨌다고요. 손녀면 뭐, 이모가 할 말도 못하고 살아야 돼요? 한참이나 어린, 딸 같은 앤데."

부루퉁한 크림의 말에 아주머니가 긴장을 풀며 어설프게 웃음 지었다. 국은 그 웃음을 끊어 내듯 단단히 말했다.

"딸 같은 아이일지언정, 딸은 아닙니다."

입조심 제대로 하라는 뜻이었다. 물론 크림에게가 아니라 아주머니에게 향한 말이었다.

"알았어, 알았어. 조심할게."

선뜻 수긍하는 아주머니와는 달리 국을 쳐다보는 크림의 눈빛이 시리도록 쨍해졌다.

웃음기 사라진 크림의 얼굴을 보니 다시금 산마을의 그 노인이 떠올랐다. 마음에다 수시로 무거운 돌 하나를 얹어 놓는 이 아이, 정말 골치 아프다.

"목록을 적어 주시면 다녀오겠습니다."

국의 말에 아주머니가 반색했다.

"고마워, 도 실장. 급할 땐 역시 도 실장밖에 없다니까?"

경계를 함부로 허무는 이런 식의 낯간지러운 칭찬은 질색이었다. 국은 묵묵히 별채를 나섰다. 등으로 꽂히는 크림의 눈빛이 의식됐지만 돌아보진 않았다.

안채의 방에 들러 외출 준비를 하고 나온 국은 차고 앞에서 기다리듯 서 있는 크림을 발견했다. 조금 전 청소기를 돌리던 그 옷차림 그대로, 배 위로 올라붙은 주머니에 두 손을 반쯤 찔러 넣은 채였다.

국은 천천히 크림에게로 걸어갔다. 본 척도 않고 차고로 들어가 차 문을 열려는데 곁으로 온 크림이 뛰어들 듯이 말했다.

"나도 가요."

"안 됩니다."

"됩니다."

퐁당거리는 대꾸였다.

국은 크림을 돌아보았다. 뭐 어때서요? 하는 얼굴로 크림이 국을 마주 쳐다보았다.

딱히 안 될 이유는 없다. 그렇지만 둘이서 같이 가야 될 이유도 없다. 안 되는 적절한 이유를 찾아 크림에게 대야 했다.

"멀미는 어쩌고?"

크림의 입술이 곡선을 품었다. 치아는 보이지 않지만 미소였다.

"지금 저 걱정해 주시는 거예요?"

"나를 걱정하는 겁니다."

"또 나 토한 거 뒤처리하게 될까 봐요?"

"또 그런 경우가 생긴다면 뒤처리는 본인이 해야겠죠."

"내가 할게요. 그럼 됐죠?"

그래도 안 된다고 했다가는 거 보라며 자기를 걱정해 준 게 맞지 않느냐며 우겨 댈 게 뻔했다.

뭐라 대꾸할 틈도 주지 않고 조수석 쪽으로 돌아간 크림이 검지로 콕콕 차 문 쪽을 찍었다. 열어 달라는 뜻일 터. 방금 오고간 대화는 깡그리 잊은 듯, 둘이 같이 나가기로 약속이라도 되어 있던 것처럼 태연자약한 모습이었다.

계속 거부하면 대수롭지도 않은 일로 억지를 부리는 모양새가 되고 말 것이다.

국이 운전석에 먼저 오르자, 크림도 냉큼 차 문을 열고는 국 옆에 앉았다.

"아주머니한테 말은 하고 온 겁니까?"

"네, 하고 온 겁니다."

"멀미 얘기는 안 했겠지."

"안 했겠지."

"굳이 나가려는 이유가 뭡니까?"

"굳이 싫어하는 이유가 뭡니까?"

"싫다고는 안 했습니다."

"좋다고도 안 했습니다."

슬슬 한계가 왔다. 꼬박꼬박 말투를 흉내 내는 크림 때문이었다.

"지금, 뭐 하는 겁니까?"

"아저씨 때문이잖아요."

적반하장이 따로 없다.

"내가 왜?"

"아저씨가 자꾸만 그런 식으로 말하니까, 그게 얼마나 우스

꽝스러운지 보여 주려고 그러는 거잖아요. 아저씨는 진짜 안 웃겨요?"

"내려요."

"네?"

"내리라고."

"아저씨 지금 나한테 화내고 있는 거예요?"

"입 다물고 조용히 있든가, 안 그럴 거면 지금 내리라는 말입니다."

"화내는 거 맞네."

화가 난다기보다는 거슬리고 성가셨다. 당연한 듯이 옆자리를 차지하고 앉아 말을 이어 가고 있는 이 여자애가. 틀어쥐면 한 줌밖에 안 될 것 같은 저 목덜미에서 은은히 흘러나오는 냄새가.

향수는 아니었다. 여자애 고유의 냄새였다. 그 산골 마을에서 여자애를 차에 태웠을 때는 맡지 못했던, 그래서 지금이 더 이해가 안 되는, 아주 기이한 향.

"알겠다. 도 실장님이라고 안 해서 그러는구나?"

제멋대로 넘겨짚게 내버려 두었다. 도 실장이든 아저씨든 다른 무엇이든 국은 상관없었다. 신경 쓰이는 존재를 한집에 두고 매일 마주쳐야 한다는 게 싫을 뿐이었다.

이 순간 국의 '의견'은 원래 있던 곳으로 크림을 돌려보내는 쪽으로 무게가 살짝 기울었다. 크림이 처한 상황이나 조건 등 다른 요소들은 하나도 고려하지 않는다면, 오로지 국 자신의 의지만 따른다면.

그러나……

"벨트 매요."

안전벨트를 끌어다 매며 크림이 시비 걸 듯 물었다.

"이름 없어요?"

국은 지체 없이 대답했다.

"네."

왜냐하면, 너한테 이름으로 불릴 일은 현재에도 미래에도
없을 테니까.

서늘한 독백을 가슴에 새기며 국은 리모컨을 눌렀다. 차고
문이 스르르 올라갔다. 바깥세상의 빛들이 어두운 차고 안으
로 번져 들어왔다.

"대단한 비밀도 아닌데 되게 비싸게 구시네요."

국은 크림의 투덜거림을 귓등으로 흘리며 차를 출발시켰다.
차는 조용한 골목을 지나 차츰 도심으로 나아갔다.


"우와."

감탄과 함께 크림이 벌린 입을 다물 줄 몰랐다. 이리저리
둘러보는 품이 대형 마트엔 처음 와 보는 모양이었다.

국으로서는 순박한 산골 소녀라도 보고 있는 느낌이었다.

카트를 가져오자, 크림이 나섰다.

"내가 할래요."

함부로 밀고 다니다 다른 이들과 부딪치거나 진열대를 들이

받지나 않을지 걱정스러웠다.

국의 우려는 아랑곳없이 크림이 민첩한 손놀림으로 카트 손잡이를 점령해 버렸다.

돌돌 굴러가는 카트를 밀며 신이 나 죽겠다는 얼굴이었다. 미미한 멀미 증상은 마트에 도착한 순간 말끔히 사라진 듯했다.

오는 길이 멀지 않아 괜찮으리라 생각했는데, 마트에 이르기까지 크림은 내내 차창을 반 뼘쯤 내려두고 있었다. 도시의 공기가 그다지 좋을 리 없으련만, 저 나름의 멀미 방지책이라 여겨 국은 간섭하지 않았다.

동반될 멀미를 견뎌 가면서까지 동행을 고집한 크림의 속내가 궁금했다.

"와 보고 싶었어요."

툭 건너오는 크림의 말에 국은 좀 놀랐다. 생각이 머리 위에 말풍선으로 떠오른 것도 아닐 텐데 답이라도 주듯 곧장 말해 주다니.

"TV에서만 봤거든요. 요 카트도 직접 밀어 보고 싶었고요."

국은 아무 대꾸도 하지 않았다. 도란도란 대화를 나누며 마트에서 장을 보는 관계가 아니었다.

크림뿐 아니라 누구와도 그런 풍경을 연출하며 살아갈 것 같지는 않았다.

지금껏 살아온 모든 날들이 국에게는 단색이자 무채색이었다. 감정을 불온하게 뒤흔드는 변화가 아니라 지루하다 싶도록 단조로운 평화.

국은 그런 시간들이 좋고 편안했다. 그리고 앞으로 주어질 미래 또한 그러하길 바랐다.

"나랑 같이 오니까 좋죠?"

크림의 천연덕스러운 물음에도 국은 대답하지 않았다.

뭔가 어색하다고 할까. 붐비는 사람들 속에서 주고받는 둘만의 내밀한 대화 같은 것 말이다.

"여태까진 아저씨 혼자 왔을 거잖아요. 외롭고 심심하게."

장보기는 아주머니와 오 기사의 몫이다.

오늘처럼 특별한 경우엔 국 혼자 일을 보긴 했지만 외롭지도 심심하지도 않았다. 외롭다거나 심심하다거나 하는 정서는 지난 세월 속에 깊이 묻혀 버린 지 오래였다.

"우리는 장날에만 산을 내려와요. 읍내에 닷새마다 장이 서거든요. 아저씨는 5일장 그런 거 모르죠? 장에 가면 별거, 별거 다 있어요. 이런 데 없는 것도 많은 걸요?"

국은 대꾸 없이 아주머니가 적어 준 목록을 보며 카트에 식재료들을 담았다. 크림의 말은 계속 이어졌다.

"아저씨가 궁금할까 봐 말해 주는데요. 우리 마을에도 슈퍼는 있어요. 여기에 비하면 거의 구멍가게 수준이긴 하지만요. 그래도 필요한 건 다 팔아요. 없는 건 째한테 얘기하면 들여놔 주고요."

째?

건성으로 듣던 말들 가운데 이름 같은 지칭 하나가 국의 뇌리에 걸려들었다. 정말 머리 위에 떠오른 말풍선을 보기라도 한 것처럼 크림이 말했다.

"째는 내 친구예요. 불, 아니 남자 사람 친구."

친구 앞에 붙는 수식어, 남자 사람. 남자와 사람, 둘 중 어디에다 방점을 찍어야 하는지 국은 알 수 없었다.

"별명입니까?"

"뭐가요?"

"째."

"아니요. 이름이에요."

"그럼, 외국인?"

한 템포 쉬며 건너간 물음에 크림이 민감하게 반응하며 되물었다.

"나처럼 혼혈이냐고 묻는 거예요?"

혼혈.

아주머니가 크림을 두고 무슨 비밀이라도 귀띔해 주듯 국에게 했던 표현도 '혼혈아'였다.

그때 국은 별다른 코멘트를 하지 않았다. 혼과 혈의 조합으로 이루어진 낱말이 새삼 특별한 뉘앙스로 다가든 것은 사실이지만.

"그런 뜻은 아닙니다."

"그런 뜻이었어도 괜찮아요. 궁금해 하지 말고 그냥 물어보세요. 숨길 것도, 부끄러울 일도 아니니까."

"궁금하지 않고, 지금은 친구 이름 이야기를 하던 중이었습니다."

"궁금하지 않고?"

"네."

"아저씨 거짓말 대회 나가면 1등 하겠어요."

포커페이스는 일상이니 그런 대회가 정말 있다면 우승이야 어렵지도 않겠다.

"거짓말 아닙니다, 안 하네요?"

국은 침묵했다. 일일이 대꾸하다 크림의 페이스에 말려들 가능성이 있었다. 말 이끌어 내기 대회 같은 게 있다면 크림이야말로 순위권 안에 가볍게 들 수 있을 테니까.

목록을 점검하고는 계산대 쪽으로 가려는데, 크림이 국을 제지했다.

"잠깐만요, 아저씨."

조르르 뛰어갔다 되돌아온 크림의 품 안에 여섯 개 들이 맥주 캔이 안겨 있었다. 물론 아주머니가 준 목록에는 없는 것이었다. 투명하다 싶도록 흰 두 뺨에 엷은 홍조가 번진 채로 크림이 말했다.

"안 됩니다, 하지 마세요."

안 됩니다, 하려고 했다.

"제발."

크림이 애원했다. 두 눈에 고소한 웃음을 담은 애원이었다.

주위 사람들의 시선이 모이는 게 느껴졌다. 크림의 독특한 외모가 눈길을 불러들인 탓도 있을 터였다. 두 사람을 번갈아

보며 웃음 짓는 이도 있었다. 제발, 하고 따라 하며 응원하는 크림 또래의 여자애도 보였다.

국은 자신과 크림이 마트 안의 사람들에게 어떤 모습으로 비칠까를 생각했다. 누군가와 함께일 때 이런 내용의 생각을 하는 것, 그러니까 타인들의 시선을 분석하는 것은 매우 드문 일이었다.

생각으로 인한 침묵을 허락이라 여긴 듯 크림이 맥주 캔 묶음을 카트에다 실었다. 그러고는 씩씩하게 카트를 밀고 가기 시작했다. 크림의 어깨에서 즐거운 리듬이 뛰노는 것 같았다.

계산대 앞에서 줄을 서서 기다리며 크림이 말했다.

"고마워요, 아저씨."

눈가에 조금 전의 그 고슬고슬한 웃음을 담은 채였다. 계산할 때 맥주 캔을 제외하려고 했는데 그러지 못하게 크림이 선수를 친 셈이었다.

"나의 소확행이거든요."

"소확행."

몰라서 되짚은 것은 아니었다. 크림의 입에서 나온 그 말이 본래의 뜻을 벗어나 먼 우주의 행성 이름처럼 들렸기 때문이었다.

"몰라요? 소소하지만 확실한 행복. 그런 걸 소확행이라고 하잖아요. 나한테는 캔 맥주 하나가 그래요. 번잡한 하루 일과를 마치고 잠들기 전에 맥주 한 캔을 마시는 그 평화로운 순간."

매일 밤 맥주 한 캔이라. 이건 뭐 거의 중독 아닌가.

"아저씨의 소확행은 뭐예요?"

생각해 본 적 없다.

행복이란 너무도 추상적인 개념이어서, 국은 삶의 어느 길목에서도 그것을 열렬히 추구해 본 기억이 없었다. 추상에다 크기나 부피를 적용하는 것도 부질없는 짓.

"없는 거예요, 모르는 거예요?"

제법 진지한 물음이다. 마침 계산할 차례가 되어 생각하거나 선택하지 않아도 되었다.

국을 도와 카트의 물건들을 계산대 위에 하나씩 올려놓으며 크림이 말했다.

"우재예요."

돌아보는 국에게 크림이 덧붙였다.

"내 친구 이름."

그런데 왜 끝 글자만, 그것도 째라고 강하게 발음하지?

의문에 답하듯 크림이 말했다.

"째는 애칭이에요."

크림의 시선은 국에게 향해 있지 않았다. 바코드에 찍히며 나는 소리가 신기한 듯 계산대 점원의 손길만 들여다보고 있었다.


트렁크에다 상자를 싣고 차에 오르자, 크림이 국의 코앞에 영수증을 까딱여 보였다. 반짝이는 얼굴이었다.

"아저씨 이름 알아냈어요."

아주머니가 꼭 저더러 챙겨 오랬다며 점원한테서 잽싸게 영수증을 받아 채더니만, 속셈이 따로 있었던 거였다.

흘려 쓴 필치의 서명으로는 이름을 한눈에 알아보긴 힘들 터. 국은 아무 대꾸도 하지 않았다. 아니나 다를까, 크림이 엉뚱한 소릴 했다.

"도군."

국은 말없이 시동을 걸었다.

"아닌가? 그럼 도걸."

묵묵히 핸들을 틀었다.

"설마 굴? 도굴? 그건 좀 웃긴데."

피식 웃음이 날 뻔했다. 국은 조수석 쪽 차창을 반 뼘 내렸다.

"굴은 확실히 아니죠? 그럼 뭐지?"

영수증에 코를 박고 들여다보던 크림이 드디어 알겠다는 듯 신나게 외쳤다.

"국! 도국!"

정답이라 일러 주지도 않았건만 크림이 두 발을 굴러댔다.

어쩌면 이 아이는 즐거움을 연기하고 있는 것인지도 모른다. 낯선 환경에서 스스로에게 약속한 시간들을 견뎌 내기 위해서, 되도록 잘 견뎌 내려고 기쁨을 과장하고 있는 건지도 모른다.

스치는 생각 끝자락이 어쩐지 씁쓸했다.

차가 서서히 옥외 주차장을 빠져나갔다. 열려 있는 차창으로 바람이 흘러들기 시작했다. 마트로 오던 때처럼 차창에 얼굴을 대다시피 했으므로 크림의 목덜미가 꺾이기 직전의 꽃대처럼 위태롭게 틀려 있었다.

바람 덕분에 더 이상 크림 냄새는 맡지 않아도 됐다. 크림이 멀미를 해서 다행이라고, 국은 잠시 생각했다.

멀미가 일지 않도록 최대한 부드럽게 차를 몰았음에도 금세 집에 도착했다.

"무지 갑갑했는데, 데리고 나가 주셔서 바깥바람도 쐬고, 난생처음으로 대형 마트 구경도 하고. 고마웠어요, 아저씨."

크림의 찬찬한 인사말에 국은 아무 말도 건넬 수 없었다.

차에서 내린 크림이 차고를 나가 정원으로 걸어 들어갔다. 곧 크림의 모습이 시야에서 사라졌다.

국은 내내 열어 두었던 차창을 올렸다.


늦은 밤이었다.

서 대표를 배웅하고 들어오던 길, 국의 걸음은 사랑채로 꺾였다.

정원 깊이 자리 잡은 나무들은 아늑한 어둠을 거느리고 있었고, 마당엔 사랑채에서 새어 나온 불빛들이 잔잔하게 고여 있었다.

거실의 불빛을 등지고서 크림이 마루에 동그마니 앉아 있었다. 올려 세운 무릎을 두 팔로 끌어안은 자세였다.

이 밤에 이리로 찾아든 이유를 굳이 대자면, 소확행.

낮에 사 온 캔 맥주를 크림에게 전하고자 함이었다. 이 집에서 크림이 누릴 수 있는 작지만 유일할 행복을.

국을 발견한 크림이 다정한 결박을 풀고 몸을 일으켰다.

"아저씨."

도 실장님이란 호칭은 끝내 쓰지 않을 모양이다. 괜한 고집이거나, 머리가 나쁘거나. 어느 쪽이건 상관이야 없다.

"우와."

낮은 탄성과 함께 크림이 마당으로 뛰어 내려왔다. 하얀 맨발의 발랄한 움직임이 눈에 들어왔다.

"안 그래도 지금 맥주 생각이 간절했는데. 어떻게 갖고 오나 고민하던 참이었는데. 아저씨랑 나랑 텔레파시가 통했나봐요."

크림이 두 손을 모아 국 앞에 내밀었다. 그 손바닥에다 맥주 캔 여섯 개를 한꺼번에 올려놓으면 크림의 몸이 무너져 내릴 것만 같다. 아이스크림처럼 사르르 녹아내릴 것만 같다.

낮에 마트에서는 크림 혼자 잘만 들고 왔거늘. 밤의 불빛이 조화를 부려서일까. 지금의 크림은 한없이 여려 보인다. 시린 눈빛이 지워져서일지도 모르겠다.

"주세요."

국은 크림을 스쳐 지나 댓돌 위로 올라섰다. 그리고 크림이 앉아 있던 자리에 캔 맥주를 내려놓았다.

뒤따라온 크림이 마루에 걸터앉더니, 맥주 캔 하나를 빼서는 서 있는 국에게 건넸다. 다른 손으로는 제 곁을 톡톡 두드려 보였다.

국은 갈등했다.

"빨리요."

크림이 재촉했다. 자신의 소확행을 얼른 맛보고 싶다는 소리로도 들렸다.

국은 맥주 캔을 받아 들고 크림 옆에 앉았다. 지금 이곳에, 크림 곁에 앉는 이유는 서 대표다. 오늘 저녁 서 대표가 크림에게 보인 홀대 때문이다.

저녁 식사는 셋이서 같이 했다. 이 회장과 서 대표, 그리고 국. 크림도 종종거리며 도운 저녁상은 안채 거실에 차려졌다.

서 대표에게 미리 언질을 주었던지 식사 시중을 드는 크림에 대한 직접적인 소개말은 없었다. 서 대표도 짧은 인사만 받았을 뿐 크림에게는 어떤 질문도 하지 않았다.

식사하는 자리에 크림을 함께 앉히지도 않은 걸로 봐선 이회장이 크림을 소개하려고 일부러 서 대표를 불러들인 자리는아닌 듯싶었다.

서 대표는 이 집을 방문할 때면 늘 그러했듯이 이 회장 소유의 건물들 중 몇 채를 언급하며 소유권 이전을 청했다. 상속보다는 생전에 증여하는 쪽이 절세에(적나라하게 말하자면 탈세일테지만) 훨씬 이롭다는 견해였다.

그 방면에 있어, 그러니까 재산을 탐하는 데에 있어 서 대표는 참으로 끈질기게도 질척거렸다. 어머니가 호락호락한 분이 아니라는 걸 잘 알면서도 그랬다.

국은 그런 서 대표의 모습이 볼 때마다 지겨웠다. 외아들이면서도 다른 이에게 자기 몫을 조금이라도 빼앗길까 봐 전전긍긍하는 꼴이 가관이었다.

서 대표 또한 국을 달가워하지 않았다. 제 딸과 관련되었던 일은 그저 핑계였고, 목적은 언제나 돈이었다. 이 회장의 어마어마한 자산이 혹여 국에게로 조금이라도 넘어갈까 경계했으며 경박한 그 눈길을 감추지도 않았다.

그런데 난데없이 등장한 조카 손녀라니. 아마 서 대표는 뭐 밟은 느낌이었으리라.

저녁을 먹던 중에도 서 대표는 크림을 일하는 사람 취급했다. 숭늉이며 티슈며 접시 등등 이것저것을 가져오라고 내리 심부름을 시켜 댔다.

그럴 때마다 일어선 것은 국이었다. 그 자리에서 그런 일들을 해 마땅한 사람은 국 자신이라고 생각했다. 지시가 있었기에 어쩔 수 없이 도우미 노릇을 하게 둘지언정 크림은 엄연히 이 회장의 손녀니까.

"우리 건배할래요?"

국의 상념들을 흩뜨리며 크림이 제안했다. 국은 캔을 땄다. 크림이 국의 캔에 제 것을 살짝 갖다 댔다.

"위하여."

밤이라서 그럴까. 건배 제의도 건배사도 가만가만했다. 밤이 되면 살던 곳이 그리워질지도 모른다. 그래서 목소리조차 아련해질지도 모른다.

산중턱에 숨은 그 집에 내리는 밤은 어떤 빛깔일까. 그 집에서도 이 여자애는 밤마다 툇마루에 나와 앉아 캔 맥주 하나를 두 손에 감싸 안았을까. 지금처럼.

"아, 시원해."

한 모금 들이켜고서 크림이 나지막이 내뱉었다.

국은 캔을 손에 쥐고만 있었다.

애당초 담배를 배우지 않았듯이 국은 술도 즐기지 않았다. 의지를 거스르며 몸이 제멋대로 흐트러지는 게 싫었다. 이 회장 앞에서 이 회장이 권할 때만 한두 잔, 술은 그게 전부였다.

"생각해 봤는데요. 아저씨는 아직 모르는 거예요. 아저씨의 소화행 말이에요. 하나도 없을 수는 없는 거잖아요. 어려운 것도 아니고 이루지 못할 꿈도 아닌데. 안 그래요?"

국은 맥주를 한 모금 들이켰다.

오늘 같은 밤, 크림이 생각이랍시고 하고 있던 게 그거였다니.

당숙인 서 대표한테서 살가운 말 한마디 듣지 못하고 무시당한 장면들은 애써 묻어 두려는 걸까. 그렇다면 끄집어내 들쑤실 필요도 없겠지.

"그런데 아저씨, 대장 손녀랑 결혼할 뻔했다면서요?"

아주머니 입단속을 다시 시켜야겠다.

"약혼까지 했었다던데. 진짜예요?"

국은 대답 없이 맥주만 다시 한 모금 마셨다. 크림이 고개를 기울여 국의 왼손을 들여다보았다.

"반지는 없네."

약혼식 이후 지니고 있던 반지는 이 회장 앞에 무릎을 꿇던 작년 여름의 그날, 손에서 뺐다. 그리고 다음 날엔 이 회장에게 되돌려 주었다.

서 대표의 딸이자 이 회장 손녀와의 약혼. 이 회장이 내린 그 명령은 끝내 결혼까지는 이르지 못하고 반지를 회수한 이 회장에게서 마감되었다.

항명의 대가로 이 회장에게서 내쳐짐을 각오했지만, 그런 종류의 파국은 없었다.

국은 여전히 이 회장 곁에 남았고, 할머니의 마음을 얻으려 노력했던 손녀는 결국 이 집과 연을 끊었다.

"그럼 대장 손녀는 다른 사람이랑 결혼했어요?"

"네."

"아저씨 속상했겠다."

국은 쓴웃음을 지었다. 그녀를 여자로 가슴에 들였던 적 없었으므로 그 결혼 자체에 속상할 까닭은 없다. 다만 자존심에 얼마간의 스크래치가 난 것은 사실이다.

그렇게까지 싫었을까.

제 아버지가 그토록 목을 매는 엄청난 재산을 다 마다하면서까지 그 남자에게 올인해 버린 그 마음을, 국으로선 도저히 이해하기 힘들었다.

사랑이라는 것.

국에게는 그것이 풀지 못할 미지의 암호이자, 해가 없는 방정식과도 같았다. 행복이 추상성을 대표하듯이 사랑 또한 마찬가지의 개념이었다.

이 회장이 던진 인주 통으로 인해 이마에 생긴 상처가 피를 냈으나 흉터로는 남지 않았듯이, 자존심에 난 약간의 스크래치도 얼마 지나지 않아 원상회복되었다.

만약 그것이 사랑이었다면 어땠을까. 세상 사람들이 사랑이라고 부르는 그 미지의 마음이었다면. 그랬다면 회복되기까지 긴 시간을 필요로 했을까. 그 시간 내내 힘겨웠을까.

국은 비어 있던 왼손을 꽉 움켜쥐었다. 입도 꾹 악물었다.

그런 시간은 겪고 싶지 않다.

평화롭게, 어떠한 변화도 없이, 지금 이대로, 이 삶을 끝까지 이어 가고 싶다.

시나브로 스며드는 것, 서서히 번져 오는 것, 불안하게 흔들리는 것, 미묘한 냄새에 마비되는 것, 잠깐이나마 갈등하게 만드는 것, 신경 쓰이고 자주 생각하는 것.

그런 모든 것들이 삶에 침범해 들어오는 순간을 허용하지 않겠다.

국은 맥주 캔을 내려놓고 일어섰다. 크림의 시선이 따라붙고 있음을 알았지만 고개를 돌리진 않았다. 마당으로 내려서서 몇 걸음을 뗐을 때.

"꾹 아저씨."

등으로 크림의 부름이 다가들었다.

"꾹 실장님."

둘 다 '국'을 강하게 발음한 '꾹'이다. 왜 그렇게 부르는 거냐고 묻기 전에 산뜻한 목소리로 크림이 답을 주었다.

"애칭이에요."

그러나 국은 대꾸하지도, 뒤돌아보지도 않았다. 크림을 등지고 발밑 어둠을 밟으며 앞으로 걸어갔다.

chapter 4

아이스 ＊＊＊＊＊＊＊ 크림

할아버지는 잘 웃지 않는 사람이었다.

처음부터 그랬다.

열 살이었던 크림은 아빠 손을 잡고 할아버지가 사는 산속의 집으로 들어왔다. 그때까지 크림은 외할아버지가 있는 줄도 몰랐다.

독일에 계신 아빠의 부모님은 크림이 태어나기도 전에 돌아가셨고, 아빠를 만나던 무렵 엄마는 혼자서 유럽을 여행 중이었다.

두 사람이 처음 만난 곳은 베를린이었다.

아빠 말에 의하면 첫눈에 서로의 외로움을 알아본 두 사람은 불같은 사랑에 빠져 들었다고 했다. 함께 유럽 전역을 돌아다니며 꿈같은 시간을 쌓았다고 했다.

"영화를 찍었네."

크림이 말하자, 아빠가 한술 더 떴다.

"선남선녀가."

어눌한 발음으로 사자성어를 들먹이는 아빠가 크림은 너무
도 좋았다. 배우같이 샤프한 외모와 달리 더없이 순수한 느낌
을 주었고 보고만 있어도 맘이 푸근해졌다. 그리고 그런 아빠
를 떠나 버린 엄마가 야속했다.

아빠한테 한국어를 가르친 것은 엄마였다. 그렇지만 셋이서
대화할 때 아빠는 주로 영어를 사용했다. 덕분에 크림은 어려
서부터 영어가 모국어만큼이나 익숙했다.

아빠가 서투르게나마 한국어를 더 많이 사용하게 된 것은
크림을 데리고 할아버지 집으로 들어와 살게 된 후부터였다.
엄마의 행방을 찾아 헤매다 흘러든 곳이 할아버지가 홀로 살
던 그 집이었던 것이다.

할아버지 또한 딸과 연락이 끊어진 지 오래였지만, 크림과
아빠가 당신의 집에서 함께 살아가도록 받아 주었다. 웃음 섞
인 환영도, 불편해하는 기색도 없었다. 할아버지는 그저 둘을
받아들였다.

할아버지가 크림 앞에서 '숙명'이란 말을 입에 올린 것은

아빠의 사고 직후였다.

아빠는 암벽을 등반하다 실족했고, 구조대가 도착하기도 전에 죽었다. 고통은 없었을 거라고, 크림의 손을 꽉 잡은 채로 할아버지가 말했다. 그때 크림은 열일곱 살이었다.

본국으로 보내 봐야 마땅히 장례를 치러 줄 사람도 없었으므로 크림의 아빠는 7년 동안 살아왔던 그 산에 묻혔다. 할아버지의 집에서 멀지 않은 곳이었다.

엄마하고는 여전히 연락이 닿지 않았다. 그리움의 자리에 처음으로 미움이 싹텄다. 크림은 엄마를 향한 기다림의 자리를 가슴에서 지웠다.

"엄마 맞아?"

아주머니의 물음에 크림은 눈을 깜박거렸다.

"아니, 너희 할아버지가 서울 가서 만났다던 사람이 진짜 엄마가 맞느냐고."

"엄마 아니면 누구겠어요?"

할아버지는 그 산을 벗어나는 일이 없던 분이었다. 스스로를 유폐하듯 산속에서만 살아왔다. 젊은 날의 엄마는 산도 할아버지도 다 지긋지긋하다며 버리듯 집을 떠나 버린 거라고 했다.

그런 할아버지의 갑작스런 도시 외출에 하나뿐인 딸의 부름이 아니면 다른 무슨 이유가 있으랴.

할아버지를 잘 아는 크림에게는 너무도 당연한 유추였건만, 지금껏 크림의 이야기를 듣고 난 아주머니가 생각의 물꼬를 새로 트고 있었다.

"나 같으면 너도 볼 겸 내가 직접 가지, 연세 많은 어르신을 서울까지 불러내진 않을 것 같거든."

"원래 제멋대로였대요. 우리 엄마요."

"아무리 그래도 그렇지. 어렵게 연락이 닿았으면 너희 아빠 죽은 것도 그때에야 들었을 텐데. 살았을 때 다시 안 볼 만큼 의 사이였대도, 죽은 사람한테는 못 그러는 법이거든. 한 번쯤 은 묘에도 가 보고 그랬을 것 같아. 나라면 말이야."

상식적으로 그럴 듯한 추론이었다.

그날 할아버지는 엄마를 만났느냐는 크림의 물음에 가타부 타 말이 없었다. 만나지 않았다면 아니라고 말했을 텐데, 엄마 하고는 상관없는 결정이라고만 되풀이했었다.

"엄마가 아니라면 누구였을까요?"

겨울 산 같은 할아버지를 움직이게 한 사람. 손녀를 떠나보 내는 결심까지 하게 만든 사람. 엄마가 아니라면 도대체 누구 일까요?

"혹시, 회장님?"

"대장, 아니, 할머니요?"

"이따 오 기사한테 물어봐야겠다. 그날 회장님 모시고 어디 로 나갔었는지, 일지 보면 확인할 수 있을 거니까."

크림은 그날의 날짜를 더듬어 아주머니에게 일러 주었다.

"어쩜 도 실장이랑 같이 나갔을 수도 있겠다. 도 실장한테는 네가 물어봐. 도 실장이 너한테 신경 깨나 쓰는 거 같으니까."

"저한테요? 에이, 아닌데요. 도 실장님은 만날 입을 꾹. 그래서 꾹 실장님이라고 부르는 걸요."

"꾹 실장님? 하하. 그거 재밌네. 진짜 만날 입을 꾹 닫고 있긴 하지. 그렇게 입이 무거우니 회장님 오른팔이 됐겠지만."

입이 두 번만 무거웠다가는 고드름 나무가 아니라 고드름 산이 되겠네.

떠오르는 생각이 크림을 웃게 했다. 고드름이 자라나 커다란 산을 이룬 풍경을 상상해 버린 것이다.

"하이고. 예쁘게도 웃네. 근데 너 이 집에선 그렇게 웃고 다니지 마라."

크림은 입가에 웃음을 매단 채 물었다.

"왜요, 이모?"

"여기 어깨들이 자주 들락날락하거든."

"어깨들이요? 그게 누군데요?"

"있어. 팔뚝에 문신으로 범벅을 한 아주 무시무시한 것들."

"조폭이에요?"

눈이 동그래진 크림이 묻자, 아주머니가 태연스레 대답했다.

"회장님 사람들."

직원이나 사원이란 표현을 두고 사람이라 하니 느낌이 남달랐다. 뭔가 더 끈끈하고 질긴 연대 같은 것을 연상하게 했다.

"그놈들이 저번에도 우리 홍이한테 돼먹지 않은 수작들을 걸다가 도 실장한테 들켜서 된통 혼났지 뭐야."

"도 실장님이 막 화냈어요?"

"화는 무슨. 도 실장은 화 같은 거 안 내."

"그럼 어떻게 혼냈는데요?"

아주머니가 검지와 중지를 구부려 눈앞에 대고서 말했다.

"눈빛 발사."

당시 그의 표정이 어떠했을지 알겠다. 안 봐도 눈에 선했다.

"화도 안 내고 눈빛만으로 된통 혼을 내다니. 무시무시하기로는 도 실장님이 한 수 위네요."

"응? 그게 그렇게 되나?"

크림은 웃으며 끄덕였다.

어쩐지 든든해지는 마음. 마음의 풍경 속에서 위압적이던 고드름 산이 알맞게 탄탄한 고드름 나무로 바뀌었다.

"아무튼 그날부터 우리 홍이가 도 실장바라기가 됐잖아."

"도 실장바라기요?"

"응. 완전 멋있다나? 그래 봐야 다 소용없는 일이지만, 뭐."

"왜 소용없는데요?"

"내가 얘기 안 했나? 회장님 손녀랑 파혼 사건. 그때 도 실장이 회장님 앞에 무릎을 꿇고 앉아서 그랬거든. 여자가 있다고, 절대로 헤어질 수 없다고. 그래서 회장님이 인주 통을 집어던져 갖고는, 도 실장 이마에서 피가 철철 흘렀잖아. 어찌나 놀랐는지. 근데도 그 자리에서 꼼짝을 안 하고 앉아 있더라니까?"

아주머니의 수다가 더 늘어졌지만 크림에게는 또렷하게 들려오지 않았다.

피가 철철.

그 부분에서 강렬한 이미지가 머릿속을 맴돌며 사라지지 않았기 때문이다.

정략이건 어쨌건 약혼까지 했던 여자한테 일종의 배신을 당한 것인 줄 알았다. 그런데 그게 아니었다. 아주머니의 오늘 이야기와 맞물리면서 사실은 그에게 진짜로 사랑하는 다른 여자가 존재하고 있음을 알게 된 것이다.

크림은 기분이 묘했다.

웬만큼 알고 있다고 생각했던 사람의 예상치 못한 이면을 들여다본 것 같은.

조금은 가까워졌다고 여겼던 사람이 다시 저만큼 훅 멀어져 버린 것 같은.

어쩌면 혼자만의 착각이었을지도 모르겠다. 알고 있다는 생각도, 가까워졌다는 마음도.

그리고 사흘 전의 그 밤, 별이 반짝이던 밤하늘 아래 나란히 앉아 맥주를 마시며, 얼어붙어 있던 경계가 얼마쯤 녹아내렸다고 느꼈던 그 순간도.

앎과 모름 사이에는 늘 그렇게 암흑 같은 심연이 놓여 있는 걸까.

도국 그 사람도, 할아버지도, 엄마도, 고모할머니도.

다들 그렇게 자신만의 블랙홀을 간직한 채 살아가고 있는 걸까. 이해받으려는 노력 따위 내버려 둔 채로 막막한 생을 그저 버텨 가고 있는 것일까.

그렇게 살아가야 한다는 건…… 좀 쓸쓸하다.

"얘. 내 말 듣고 있어?"

크림은 고개를 들었다. 생각에 빠져들던 잠깐 사이에 아주머니와 함께 다듬어 놓은 콩나물이 언덕을 이루었다.

"그새 콩밭에 다녀왔네."

"네?"

"내 말은 듣지도 않고 맘이 딴 데로 새 있었다 그거야. 콩밭에서 누굴 그리 열심히 생각했어? 설마, 도 실장?"

크림은 마음속 풍경을 고스란히 들킨 것만 같아 저절로 말이 더듬거려졌다.

"아, 아, 아무도 생각 안 했는데요."

아주머니가 킥킥 웃으며 받았다.

"아, 아, 아귀는 내가 장만할 테니까, 넌 콩나물이나 깨끗이 씻어 놔."

"넵."

콩나물을 씻고 있는데, 아주머니의 중얼거림이 물소리에 섞여 들었다.

"그나저나 도 실장은 언제 오려나. 점심때 맞춰서 오면 좋으련만."

❖　　　❖　　　❖

국이 출장을 떠난 지 닷새째.

어제 오기로 되어 있었다던 그는 오늘도 돌아오지 않았다.

크림은 공연히 차고 근처를 어슬렁거렸다. 기다림은 아니었다. 아니, 결코 기다림이 아니라고 자신에게 주장했다.

차고는 크림에게 있어 이 집에서 바깥세상으로 통하는 단 하나의 통로였다. 그 통로를 열어 준 것은 도국, 그였다.

기나긴 담장이며 우람한 대문이며 집의 어느 구석이건 보안 장치가 삼엄하게 설치되어 있었다. 크림에겐 잠금을 해제할 권리가 없었다. 크고 넓은 집임에도 꽉 막힌 듯 답답하게 느껴지는 이유는 그래서였다.

그나마 숨 쉴 틈을 주는 것은 눈을 돌리면 어디에나 있는 나무들이었다. 크림이 살아온 산과는 비교할 수 없지만, 이 집에는 몸을 감쪽같이 숨길 수 있을 만큼 나무들이 많았다.

이따금 크림은 나무들 아래로 숨어 들어갔다. 깊은 나무 그늘 속에서 마음을 숨겼다. 할아버지에게로 향하는 걱정, 마음껏 누리던 산과 소박하고 편안한 집에 대한 그리움, 평온하던 그 시간들로 돌아가고 싶은 열망, 그리고 틈틈이 깃드는 외로움을.

그 외로움이 어디에서부터 유래된 것인지 크림은 알지 못했다. 근원을 헤아리려 들지도 않았다.

산속에서 할아버지와 단둘이 살 때에 비하면 사람은 이곳에 더 많았다. 편한 말동무를 만난 듯 대하는 아주머니 덕분에 이런저런 이야기들을 나누다 보면 일이 힘든 줄도 몰랐다. 집안일이야 산에서도 크림이 도맡아 했기에 딱히 더 힘들 것도 없었다.

그런데도 문득 문득 곁을 차지해 버리는 쓸쓸함. 그것이 외로움이라는 이름을 달고서 크림을 재우쳐 댔다. 얼른 할아버지한테로 돌아가야지, 하며 남은 날을 손꼽아 세어 보게 만들었다.

국이 집에 없는 동안 보물 같던 캔 맥주도 동이 났다. 오늘 밤엔 맨입으로 밤하늘을 바라봐야 한다.

아마도 목이 타겠지. 외로움처럼, 그리움처럼, 또는 기다림처럼.

가뭇없이 흘러온 생각 끝에 크림은 그만 인정하고 말았다.

지난 며칠 내내 자신 곁을 따라다닌 마음.

밤이면 혼자 마시던 맥주의 쌉쌀한 맛.

그리고 지금 차고 앞을 거닐며 차고 문이 밖에서 열리기를 바라는, 그리하여 안으로 드는 차와 함께 환한 빛이 비쳐 들기를 기다리는 마음.

이 모든 것들이 모두 다 한 사람에게서 비롯되었음을.

그러자 크림은 조금 두려워졌다.

은연중에 얼마쯤 기대었는지도 모른다. 고드름 나무 같은 그 사람에게. 다급할 때 손을 내밀면 기꺼이 잡아 줄 거라 믿어 버렸는지도 모른다. 막연한 신뢰가 그의 빈자리를 새삼 깊게 패어 놓았을지도 모른다.

남은 날들은 이제 절반.

약속했던 기한이 차면 그땐 어떤 미련도 없이 이 집을 떠나야 했다. 세상에서 가장 소중한 할아버지 곁으로 돌아가야 했다. 지금껏 즐겁게 살아왔던 시공간 속에다 자신을 돌려놓아야 했다.

무엇보다도 그 사람에게는 여자가 있다. 할머니의 재산을 다 마다하며 결혼을 거부할 만큼 너무도 깊이 사랑하는 여자가.

그러므로 누구에게든, 어떤 빛깔로든, 손톱 만큼일지라도 조각내어 나눠 줄 마음 같은 건 그 사람에게는 없을 것이다.

그러니까 기대려 들지 말 것. 도움의 손길을 주리라 기대하지 말 것. 이렇게 서성이며 기다리지도 말 것.

생각들을 하나하나 정리한 다음, 크림은 어둠 가득한 차고를 외면하고 돌아서서 힘껏 걸음을 뗐다. 그와 동시에 차고 문이 올라가는 소리가 들려왔다.

크림의 고개가 저절로 차고 쪽으로 돌아갔다. 눅눅하게 어둡던 차고 안이 환해지고 있었다. 바깥의 빛들을 거느리고 눈에 익은 차가 안으로 들어서고 있었다.

크림은 잠시 갈등했다.

가던 길 그대로 걸어갈지, 차로 다가가 그에게 인사를 건넬지.

차가 들어오는 걸 보고도 못 본 척 가 버리는 건 아무래도 자연스럽지 않았다. 크림은 그 자리에 선 채로 차에서 국이 내리기를 기다렸다.

운전석 문이 열리고 국이 내려섰다. 크림은 옅은 웃음으로 인사를 대신했다. 그가 크림을 건너다보았다. 깔끔한 슈트 차림에 변함없이 무미건조한 얼굴이었다.

"여기서 뭐 합니까?"

기분 탓인지 책망하는 것처럼 들렸다.

기다리고 있었어요. 그걸 깨닫고는 복잡해진 내 마음이 두려워, 착착 접어 서랍 깊숙이 넣어 두었고요.

그렇게 솔직히 말하면 그는 어떤 얼굴이 될까. 그래 봐야 특별한 변화도 없고 이렇다 할 질문도 하지 않을 터. 크림은 천연스레 거짓말했다.

"밖으로 나갈 기회를 호시탐탐 엿보던 중이었어요."

"호시탐탐."

국이 나직이 되짚었다.

크림은 웃으며 턱을 까딱였다.

아빠였다면 일단 서툰 발음으로 따라 하고선 무슨 뜻이냐고 물어 왔을 거였다. 그럼 자신은 한자를 써 보이며 설명해 주느라 바빴을 테지.

땅바닥에다 나뭇가지나 돌멩이 등으로 할아버지한테서 배운 한자를 자랑삼아 써 보이던 기억들이 선명했다.

그러나 지금은 다른 시간, 다른 장소, 다른 사람. 언제고 돌이켜 볼 아름다운 추억으로 간직하기에는 몹시 곤란할.

국이 묵묵히 걸음을 옮겼다. 크림은 국의 곁을 따라 걸었다. 긴 출장에 지친 사람의 찌든 냄새 같은 건 나지 않았다. 담배를 피우지 않아서일까. 국에게선 오늘도 언제나처럼 산뜻하고 그윽한 스킨 향이 났다.

자기 관리에 이토록 철저한 남자에게서 극진한 사랑을 받는 여자는 어떤 사람일까.

불현듯 치미는 궁금증을 크림은 얼른 접었다.

"이모가 많이 기다렸어요."

거짓말은 아니다. 또 다른 기다림이 있긴 했지만, 접어 두었으니까. 접어서 서랍 속에 안전하게 넣어 두었으니까. 이러다가는 서랍이 금세 꽉 차 버릴지도 모르지만, 어쨌든.

"어젠 아귀찜 해 놓고 꾹 실장님 언제 오나 목을 빼고 기다리시던 걸요. 아귀찜 좋아하신다면서요?"

대답은 없었다. 적당한 보폭을 유지하며 국은 제 갈 길만 걸어갔다. 크림도 할 말을 계속했다.

"오른팔이니까 대장이랑은 날마다 통화하셨을 테고. 아, 맞다. 아침에 오 기사님이 다리를 다치셨어요. 나무 손질하다가 사다리에서 발을 잘못 디디는 바람에 그만. 이모가 그러는데 허벅지까지 깁스하셨대요. 그래서 대장이 강제로 무급 휴가를 보냈다고 하더……."

"이크림 씨."

말을 자르며 돌연 다가든 부름에 크림은 국을 올려다보았다. 멈춰 서 있는 국을 따라 스르르 걸음도 멈추었다. 내려다보는 눈빛과 마주쳤다. 뭔가가 담겨 있는데 그게 무엇인지는 도무지 모를 눈빛이었다.

"왜요?"

"나가고 싶어요?"

단도직입적인 물음이 크림의 마음 서랍을 단번에 헝클어 놓았다. 색종이처럼 반듯하게 접어 두었던 마음들이 어수선해져 버렸다.

"만약에, 내가 나가고 싶다면요?"

"나갑시다."

"진짜로요?"

역시 대답은 없었다. 다만 길을 되짚어 차고로 걸어갔다. 여기까지 걸어올 때보다 한층 빠른 걸음걸이였다.

크림은 그런 국을 멍하니 바라보다가 총총 뛰다시피 걸어 그에게로 갔다.

국이 차 문을 열어 주었다. 늘 그래 왔듯이 어떤 군더더기도 없이 단정한 동작이었다.

크림은 차에 올랐다. 국도 차에 다시 올라탔다. 차고 문이 올라가고 차가 출발했다. 차를 향해 환한 세상이 다가들었다.

골목길을 채 빠져나가기도 전에 조수석 쪽 차창이 열렸다. 꼭 반 뼘. 지난번 마트에 다녀올 때에도 그러했듯 멀미를 예방하기 위한 그의 배려임을 알았다. 고마워서 맘이 다정해졌다.

어쩌면, 하고 크림은 생각했다.

이 사람에게서 자신이 '남자 어른'을 느끼는지도 모르겠다고. 할아버지와 닮은 면을 느끼고 아빠와의 추억들을 소환하는 걸 보면, 그래서일지도 모르겠다고.

그러니 지레 두려워질 감정은 아닌 거라고. 미리 겁먹을 필요까진 없는 거라고. 들키지 않도록 접어 두어야 될 마음 같은 것은 아니라고. 가슴 안에 숨겨 두어야 할 비밀 서랍 따위는 그러니까 없어도 되는 거라고.

생각 끝에 이르자 마음이 한결 가뿐해졌다.

크림은 그가 열어 준 차창으로 이마를 기울였다.

2월 하순, 이른 봄을 알리는 바람이 상쾌했다.


차가 달려온 곳은 한강변이었다.

강을 끼고 한가로이 산책하거나 조깅을 하는 사람들, 자전거를 타는 사람들도 보였다. 멀리로 대교와 높다란 빌딩이 기울어 가는 오후의 햇빛을 받으며 도시의 풍경을 완성하고 있었다.

크림은 두 팔을 가로로 펼치고 서서 가슴 가득 강가의 공기를 빨아들였다. 사막 같던 폐 속으로 물길이 들어와 촉촉이 적셔지는 것 같았다.

눈을 감으니 강물 냄새가 코끝으로 감겨들었다. 해가 지려면 여유가 있어 눈두덩이 아직 환했다. 부시지 않아 부드러운 빛의 기운이 감긴 눈 위를 기분 좋게 어루만졌다.

"아, 자유의 맛."

크림은 저도 모르게 중얼거렸다. 그리고 인사말도 함께.

"고마워요, 꾹 아저씨."

대답하지 않아도 괜찮았다. 그냥 지금의 마음을 전하고 싶었다. 갑갑하게 갇혀 있던 집에서 무작정 데리고 나와 준 그에게 고마워하고 있다는 걸 말로 건네고 싶었다.

이리로 오던 차 안에서 꾹은 크림에게 특별히 가고 싶은 곳이 있느냐 물었다. 집을 나서고 얼마 뒤였다.

크림은 곧장 산이라 대답하고 싶었다. 정확히는 할아버지가 살고 있는 그 산마을의 집이라고 대답하고 싶었다.

하지만 그럴 수 없었다. 그 말을 듣는 즉시 국이 서울을 벗어나 고속도로에 오를까 봐. 나갑시다, 하며 앞장서던 순간처럼 정말 그렇게 해 버릴까 봐.

그랬다간 그가 난처한 처지에 처할 것이다. 할머니의 표독스러운 얼굴과 매서운 눈빛이 크림의 소망을 가로막았다.

그는 할머니의 오른팔. 그로 하여금 할머니의 신임을 저버리는 짓을 하게 만들어서는 안 되었다. 그에게서 얻은 배려와 고마움을 그런 식으로 갚아서는 안 되었다.

그래서 크림은 강이라고 대답했다. 한강이라고.

크림에게 어렴풋한 기억으로 남아 있는 한강은 엄마, 아빠와 함께인 그림이었다. 아마 일곱 살쯤이었던 같다. 셋이어서 모자라지도 넘치지도 않게 행복했던 한때.

눈앞에서 도도하게 흐르는 강을 가리키며 '한강'이라고 일러 준 사람이 엄마였는지 아빠였는지는 흐릿했다. 다만 충만했던 기억의 편린으로 가슴 저 밑바닥에 고여 있었다.

"그 약속, 여전합니까?"

뜻밖의 물음에 크림은 눈을 떴다.

국이 덧붙였다.

"한 달. 자신과 했다던 그 약속 말입니다."

강을 바라보며 크림은 끄덕였다. 똑똑히 대답도 했다.

"네, 여전해요."

약속이자 계획을 할머니한테 일러바치지는 않을 거라는 막연한 믿음이 발동했다.

"할아버지한테서 전화조차 없는데도?"

"할아버지는 먼저 전화할 분이 아니에요. 보냈으니까 끝. 그런 사람이에요."

뒤돌아보지 않는 사람. 돌아서면 끝. 다시 손 내밀지 않는 사람. 엄마처럼. 그리고 어쩌면 누구처럼.

"나도 안 하는 걸요, 전화. 할아버지랑 이유는 다르지만요."

"뭡니까, 그 이유가."

"시간을 주기 위해서예요."

"시간……."

"외로움과 그리움과 기다림이 쌓일 시간 말이에요. 쌓이다 못해 넘쳐 버릴 순간을 맞이할 때, 그때 할아버지 앞에 나타나려고요. 더는 밀어내지 못하게."

잠시 침묵하던 국이 다시금 뜻밖의 물음을 건네어 왔다.

"하고 싶은 일, 없습니까?"

적당량의 거리를 지키는 정중한 어법에도 점점 길이 들어가나 보다. 이젠 그다지 어색하지도 오글거리지도 않으니.

"하고 싶었지만 그곳에선 할 수 없었던 것 말입니다. 가령, 뭔가 배우고 싶은 게 있었다거나. 아니면…… 대학에 가고 싶었다거나."

산속에서 산과 더불어 자유롭게 살아가는 삶.

그 자체로 크림은 더 바랄 것도 부족한 것도 없었다. 산이

123

좋았으므로 다가올 미래도 산을 떠나서는 설계해 본 적이 없었다. 그러므로 대학 진학을 배제한 것은 포기가 아니라 또 다른 선택이었다.

"고등학교를 졸업하고 그다음엔 무슨 일이 있어도 대학에 들어가야 한다는 거, 너무 지루해요. 다들 똑같이, 똑같이. 그렇게 살면 행복한 거예요?"

"왜 남들 다 가는 길을 가지 않느냐, 채근하는 것은 아닙니다."

"그럼 뭔데요?"

크림은 다소 도전적으로 물었다. 의도한 바는 아닐지라도 다분히 그런 의미가 깔려 있는 것처럼 들렸던 것이다.

"앞으로도 계속 회장님 댁 도우미로 지내고 싶어요?"

"앞으로도 계속? 누가 그런대요? 나는 곧 떠날 거예요. 도 실장님도 알잖아요. 나 이제 곧 할아버지한테 돌아갈 거라고요. 지금은 그저 임시로, 그 집에 머무는 동안 할머니랑 부딪치기 싫으니까 할머니 말 듣는 척하는 거라고요. 어디서든 밥값은 해야 하니까!"

"도 실장님……."

말끝에 묘한 끌림이 있었다. 기껏 배경을 설명해 줬더니 핵심이 아닌 호칭만 새삼스레 걸고넘어지는 게 어이없었다.

"왜요? 제대로 불러 줘도 불만이에요? 지금은 애칭으로 부를 기분이 아니라서 꼭 실장님이라고는 도저히 못 하겠거든요!"

"애칭 같은 거, 좋아하지 않습니다."

덤덤함을 넘어서서 서늘해진 말투였다.

"네! 그러시겠죠. 알아요. 알겠어요. 그러니까 이제부턴 절대로 애칭 같은 거 안 쓸게요. 그럼 됐죠? 비서 아저씨도, 아니, 도 실장님도 나한테 이래라 저래라 참견하려 들지 마세요. 내 인생은 내 거지, 도 실장님 게 아니니까."

무안한 마음을 감추려 마구 퍼붓고 노려보는데도 국은 끄떡도 하지 않았다. 뺨에 크림의 시린 눈빛을 받으며 흐르는 강물만 바라보았다.

크림은 문득 외로워졌다.

필요할 때 손 내밀면 기꺼이 잡아 주기는커녕 이렇게 외면만 해 버릴, 자기 안의 방에 얼음만 가득 차 있을지도 모를 사람인 것을. 신뢰하며 기다림을 키워 온 게 부끄러웠다.

"집에 갈래요."

크림은 국의 대답을 기다리지 않고 차를 세워 둔 쪽으로 걸어갔다.

지금의 크림에게 집은 고모할머니의 성이 아니었다. 녹음이 우거진 산을 품고 앉은 할아버지의 집이었다. 아빠가 잠들어 있는 그 산이었다.

갈망이 크림을 내쳐 걷게 했다. 국의 차를 지나쳐 도로로 올라섰다. 크고 작은 자동차들이 바삐 달려가고 있었다. 암담했다.

크림이 살던 산마을에선 지나가는 차를 얻어 타는 일이 어렵지 않았다. 마을 사람들에게도 산을 찾아오는 사람들에게도 히치하이킹은 낭만적인 일상이었다. 굳이 세우려 들지 않아도 걸어가는 이를 만나면 차가 먼저 멈추곤 했다.

그러나 여기는 대도시 서울. 게다가 크림은 지금 빈손이었고, 그 산마을까지는 너무나도 멀었다.

저 멀리 버스 정류장이 보였다. 크림은 인도를 따라 빠르게 걸었다. 정류장 의자에 앉아 생각을 다듬었다. 아무리 생각해봐도 당장 할아버지의 집으로 돌아갈 방법이 없었다.

버스가 여러 대 멈췄다가 떠났다. 코가 매캐해져 왔다. 도시의 지독한 매연 때문이라고 생각했다. 콧날이 쨍했지만 눈물이 나기 직전이라고는 생각하지 않았다.

그때 크림의 눈앞에 차 한 대가 미끄러져 와 멈춰 섰다. 새까맣게 윤이 나는 세단. 국의 차였다.

차를 보고서도 크림은 그냥 앉아만 있었다. 차도 그대로 머물러 있었다. 짙게 선팅 된 차창 너머로는 국의 모습이 보이지 않았다.

국의 차 뒤로 다가선 버스가 경적을 울렸다. 차에서 내린 국이 차 앞을 돌아와 조수석 문을 열었다. 크림에게는 눈길조차 주지 않은 채 그는 특유의 단정한 자세를 유지하고 있었다. 주변에서 웅성거리는 소리들이 들려왔다. 다시금 경적 소리가 났다.

크림은 더 버티지 못하고 차에 올랐다. 국이 운전석으로 올라왔고, 차가 앞으로 나아갔다. 크림이 앉은 자리의 창이 내려갔다. 또, 꼭 반 뼘. 마음에 맺혀 있던 서러움이 그 반 뼘만큼 녹았다.

"올 거면 일찍 좀 오지, 왜 이제야 왔어요?"

투덜거리며 말을 걸었다. 딱히 대꾸가 없을 줄 알았는데.

"시간을 주려고."

존대 어미를 떼어 버린 말이 크림의 가슴에 박혔다. 쿵, 소리라도 날 듯 깊이.

"꾹 아저씨 기다린 거 아니거든요?"

"애칭으로 부를 기분도 아닐 텐데."

"머리가 나빠서 그래요."

"벨트 매요."

크림은 안전벨트를 잡아당겨 맸다. 차창에 이마를 기댔다. 해가 지기 시작해 차창 밖 하늘이 복숭앗빛으로 물들었다.


거의 다 왔다.

이제 곧 고모할머니의 집으로 드는 한적한 골목이 나올 것이다. 주택가의 완만한 오르막길로 막 접어들었을 때.

"조금만 더 있다 들어가면 안 돼요?"

침묵의 강물에 물수제비를 뜨듯 말을 건네자, 국이 여느 때와 같이 담백한 대답을 돌려주었다.

"안 됩니다."

그럴 줄 알았다.

그래도 크림은 포기하지 않았다. 이런 기회는 흔치 않을 터.

조금만 더 자유를 누리고 싶었다. 국과 함께 있어 제한된 자유일지라도 감옥 같은 할머니의 집보다는 훨씬 나았다.

"만약에, 내가 배고프다고 말하면요?"

"들어가서 저녁을 먹으면 됩니다."

"할머니가 밥을 안 줄지도 몰라요. 내가 일도 팽개치고 멋대로 놀러 나가 버려서 무척 화가 나 있을 테니까요."

"회장님은 마녀가 아닙니다."

"틀렸어요. 마녀는 밥을 잘 먹이겠죠. 통통하게 살찌워서 잡아먹으려고. 할머니 집에 온 뒤로 나, 2킬로는 빠졌을 거예요. 진짜예요. 왜냐하면 먹어도 살로 안 가니까. 괜히 눈칫밥 먹는 것만 같고. 배도 고픈데 눈칫밥마저 못 먹으면 진짜 서러울 거예……."

"먹고 싶은 거 있어요?"

"있어요!"

"뭡니까?"

"만약에, 내가 말하면 사 줄 거예요?"

국에게서 낮은 숨소리가 흘렀다. 그리고 단단한 말이 건너왔다.

"만약에. 그거 좀 그만해요."

"왜요?"

"거슬리니까."

"나쁜 말도 아닌데 왜 거슬릴까?"

"멀미 안 나요?"

"네, 안 나요. 차 더 탈 수 있어요."

차가 할머니의 집을 지나쳐 갔다. 크림은 기쁨의 미소를 지었다.

"말해요. 먹고 싶은 게 뭔지."

"드라마에서 봤는데요. 초밥이 두 개씩 담긴 조그만 접시들이 장난감 기차처럼 줄지어 돌아가는 거 말예요. 보고 있다가 내 맘에 드는 것만 콕 집어서 먹잖아요. 재미있어 보여서 한번가 보고 싶었어요."

"초밥 좋아합니까?"

"네. 꾹 아저씨는요?"

대답은 역시 가뿐히 생략.

그 뒤로도 한참 말이 없던 국이 크림을 데려온 곳은 크림이 묘사했던 회전 초밥 집이었다.

아늑한 조명 아래 크림은 국과 마주앉았다. 따뜻한 차가 나와, 두 손에 감싸 쥐고 아끼듯 마셨다. 차에서는 재스민 향이 났다.

탁자 옆으로는 앙증맞은 접시들이 색색의 초밥들을 얹은 채돌아가고 있었다. 하나같이 먹음직스러웠다. 꿈꿔 오던 공간으로 들어온 것 같았고, 크림은 행복해졌다.

"째가 회전 초밥 되게 비싸다고 그러던데. 마음껏 먹어도 돼요?"

"체하지만 않으면 됩니다."

"오늘은 멀미 안 해서 괜찮다니까요."

"먹어요."

'어서'나 '얼른'이라는 재촉의 말을 붙이지 않아서 좋았다. 그가 시간을 다투지 않는 것처럼 보여 맘이 편안했다.

저녁까지 마음껏 먹고 들어가면, 그 첫날처럼 밤.

할머니한테서 날아들 매운 눈초리와 온갖 험한 말들도 배가 든든하면 충분히 견딜 수 있을 것이다. 그럴 때에 이 사람이, 죄송합니다, 하며 나서서는 눈빛과 말의 매를 대신 맞아 줄지도.

"그날 말이에요. 나 처음 할머니 집에 데리고 왔던 날."

세 접시를 단숨에 비우고선 새로운 초밥을 고르며 크림은 말을 꺼냈다.

"내가 할머니한테 막 퍼부어서 조금은 속이 시원했죠?"

"전혀."

"거짓말. 시원했잖아요. 꾹 아저씬 못 하는 거 내가 대신해 줬으니까. 맞죠?"

"못 하는 게 아니라 안 하는 겁니다."

"왜 안 하는데요?"

"아버지 쪽이라는 건, 아버지가 외국인이라는 뜻입니까?"

그날 했던 말을 국이 기억하고 있다는 것에 크림은 반가운 마음이 들었다. 확인을 겸한 질문을 해 온다는 것 또한.

질문이란 관심을 기반으로 하는 것이며, 관심이란 누군가를 주의 깊게 들여다보려는 마음이니까.

"네, 맞아요. 내 이름도 아빠가 지었어요."

"……."

"어느 나라 사람인지는 안 물어봐요?"

"어느 나라 사람입니까?"

"독일인이에요."

흥미를 보이며 더 묻지도 않고, 추임새를 넣으며 들어 주지도 않을 테지만, 크림은 아주머니한테 해 주었던 가족 이야기를 국에게도 해 주고 싶었다.

알게 되면, 조금 더 가까워지니까. 국에 대해서도 조금 더 알고 싶으니까.

"우리 아빠는요."

크림이 말을 꺼내자마자, 국의 휴대폰이 울렸다. 휴대폰 화면을 보더니 국이 자리에서 일어섰다.

"네, 회장님."

전화를 받으며 국이 문 쪽으로 성큼성큼 걸어 나갔다.

그 첫날, 고속도로 휴게소에서는 옆에 두고도 통화하더니, 오늘은 대화를 못 듣게라도 하려는 듯 밖으로 나가는 게 꺼림칙했다.

크림은 통유리 저편에서 통화 중인 국의 모습을 바라보았다. 어떤 생각을 하고 있는지 결코 드러내지 않는 얼굴이 거기 있었다.

잠시 후, 크림 앞에 돌아와 앉은 국의 얼굴도 통화할 때와 별다르지 않았다.

"할머니한테 혼났죠?"

"네."

"그러거나 말거나."

국의 눈길이 크림에게 닿았다.

"너는 짖어라, 나는 개의치 않을 것이니. 그런 얼굴이던데요?"

"훔쳐봤습니까?"

"훔쳐보긴 누가요? 그냥 봤어요. 빤히 보이니까. 어쨌든 뭐, 그런 얼굴이었던 거 할머니한테 이르진 않을게요."

"먹어요, 어서."

또, '어서'다. 대꾸를 피하거나 말을 돌리려는 의도로 그런다는 짐작이 들면서도 크림은 어깃장을 놓듯 말했다.

"먹어요. 먹긴 먹는데, 어서 먹진 않을래요. 아주 천천히 먹을래요. 이렇게 편안한 자유 시간 진짜 오랜만이니까."

"그럼 천천히 먹어요."

예상치 못한 반응이라 크림은 좀 놀랐다.

"이상해. 오늘 나한테 왜 이렇게 친절해요?"

"그랬던 적 없습니다."

"난 그렇게 느껴지는데요?"

크림을 건너다보는 국의 눈빛이 너무도 담담해 아무것도 읽어 낼 수 없었다. 크림은 연어 초밥 하나를 손으로 집어 입에 넣었다. 연어의 살점이 입안에서 살살 녹았다.

"맛있다!"

이내 연어 초밥 두 접시가 크림 앞에 놓였다. 국의 손길이었다.

"봐요. 친절하다니까요."

대답은 없이 국의 눈길이 유리창 너머로 향했다. 크림도 국을 따라 창으로 눈길을 두었다.

밖은 완연한 밤이었다. 화려한 불빛들이 도시의 밤을 밝히고 있었다.

저녁 식사를 마치고 돌아가는 길, 아쉬움이 몰려왔다. 크림은 지금 이 시간을 자꾸만 연장하고 싶었다.

그러므로 자유란 일종의 중독 같은 것인지도 모르겠다. 한번 맛보고 나면 반납하기 싫어지는. 더, 조금만 더, 하고 욕심내게 되는. 오늘 같은 다음을 기대하게 되는.

크림은 반 뼘 열려 있던 차창을 반 뼘 더 내렸다. 싸한 밤공기를 흡입하며 어떻게 하면 귀가를 조금이나마 지연할 수 있을지를 열심히 궁리했다.

할머니의 저택이 있는 동네는 걸어 다니는 사람이라곤 찾아볼 수 없게 고즈넉했다. 우뚝 솟은 대문들은 모두 굳게 닫혀 있고, 높다란 담 안에는 집들이 성채처럼 지키고 서 있었다.

"이 동네는 어쩜 편의점도 하나 없어요?"

"편의점도 알아요?"

국의 대꾸에 크림은 쿡 웃었다.

"국 아저씨 지금 나한테 농담한 거예요?"

"그럴 리가."

"농담 맞는 것 같은데?"

"편의점은 왜 찾습니까?"

"나의 소확행, 캔 맥주가 다 떨어졌어요."

차가 할머니의 집에 가까워지고 있었다. 혹여 국이 아까처럼 그대로 지나쳐 가지 않을까 기대했지만, 차는 차고 앞에 반듯이 섰다.

차가 안으로 들어가고 차고 문이 닫히면, 오늘은 엔딩.

오늘과 똑같을 다음에 막막한 기대를 걸기보다는 오늘의 엔딩을 최대한 뒤로 미루는 쪽이 크림에게는 행복을 추구하는 확실한 방법이었다.

"만약에, 내가 밤을 걷고 싶다면요?"

크림은 배팅하듯 소망을 던졌다. 지금이라도 국이 마음을 바꾸길 바라는 거였다.

지난번에 갔던 대형 마트까지는 아니더라도 멀지 않은 곳에 슈퍼 정도는 있을 터. 거길 다녀오는 데에 긴 시간은 필요치 않을 것이다. 기왕 늦었으니 그쯤 더 보탠다고 해서 할머니의 분노가 크게 달라지지도 않을 것이다.

솔직히 말해서, 크림은 할머니의 질타가 별로 무섭지도 않았다. 화를 내면 맞받아칠 참이었다. 어떤 말이건 가만히 듣고만 있진 않을 작정이었다.

문제는 이 사람, 국이었다. 죄송합니다, 그러면서 묵묵히 버텨 내고 서 있을 그 모습을 다시 보긴 싫었다. 그게 왜 싫은지 이유를 정확히 알진 못했지만, 싫은 건 싫은 거다.

"하지 말라니까."

거리감이 느껴지도록 서늘한 존대어를 버리고 진심의 알맹이가 툭 튀어나와 버린 듯한 말투. '시간을 주려고' 라는 대답을 하던 순간과 동일한 음색이었다. '거슬리니까' 라고 말하던 때와도 비슷했다.

배팅에서 이겼다고 생각하며 크림은 미소 지었다. 차 안이 어두워 국에게는 보이지 않을 혼자만의 미소였다.

"꾹 실장님한테 아킬레스건이 생겼다."

국이 낮은 숨을 내뱉었다. 말을 참고 있거나, 화를 누르고 있거나. 둘 중 어느 쪽이든 나쁘지 않았다. 흐트러진 감정의 일부분을 보여 준 셈이니 말이다.

"만약에, 만약에, 만약에."

노래하듯 읊어 대자, 국이 차에서 내렸다. 크림도 국을 뒤따랐다. 그의 표정은 변함없었지만 크림은 마냥 즐거웠다.

국이 먼저 걸음을 뗐다. 크림도 옆에서 같이 걸었다.

둘이서 나란히, 할머니의 집을 뒤로 하고 앞으로 걸어갔다. 가로등에서 내리는 빛이 발밑을 환히 밝혀 주었다.

"나 편의점도 가 보고 싶었거든요. 특히 이런 한밤중에요."

"한밤은 아닙니다."

"나한테는 한밤이거든요? 잠자리에 들 시간."

"그럼 얼른 들어가 자야겠군요."

"앗. 그런 뜻이 아니라."

국이 정말 집으로 되돌아갈까 봐 크림은 얼른 말을 돌렸다.

"째가 그러는데 편의점은 24시간 문을 열어 둔다면서요?"

국이 조용히 '째'를 읊조렸다. 되묻는 어감은 아니었다. 그래서 크림은 하던 말을 계속했다.

"자기네 가게도 도시처럼 세련된 편의점으로 바꾸고 싶대요. 그래 봐야 밤중엔 손님도 없을 텐데. 그리고 밤새 가게 지키느라 자기만 더 고달파질 텐데. 근데 좀 천천히 걸어 줄래요? 숨차서 걷기 힘들잖아요."

"말하느라 바빠서겠지."

그러면서도 국은 걸음의 속도를 약간 늦췄다.

"〈편의점 가는 기분〉. 그런 제목의 책도 있거든요. 어떤 기분일까 궁금했는데, 오늘에야 그게 어떤 기분인지 알 것 같아요."

"어떤 기분입니까?"

"뭔가 막 설레는 기분?"

"여행도 아닌데 설렙니까?"

"꾹 아저씬 여행 가면 설레나 봐요? 난 여행이란 말엔 하나도 안 설레요. 왜냐하면. 아, 내가 왜 그런지 꾹 아저씨가 맞춰 볼래요?"

"멀미 때문에."

"정답입니다!"

크림이 짐짓 한가롭게 걸어 둘 사이에 이내 틈이 생겼다. 국이 거느린 그림자에 눈길이 닿았다. 가로등과 가까워지면 그림자가 줄어들고 멀어지면 길어졌다. 그림자를 보며 걸으니

기분이 묘했다.

그림자, 그리고 마음.

둘 다 몸이라는 실체 없이는 존재할 수 없으면서도 시시때때로 형태가 달라지는 것.

만질 수 없고, 가질 수 없고, 잡을 수 없는 것.

그림자는 길어질수록 외로워 보이고, 마음은 복잡해질수록 힘들어지는 것.

가로등에서 멀어지며 그림자가 길게 드리워질 때마다 크림은 국의 그 그림자를 두 발로 콩콩 밟아 보곤 했다. 마치 주먹 쥔 손으로 등을 두드리는 것처럼. 나 여기 있어요, 나직이 말하는 것처럼.

그러나 국은 한 번도 뒤를 돌아보지 않았다. 길모퉁이의 편의점이 나타날 때까지 앞만 바라보며 걸었다. 뒤로 처진 크림을 의식하곤 보폭을 줄이거나 걷는 속도를 조금 늦추긴 했지만.

편의점으로 건너가는 대로변의 횡단보도 앞에서 신호등이 초록으로 바뀌기를 기다리며 서서 크림은 국에게 말했다.

"꾹 아저씨는 그림자가 아주 긴 사람 같아요."

들었는지 못 들었는지 국은 말이 없고, 밤의 불빛들이 흔연해 그가 거느린 그림자는 이미 흐릿해져 있었다.

chapter 5

아이스 * * * * * * 크림

언젠가 TV에서 샌드 아트를 본 적이 있었다.

모래를 자유자재로 다루며 그림을 그리거나 이야기를 잇는 손길.

모래로만 이루어지는 모든 장면들이 마치 그림자놀이 같다고 국은 생각했었다.

빛이 없이는 존재할 수 없는 그림자.

사람의 손길에 의해서만 형태와 의미를 이루는 모래알들.

사라짐이라는 측면에서 그림자놀이와 샌드 아트는 닮았다.

이즈음 국은 그림자가 아주 긴 사람 같다는 크림의 말이 무슨 의미일까를 자주 생각해 보곤 했다. 그림자의 유무가 아니라 길이를 언급한 이유가 무엇인지에 대해서도.

크림에게 묻지는 않았다. 되도록 크림과 말을 섞지 않으려고, 둘이 함께 있는 시간 속에 갇히지 않으려고 노력했다.

그리고 그러려는 노력은 조금 힘이 들었다. 크림을 돌려보내기 어렵게 된 지금으로선 더더욱.

물은 제 길을 따라 흐르던 대로 흘러가게 마련. 억지로 어느 한 지점에 멈춰 있게 하거나, 강제로 거슬러 올라가게 하려는 시도는 결국 헛수고일 따름이다. 마음도 그렇다.

만약에, 하고 국은 크림의 어법을 빌려 생각했다.

물이든 마음이든, 방향을 바꾸게 할 수 있다면. 흐름을 살짝만 틀어 놓을 수 있다면.

그러면 괜찮을까. 말을 섞어도, 공간을 공유해도, 지금처럼 마음이 불편하지 않을까. 말하고 웃고 움직이는 모습을 보면서 아무렇지도 않아지게 될까.

엄밀히 따지자면 크림 때문은 아니라고, 국은 생각했다. 자신에게 이토록 불안한 정서를 야기하는 것이 이크림이라는 존재, 그 자체는 아닌 거라고.

노인 때문이었다. 크림의 외할아버지.

며칠 전 출장에서 돌아오던 날, 국은 이 회장의 전화를 받았다. 즉시 노인의 집으로 가서 그를 요양 병원으로 모시라는 지시였다.

국은 좀 당황스러웠다. 크림의 거취에 대한 이 회장의 고민이 아직 끝나지 않은 시점이었고, 그 또한 이렇다 할 의견을 내어 놓지도 않은 상태였다.

산으로 가 노인을 만나고서야 국은 그 일이 이 회장에게서 비롯되었음을 알게 되었다. 크림을 맡아 거두는 대신 이 회장이 내건 조건을 노인이 수락한 것이었다.

노인을 그 집에서 떠나게 한다는 것은 이 회장이 크림을 곁에 두기로 결정했음을 의미했다. 달리 말하면, 크림이 돌아갈 곳을 없애 버리는 일이었다.

국과의 두 번째 만남에서 노인은 크림의 안부를 묻지 않았다.

그러나 국은 크림의 근황을 말해 주었다. 잘 지내고 있다는 두루뭉술한 말에 노인은 그저 고개만 끄덕였다.

모든 수속을 마치고 국이 요양 병원을 나설 때에야 노인은 침묵을 풀고 국에게 말을 건넸다. 크림이 허기지지 않게 해 달라는 당부였다.

허기에 대해서라면 국에게도 어린 시절의 경험이 있었다. 밥 한 그릇을 가득 먹고 나서도 금세 배가 고파지던 나날들. 먹고 싶은 것들이 끊임없이 떠오르던 시간들.

하지만 이 회장의 집은 그 시절 국이 자랐던 보육원이 아니다.

그럴 일은 없을 거라는 국의 말에 노인은 먼 하늘을 바라다보며 말했다.

"허기가 꼭 밥으로만 지는 것은 아니라오."

순간 국은 뭉클했다. 노인이 어린 날의 자신에게 찾아와 어깨에 손을 얹어 주는 것만 같았다. 밥 때문에 늘 허기가 졌던 것은 사실이다.

하지만 먹고 또 먹어도 채워지지 않는, 그런 종류의 허기가 분명히 존재했음을 알기 때문이었다.

국은 노인을 향해 알겠다고 대답했다. 노인의 당부에 대한 답인지, 허기의 개념에 대한 수긍인지, 그때의 국은 알지 못했다.

산속의 그 집을 정리하고 돌아온 날, 배가 고프다는 크림을 회전 초밥 집으로 데려갔던 일에는 노인의 당부가 족쇄처럼 작용했을 것이다.

"생각이 많은 모양이구나."

국은 고개를 들었다. 이 회장의 날카로운 눈빛이 국에게로 쏘아지고 있었다.

"죄송합니다."

"입에 발린 사과는 할 것 없다."

국은 찻잔으로 눈길을 내렸다. 두 손으로 감싸 쥔 찻잔은 어느새 싸느랗게 식어 있었다.

"무엇이 불만이냐?"

"불만이라니요. 제가 감히 회장님께 어찌. 없습니다, 그런 건."

"산에 다녀온 이후로 계속 어긋나고 있지 않느냐?"

"그렇지 않습니다."

"생각에 빠져 갈피를 놓치는 게 한두 번이야?"

그랬던가. 생각에 빠지는 경우가 잦았지만, 이 회장 앞에서까지, 더구나 여러 번 그랬던 줄은 몰랐다.

"죄송합니다."

"정리는 잘 되었겠지?"

크림과 걸어서 편의점에 다녀왔던 그날 밤에도 이 회장이 국을 따로 불러 확인한 부분이었다.

산속의 그 빈집은 이제 이 회장의 소유가 될 예정이었다. 노인이 세상을 떠날 때까지 요양 병원의 특실 비용을 대기로 한 것도 이 회장이었다.

"네. 그런데 그 집을 굳이 사들여야 할 이유가 있을까 싶습니다."

"이유?"

"사들일 만큼의 가치가 있는 곳이 아니기에 드리는 말씀입니다."

"언제부터 네가 나한테 이유를 따져 물었더냐?"

맞다. 지금까지 국은 이 회장의 지시와 명령에 이유는 물론이려니와 토를 단 적조차 없었다. 그런데 어째서 이유를 들먹이고 있는지 국은 스스로도 알 수 없었다.

"산장이라기에는 너무도 낡고 허술한 집이라⋯⋯."

"그런 집에 여자애 혼자 살게 둘 순 없지 않느냐?"

그러니까 크림을 위해서 그 집을 정리하라 명한 거라고? 크림의 의사와는 상관없이? 크림이 그 과정을 알게 되면 과연 기꺼워할까? 할아버지 문제도 그렇고, 거기다 더해 집까지.

"걱정이 되느냐?"

국은 이 회장을 보았다.

"무슨 말씀이신지 모르겠습니다."

"네가 그 아이 걱정을 하고 있는 것 같아 하는 말이다."

"제가 왜 이크림 씨 걱정을. 아닙니다, 그런 거."

이 회장이 픽 웃음을 흘렸다.

"씨까지 붙일 것 없다. 너보다 열 살이나 어린 것 아니더
냐."

"나이를 떠나서 저에게는 회장님의 손녀일 뿐입니다."

"그러하냐."

"네."

"대답이 사뭇 빠르구나."

국은 찻잔을 들었다. 미지근한 차를 한 모금 들이켰다. 막다
른 골목에 다다른 기분도 차와 함께 목으로 넘겼다.

"내가, 재덕이한테 빚이 있다."

이재덕.

요양 병원에 입원시키며 알게 된 노인의 이름이었다.

찻잔을 손에 쥔 채 국은 다시 이 회장에게 눈길을 두었다.
이 회장이 식어 버린 차를 비우고 새로 따랐다.

"빚은, 갚으셔야 하겠지요."

"그렇지. 빚을 졌으면 이자를 정확히 쳐서 갚아야지. 그것
이 철칙이지."

사채업으로 부를 쌓은 사람다운 발언이었다.

국은 찻잔을 찻상 위에 내려놓았다.

이 회장이 국의 잔에 손수 차를 새로 부어 주었다. 윤기 없이 앙상한 손등에 푸른 핏줄 몇 가닥이 불거져 흐르고 있었다.

몸속에 뜨겁고 붉은 피 대신 차갑고 새파란 피가 흐를 것이라며 이 회장을 험담하던 이들의 목소리가 떠올랐다. 그들은 이 회장에게 집과 땅과 재산을 빼앗긴 채무자들이었고, 이 회장을 '이순덕 그년'이라 욕설을 내뱉듯 씹어뱉었다.

그러나 국에게 이 회장은 영원히 '회장님'이었다. 까마득한 허기에 시달리던 날들로부터 꺼내어 준 사람이자 무한한 신뢰를 보여 준 사람이기도 했다.

"회장님."

"그래, 크림 그 아이를 앞으로 어찌할지 생각해 둔 것이 있더냐?"

그날 국은 크림에게 하고 싶은 것을 물었었다.

앞날에 대한 소망을 불러일으켜 할아버지에게로 돌아가려는 그녀의 마음을 누르고자 함이었다. 또래의 일반적인 여자애들처럼 도시에서의 생활을 좋아하게 되고, 나아가 찬란할 미래를 꿈꾸게 됨으로써 할아버지한테 돌아가는 시기를 크림 스스로 유예하게 하려는 것이었다.

아무것도 모른 채로 산속의 빈집에 돌아갔을 때 크림이 떠안게 될 충격과 상처가 예상되어서였다. 이 회장의 지시를 따랐다고는 해도, 크림에게 그런 결과를 초래한 데 대해서 약간의 죄책감도 없지 않았다.

"우선은 대학부터 보내는 것이 어떻겠습니까?"

"어림없는 소리! 공부를 하고 싶었다면 벌써 대학생이 되어 있었을 것이다. 고등학교도 제대로 다니지 않은 아이한테 비싼 등록금을 퍼붓는단 말이야?"

하긴 고등학교를 졸업할 무렵부터 이 집에서 머물렀던 손녀에게 용돈 한 푼, 등록금 한 번을 건넨 적 없는 이 회장이다.

따로 사는 서 대표가 아버지 노릇을 착실히 하지도 않았고, 딸을 이 집 대문 앞에 버리다시피 내버려 두고는 혼자 외국을 전전한 함 작가 역시 어머니 역할을 못 한 건 마찬가지였다.

아르바이트로 학비와 용돈을 벌며 힘겹게 학교에 다녀야 했던 이 회장의 손녀를 생각하면, 이 회장이 크림에게만 특별히 경제적 지원을 해 줄 리가 만무했다.

"고등학교를 제대로 다니지 않았다는 것은……?"

"중퇴했단 말이다. 듣기로는 2학년도 채 마치지 못했다고 하더구나."

산속의 집에서 읍내의 학교까지 통학이 어려워서 그랬을까.

대학 얘기에 시큰둥하던 크림이 떠올랐고, 크림을 이곳에 눌러 앉힐 손쉽고도 적절한 방안 하나가 허공으로 날아가 버린 느낌이었다.

"공부 머리는 없는 아이다."

"환경 탓일 수도 있습니다."

"환경? 환경이라고 했느냐? 너는 환경이 좋아 그리 탁월했던 것이야? 그런 건 다 핑계다. 서 대표를 보아라. 환경이 나빠 자빠져 놀기만 했다더냐? 애당초 글러먹은 놈한테는 한 푼도 투자하지 않느니라."

"제가 보기에 영민한 구석이 없지는 않았습니다."

"맹랑한 그 성깔이야 쓸 만하더구나. 심지도 굳어 보이고. 계집애가 아니라 사내 녀석이면 좋았을 것을."

이른 나이에 오토바이 사고로 죽은 손자를 생각하는지 이 회장의 이마에 그늘이 서렸다.

"기왕 곁에 두고 거두시려 한다면, 본인에게 직접 묻는 것이 어떻겠습니까?"

"돌아갈 궁리만 하고 있는 아이한테 뭘 묻는다는 것이야?"

"알고 계셨습니까."

"내가 모르는 게 무엇이더냐?"

어깨를 꼿꼿이 세우며 건너다보는 이 회장의 말이 당당한 장담인지, 의혹을 숨긴 질문인지 국은 파악하기 어려웠다. 장담을 가장한 질문일 수도, 질문의 외피를 두른 장담일 수도, 어쩌면 둘 다일 수도 있었다.

국은 역공을 해 보기로 했다.

"말씀, 다 하셨습니까?"

이 회장의 미간에 실금이 생겼다.

"그분에 대해서, 그분께 졌다는 빚에 대해서, 제게 하지 않은, 아니, 하지 못한 말씀이 있는지를 여쭙는 겁니다."

"제법이구나."

칭찬도 질책도 아닌, 냉엄하기 짝이 없는 한마디가 국을 일깨웠다.

국은 머리를 숙였다.

"제가 지나쳤습니다. 죄송합니다."

얼마간의 침묵이 무거웠다. 곧 이 회장이 입을 열었다.

"국아."

"네, 회장님."

"만약에 내가, 크림 그 아이를 네 짝으로 삼고자 한다면 어쩌겠느냐?"

또, 만약에다. 그리고 또다시, 억지 짝짓기다.

국은 입가에 맴도는 쓴웃음을 감추지 않고서 되물었다.

"또, 말입니까?"

"또, 안 될 것은 무엇이냐?"

"여자가 있다고 이미 말씀드렸습니다."

"공연한 소리라는 것도 이미 알고 있다."

"제가 그리도 마음에 차십니까?"

"농도 할 줄 아는구나."

국은 미소 지었다. 입가에만 잠시, 아주 엷게 스치고 지나가는 미소였다.

"'만약에'라고 했지, 꼭 그래야겠다는 뜻은 아니었다. 내가 작년 그때 일로 배운 것이 없었겠느냐?"

비감 어린 어투도 어투지만 진심이 배어 있어 더욱 뜻밖이었다.

"내 그 아이의 쓸모를 찾는 중이었느니."

고심하며 찾던 그 '쓸모' 중에서 생각난 한 가지를 입에 올려 본 것일 터.

오죽 답답하면 그랬을까 싶으면서도 허전해지는 면이 있었다.

사람을 오직 쓸모로만 판단하는 이 회장의 가치관 때문이었다. 쓸모를 다하면 자신도 내쳐질 수 있으리라는 생각이 든 것이었다.

"그럼 조금 더 지켜보시면……."

"네가 데리고 다니며 일을 가르쳐 보면 어떻겠느냐?"

합법과 불법의 경계를 아슬아슬하게 넘나들며 채무자들과 세입자들의 피를 말리는 일. 그들에게서 마지막 남은 하나까지 몰수하는 일. 자주 피눈물에 직면해야 하는 일. 때로는 유무형의 폭력이 수반되는 일.

익숙해져 무감해진 그 세계로 크림을 밀어 넣고 싶지 않았다.

"여자앱니다."

이 회장이 부리는 직원들이 전부 남자임을 상기시키려는 말이었으나, 이 회장이 냉철하게 반박했다.

"나도 여자애였다."

◈          ◈          ◈

"어떤 여자가 실장님을 찾던데요?"

사무실로 들어서는 국에게 신입 직원이 말했다.

국은 사무실 안을 휘둘러보았다. 다들 외근을 나가고 신입 혼자 사무실을 지키고 있었나 보다.

"나를?"

"예. 도국 실장님이라고 딱 집어 말하더라고요."

국은 사무실로 매일 출근하진 않았다. 주로 집에서 이 회장에게 일 관련 보고를 하거나, 회계와 세무 쪽 업무를 보았다. 돈이 필요해 사무실로 찾아오는 사람들과 국이 상담을 하는 일은 드물었다.

큰 덩어리의 자금은 주로 이 회장이 직접 상대했다. 밖에서 약속을 잡기도 하지만 자택으로 이 회장을 방문하는 경우가 대부분이었다. 그럴 땐 선물을 사들고 와서 이 회장 앞에 엎드려 청하곤 했다.

사무실에서는 소액만 취급했는데, 국의 결제가 필요할 만큼의 금액이 아니면 대체로 아래 직원들이 처리했다.

"되게 예쁘던데. 생긴 게 꼭 외국 애 같았어요."

국은 크림임을 직감했다.

"언제?"

"얼마 안 됐어요. 실장님 식사하러 나가셨다고 앉아서 좀 기다리라고 했더니, 나중에 다시 오겠다면서 가던데요."

국은 곧장 사무실을 나섰다.

사무실을 어떻게 알고 찾아왔는지, 그리고 왜 여기까지 왔는지, 궁금함에 앞서 까닭 없이 마음이 급했다. 국은 복도를 큰 걸음으로 걸어가 엘리베이터 버튼을 눌렀다.

사무실이 있는 건물은 이 회장 소유의 빌딩들 중 하나였다.

빌딩의 맨 꼭대기인 7층에 이 회장의 사무실이 있었다. 5층과 6층엔 각종 강좌가 열리는 문화센터가, 4층엔 문화센터와 연계된 출판사가, 2층과 3층엔 이런저런 사무실들이, 그리고 1층엔 프랜차이즈 커피숍이 들어와 있었다.

1층에서 내린 국은 로비를 눈으로 훑었다. 크림은 보이지 않았다.

출입문 밖으로 나가려는 찰나, 등 뒤에서 귀에 익은 목소리가 들려왔다.

"국 실장님!"

뒤돌아서자, 복도 끝 화장실 쪽에서 뛸 듯이 걸어오는 크림이 보였다. 국은 그대로 서서 다가오는 크림을 바라보았다. 가까이로 온 크림의 두 손에 물기가 촉촉했다.

"설마, 지금 나 피해서 도망치는 중?"

크림이 웃으며 장난스럽게 말을 걸어왔다.

"여긴 어떻게 왔습니까?"

"좀 반가워해 주면 안 돼요?"

물 묻은 두 손을 옷자락에 쓱쓱 문질러 닦고서는 크림이 설명했다.

"어떻게 왔느냐 하면요. 이모랑 마트 나왔다가, 장 다 보고 요 앞 도로로 지나가던 길에 이모가 그러잖아요. 여기가 꾹 실 장님 일하는 사무실이라고. 완전 궁금! 그래서 나만 내려 달라 고 했어요."

"집엔 어떻게 들어가려고?"

"전철 타고요."

"타는 법은 알아요?"

"내가 바보예요? 드라마에서 만날 보는데 그걸 누가 몰라 요? 그리고 나 기차는 멀미 안 한단 말이에요. 전철도 기차니 까 당연히 멀미도 안 할 거고 차를 타는 것보다 훨씬 편안할 거예요. 솔직히 이모 운전 솜씨는 좀 불안했거든요."

장롱 면허라 들었는데 용케 차를 끌고 나왔나 보다. 이가 없으면 잇몸이라더니 다친 오 기사 덕분에 아주머니의 운전 실력은 늘겠다.

"봐요. 이모가 교통카드도 빌려줬어요."

크림이 멜빵 청바지 윗주머니에서 교통카드를 꺼내 자랑하 듯 흔들었다. 갇혀 있던 집을 나와서 그럴까. 오늘도 무척 즐 거워 보인다.

"드라마에서 사무실 풍경도 충분히 봤을 텐데."

"사무실 풍경이 궁금한 게 아니라 꾹 실장님 일하는 모습이 궁금한 거죠. 돈 빌리러 찾아온 사람들 앞에서 목에 힘 딱 주 고, '얼마면 돼?' 막 이런 대사 치는 건 아니죠?"

얼마면 돼, 할 때는 부러 잔인한 표정까지 지어 보였다.

국은 실소했다.

"어. 웃었다."

웃음이라고는 할 수 없음에도 크림이 잽싸게 잡아챘다.

국은 정색한 채 말했다.

"드라마 보듯 공부도 하지 그랬어요."

"옹? 언중유골 같은데요?"

난데없는 사자성어도 크림의 목소리를 입고 나오니 유행어처럼 발랄하게 들렸다.

"그건 또 어떤 책 제목입니까?"

사르르 웃어 버리는 크림의 두 눈을 오래 마주하기 힘들어 몸을 돌렸다.

문을 밀고 나서자 햇볕이 거리에 가득했다. 3월, 바야흐로 봄이 시작되고 있었다. 그새 따라 나온 크림이 곁에 붙어 서서 말을 걸었다.

"근데 사무실이 생각보다 환하던데요?"

"꼭대기 층이니까."

"아니, 그런 말이 아니라요. 드라마에서 보면 무지 음습하고 으스스한 데다 금방이라도 무슨 일이 터질 것 같은 분위기던데. 전혀 안 그렇더라고요. 되게 깔끔하고 환해서 의외였어요."

"현실은 드라마와 다릅니다."

"드라마보다 더 심해요? 아저씨가 하는 일 말이에요."

"어떤 일을 하는지, 알아요?"

"알아요. 이모한테 들었어요. 특히 팔뚝에다 징그러운 그림 그려 놓은 남자들을 조심하라던데요?"

"알면서 왜 왔습니까?"

"꼭 아저씬 아니잖아요. 팔뚝에 그림 같은 거 없잖아요."

고작 문신의 유무로 위험성의 여부를 가늠하다니. 도시의 어디에서건 타투를 한 사람들을 흔히 볼 수 있는 세상인 것을.

국은 크림의 그 순수성이 난감했다.

"봤습니까?"

"아저씨도 그림 있어요?"

"없습니다."

"있어도 뭐, 상관없어요."

있거나 말거나 자신과는 상관없는 일이라는 뜻인지, 있어도 괜찮다는 뜻인지. 어떤 의미로 상관이 없다는 것인지 캐묻고 싶은 마음을 누르며 국은 단단히 경고했다.

"앞으로는 여기 절대로 찾아오지 말아요."

"찾아올 일이 또 있으려고요. 이제 일주일밖에 안 남았는데."

"일주일."

저도 모르게 되새기자, 크림이 확인하듯 말했다.

"다음 주면 나, 집에 돌아갈 거잖아요."

집. 크림이 돌아가려는 산속의 그 집은 폐허처럼 텅 비어 있다.

국은 착잡해졌다.

"그렇지만 오늘은…… 나랑 아이스크림 먹으러 갈래요?"

국은 크림을 돌아보았다.

크림이 코앞에서 국을 올려다보고 있었다.

도시의 거침없는 햇빛 아래에서도 크림의 쨍하게 부신 눈망울은 여전했다.

말과 말 사이에 두었던 여백은 크림답지 않은 망설임이었을까. 단칼에 거절하면 무안해하겠지.

크림의 즐거운 기분을 망치고 싶지 않았다.

"그럽시다."

담담한 대답에 크림이 웃었다. 여린 웃음을 담고 눈망울이 반짝, 빛났다.


국은 사무실 부근의 수제 젤라또 전문점으로 크림을 데려왔다.

아담한 가게 안은 개성 있는 소품들로 장식되어 있어 취향 강한 소녀의 다락방 같은 느낌을 안겨 주었다.

하지만 가게 주인은 담백한 스타일로 권유나 추천 없이 느긋하게 손님의 선택을 기다려 주었다.

아이스크림 진열장 앞에서 한참을 고민하던 크림이 손끝으로 하나를 가리키며 명랑하게 말했다.

"난 시나몬."

가게 주인이 미소를 띤 채 크림에게 엄지를 치켜 주었다.

국은 같은 걸로 두 개를 샀다. 길쭉한 삼각형의 콘 위에 연갈색 젤라또가 동그랗게 얹혔다. 아이스크림콘을 받아 들고서 크림이 활짝 웃었다.

창가의 등받이 없는 나무 의자에 파스텔 톤의 방석들이 놓여 있었다. 국은 거기에 크림과 나란히 앉았다. 마주 보는 자리가 아니어서 편했다. 유리창 너머의 거리에는 사람들과 차들이 제각기 흘러 다녔다.

아이스크림을 한 입 베어 물고는 음미하던 크림이 중얼거렸다.

"이런 맛이구나."

국도 손에 든 젤라또를 한 입 베어 물었다. 입안에서 시나몬 향이 은은하고도 부드럽게 녹아들었다.

"처음 먹어 보거든요. 시나몬 아이스크림."

신기하다는 듯 크림이 말했다.

국에게도 시나몬 아이스크림은 처음이었다. 본래 아이스크림을 즐겨 먹지도 않거니와 아이스크림치고 선뜻 손이 가는 맛 또한 아니어서 더더욱 그랬을 것이다.

"나중에도 기억할 것 같아요. 시나몬 아이스크림을 처음 먹어 본 오늘, 지금 이 순간을."

"나중에······."

"다음 주에, 내가 우리 집으로 돌아간 뒤에도 말이에요."

"다음 주에, 가지 않으면 안 되겠습니까?"

뺨에 꽂히는 크림의 시선이 느껴졌다. 국은 모른 척 아이스크림만 베어 먹었다.

"헷갈려. 어디에다 방점을 찍어야 되는지 잘 모르겠어요."

크림이 헷갈려 하는 부분이 무엇인지 알았지만 국은 침묵했다.

시기의 문제가 아니었다. 다음 주든 더 뒤든 크림은 산속의 그 집으로 돌아갈 수 없다. 아니, 가 봐야 소용없다. 그렇게 되어 버렸다.

끝내 가지 않으면 좋겠지만, 그럴 리야 없을 터. 지금으로선 떠나려는 크림을 최대한 붙잡아 두는 것 밖에는 방법이 없다.

"왜 다음 주엔 가지 말라는 거예요? 혹시 다음 주에 아저씨, 나랑 무슨 계획이라도 있는 거예요?"

계획으로 도약해 버린 저 물음은 바람일까? 아니면 그저 추측일까.

"만약에 있으면."

국이 운을 떼자, 크림이 소리 내어 웃었다.

"만약에요?"

웃으며 되묻는 크림에게 국은 질문을 완성했다.

"미루겠습니까?"

국은 이렇게까지 연연하고 있는 자신이 마땅찮았다.

크림이 그 집으로 돌아가서 충격을 받건 상처를 껴안건 대체 무슨 상관이란 말인가. 원망의 눈초리 따위 뭐가 대수라고. 그보다 더한 눈빛과 말들을 대하는 게 일상이거늘.

하지만⋯⋯.

염려가 된다.

혼자가 되었음을 알아 버릴 그 순간, 크림의 눈가에 맺혀들 눈물이. 젖은 그 반짝임을 들키지 않으려고 오히려 깔깔깔 웃어 댈 크림의 마음결이.

"뭔데요?"

톡 쏘는 듯한 크림의 물음이 국의 눈길을 그녀에게로 돌려놓았다. 흥미진진하다는 듯 호기심에 찬 얼굴로 크림이 덧붙였다.

"꾹 아저씨가 나를 위해 세워 놓았다는 그 계획이 뭐냐고요."

머리가 멍했다.

뭐든 그럴듯한 일을 생각해야 하는데, 계획이랍시고 준비했다는 듯 딱 꺼내 놔야 하는데, 생각의 회로가 일순 멈춰 버린 것만 같았다.

지척에서 쏟아지는 크림의 눈빛 때문이다. 코끝으로 민감하게 파고드는 냄새 때문이다.

시나몬이 아니라 크림의 향.

크림만이 가진 냄새, 여자 냄새.

"없으면서 괜히. 아저씨가 왜 그러는지 다 알아요, 나. 할머니가 시켰죠? 못 가게 막으라고 아저씨한테 명령한 거죠? 나데려오라고 그랬던 때처럼. 꾹 아저씨는 할머니 비서니까, 시키는 일이라면 뭐든 다 해야 하는 거니까, 그래서 어쩔 수 없이 그러는 거잖아요. 맞죠?"

국은 크림을 외면했다. 크림이 그렇게 생각한다면 굳이 아니라고 정정할 필요는 없을 테다.

콘에 남은 아이스크림을 집어삼켰다. 시나몬 향이 입속을 차갑게 채웠다.

바삭바삭 콘을 깨어 먹는 소리가 났다. 크림이 내는 소리였다. 크림의 표정이 궁금해 국은 크림 쪽으로 다시 고개를 돌리고 말았다.

"안 먹을 거면 나 주세요."

건네기도 전에 크림이 국의 손에서 콘을 채어 갔다. 와삭와삭 또 신나게 부셔 먹고는 손에 묻은 부스러기를 털며 크림이 말했다.

"지와타네호, 알아요?"

"뭡니까, 그게."

"쇼생크 탈출, 안 봤어요? 태평양의 섬, 지와타네호. 앤디랑 레드가 나중에 거기서 만나잖아요. 볼 때마다 행복해지는, 그래서 내가 제일 좋아하는 장면이에요."

꿈을 꾸는 것 같은 얼굴의 크림에게 물었다.

"영화 좋아합니까?"

"할아버지가 좋아해요. 특히 옛날 영화들. 그래서 할아버지랑 자주 봐요. 집에서, 비디오테이프로요. 요즘은 그런 걸로는 안 본다고 하더라고요. '쇼생크 탈출'은 하도 자주 봐서 테이프가 다 늘어났어요. 그래도 볼 때마다 재미있는 걸 어떡해요. 나 없이 할아버지 혼자서 보고 있을 걸 생각하면 마음이 쓸쓸해져요."

이 회장의 명으로 그 집을 정리하며 낡은 비디오테이프들도 다 버렸다. 그러지 말 것을 그랬다. 다 버리더라도 그 영화만큼은 남겨 둘 것을 그랬다.

마음이 편치 않았다.

"나한테 할아버지 집은 지와타네호 같은 거예요."

행복해지는, 그리고 제일 좋아하는.

그러므로 반드시 돌아가겠다는 얘기를 하고 있는 거였다. 꼭 가야만 한다는 뜻이었다.

국은 뭐라 할 말이 없었다.

뭉클한 것도 같고 막막한 것도 같은 기분. 해독하기 힘든 암호를 받아든 것도 같았다. 암호의 이름은 크림.

"내가 돌아갈 수 있게 도와줄 거죠?"

대답할 수 없었다. 적극적으로 도와줄 수는 없어도 묵인 정도는 가능하겠지만, 결과는 어차피 똑같을 것이었다.

차라리 동행하면 어떨까. 빈집이 되어 버린 상황을 혼자 감당하는 것보다는 누군가가 옆에 있는 게 그나마 낫지 않을까. 마음껏 퍼부을 상대라도 있는 셈이니까 말이다.

"난 꾹 아저씨 믿을래요."

"사람 함부로 믿는 거 아닙니다."

"함부로 아닌데요? 시나브로, 인데요?"

"시나브로?"

"모르는 사이에 조금씩. 한자로도 써 줄까요?"

장난스럽게 묻고는 크림이 이내 말을 이었다.

　　"아빠 생각이 나서요. 우리 아빠는 네 글자 단어면 다 사자성어인 줄 알았거든요. '시나브로'라는 말 듣자마자 한자로는 어떻게 쓰냐고 물어봤을 거예요."

　　"우리말을 잘하셨습니까?"

　　"아빠요? 아뇨, 잘하진 못했어요."

　　"그럼 대화는 어떻게. 독일어로?"

　　"영어로요. 할아버지랑 셋이 있을 때는 서투르게나마 우리말로, 아빠랑 나랑 둘이서는 거의 영어로만. 엄마가 영어를 잘했거든요. 영어로 말이 통하니까 둘이 금세 친해졌대요. 만약에 엄마가 영어를 못했으면 두 사람은 서로가 이방인으로 스쳐 갔을 거고, 그랬으면 오늘의 나도 여기에 없었겠죠?"

　　크림의 어휘력이 풍부한 것도 자연스럽게 2개 국어를 습득하며 자란 덕분이겠다.

　　"말하자면 엄마의 유창한 영어 실력이 우리 가족의 역사에서 발화점이 된 거랄까요?"

　　"발화점."

　　"그건 한자로 쓸 수 있어요."

　　그러고는 크림이 검지로 나무 탁자 위에 한자를 차례로 써 나갔다. 손끝의 움직임에 머뭇거림이라곤 없었다.

　　크림이 한자로 그려 낸 '발화점'은 쓰는 동시에 지워져 버렸다. 빛이 물러간 뒤의 그림자처럼.

　　"한자에도 자신 있는 모양입니다."

"할아버지한테 배웠거든요. 우리 할아버진 모르는 한자가 없어요. 필체도 무척 멋지고요. 난 우리 할아버지를 존경해요."

크림이 존경해마지 않는 그 할아버지는 암세포에 여윈 몸을 내어 준 채 세상과 등질 날을 기다리고 있다. 크림 모르게, 낯선 곳에서 홀로 외로이.

그럼에도 형형하던 노인의 눈빛을 떠올리며 국은 다시금 마음이 불편해졌다.

"그만 일어납……."

"만약에."

가로막듯 서두부터 던지고는 크림이 국을 빤히 쳐다보았다. 거슬리니까 하지 말라고 했더니만 대놓고 도전하겠다는 표정이다.

국은 반쯤 일으켰던 몸을 다시 앉히고서 성가심을 고스란히 드러내며 내던졌다.

"만약에 뭐요."

"내가 태어나 처음으로 극장에 가 보고 싶다면요?"

거절하기 어렵도록 처음이라는 덫까지 놓아 버리고선 크림이 야무지게도 덧붙였다.

"다음 주에 말고, 지금요."


크림과 함께 멀티플렉스 영화관에 왔다.

태어나 처음인 것은 국도 크림과 다르지 않았다. 산골 마을에서 자라나서 와 볼 기회가 없었을 크림하고는 다른 이유였지만.

지금까지 살아오는 동안 국은 누군가와 극장에 영화를 보러 갈 일이 없었다. 그렇다고 혼자 극장에 갔던 적도 없었다. 영화를 싫어해서가 아니라 그럴 만한 여유가 없었다는 게 정확할 것이다.

영화는 방에서 혼자 TV나 컴퓨터로 봤다. 그게 편했다.

마음의 한 곳을 두드리며 얼어붙은 강에 금을 내는 영화를 만나면, 국은 차가운 맥주 한 잔을 들이켰다. 마음의 강에 난 금을 메우듯이. 다시 얼리듯이.

심금을 울리는 것들.

그게 무엇이건 국은 달갑지가 않았다. 예술 작품이건 사람의 언행이건 예상치 못한 상황이건, 단단한 정서에 손톱만큼이라도 파문을 일으키는 요소는 국에게는 모두 불안이었다.

처음으로 온 극장에서 국은 크림을 생각하고 있었다. 크림이라는 존재가 야기하는 불안을. 살아온 날들에 견주어 보면 결코 청신호는 아니었다.

평생 얼어붙어 있어도 괜찮으니 국은 변화 없이 이대로 지속하는 삶을 원했다. 이 회장을 보필하며 살아가는 나날에 불만도 갈등도 없었다. 지극히 평화로웠다.

그런데 크림이 그 평화를 방해하고 있었다.

수시로 생각하게 되고, 신경 쓰게 되고, 돌아보게 되는.

자꾸만 말을 들어 주게 되고, 하고 싶다는 대로 따라 주게 되고, 결국 곁에 앉아 주게 되는.

그러한 상황들을 자주 이끌어 내는 크림. 참으로 난감한 존재였다.

"팝콘 먹을래요."

사람들이 줄을 서서 기다리고 있는 스낵 코너를 가리키며 크림이 말했다. 어떤 영화를 볼 것인지 고르기도 전이었다.

국은 크림에게 카드를 건넸다. 크림의 눈이 동그래졌다.

"태어나 처음으로 카드도 한 번 써 봐요."

"처음인지 아닌지 아저씨가 어떻게 알아요?"

"처음, 아닙니까?"

"맞아요."

생긋 웃으며 대답하곤 크림이 연이어 물었다.

"사람 함부로 믿는 거 아니라더니?"

"들고튀어 봐야 손바닥 안이니까."

크림의 입가에 사르르 웃음이 번졌다. 두 손으로 카드를 받아 들며 크림이 말했다.

"비서체 안 쓰니까 좋네요. 습니다, 입니다, 합니다. 이런 거요. 그냥 툭, 숨기지 않은 본심을 내뱉는 것처럼 말할 때. 그럴 때가 훨씬 듣기 좋다고요. 꾹 아저씨, 애인한테도 비서체 쓰는 건 아니죠?"

비서체니 본심이니 애인이니 제멋대로 지껄이고선 크림이 뜀박질하듯 걸어가 줄 끄트머리에 섰다.

국은 좀 떨어진 곳의 의자에 앉았다. 의도한 바는 아니었으나 크림이 정면으로 바라다 보이는 위치였다.

이내 크림과 눈길이 마주쳐 버렸다. 크림이 국을 향해 손에 쥔 카드를 까딱여 보였다. 입가에 머물러 있을 웃음이 그려졌고, 국은 바닥으로 고개를 내렸다.

눈앞에서 크림이 사라지자 생각들이 어김없이 밀려들었다. 크림이 화두처럼 던져 놓은 것들. 비서체, 본심, 그리고 애인.

이 회장의 조카 손녀니까, 이 회장을 모시는 마음가짐에서 연장되는 태도를 취할 뿐이다.

크림이 칭한 '비서체'라는 걸 쓰지 않으면 또 어쩔 것인가.

본심을 의도적으로 숨긴다기보다는 잘 다듬는 편이다. 타고난 성격 탓에 어렵지도 않을뿐더러 이 회장을 모시다 보니 어느새 그런 자세가 몸에 익었다.

애인은, 없다. 앞으로도 없을 것이다.

곁에서 기척이 느껴졌다. 돌아보지 않아도 크림이다. 같이 데려온 팝콘 냄새가 크림의 냄새를 덮었다. 다행이었다.

"팝콘은 샀고. 이제 영화를 고를 차례. 꾹 아저씬 뭐 보고 싶어요?"

너는? 하고 물으면. 그러면 크림이 비서체를 안 썼다고 좋아할까. 사르르 웃을까.

마음을 차지하는 생각들과는 달리 국은 덤덤히 되물었다.

"뭐 보고 싶습니까?"

"난 뭐든 상관없어요."

국은 고개를 들고 크림을 돌아보았다.

"극장에서 팝콘 먹으면서 영화 보는 거, 꼭 한 번 해 보고 싶었거든요. 그러니까 난 어떤 영화든 괜찮아요."

카드를 돌려주며 크림이 말했다.

"영화표는 꾹 아저씨가 사 오세요. 꾹 아저씨 취향으로."

'꾹 아저씨 취향이 궁금하니까'라고 말하는 것처럼 들렸다. 국은 낮은 숨을 내쉬었다. 함부로 회전하는 자신의 생각들이 못마땅했다.

"근데 꾹 아저씨 장거리 연애하세요?"

질문도 팝콘 튀듯 했다.

국은 못 들은 척 몸을 일으켰다.

"지금껏 데이트하러 나가는 걸 한 번도 못 본 것 같아서요."

"온 집안에 알리고 나가겠습니까?"

"아. 그건 그렇죠. 그런데 데이트해도 애인이랑 극장엔 잘 안 가나 봐요? 되게 낯설어 하는 것 같아 보여서요."

흔한 일상에 녹아드는 것이 낯설기는 했다. 그렇게 살아온 적 없었으니까.

보육원을 나와 대학생이 되고서도 이 회장의 눈 밖에 나지 않으려 공부만 했다. 친구도 만들지 않았고 접근하는 여자도 차단했다.

졸업 직후 이 회장의 밑에서 일을 시작했다. 일상과는 완벽히 다른 세계였다.

거칠고 험한 일을 잠깐 거쳐 이 회장의 비서가 되었다. 그건 보육원에서의 국을 점찍었던 이 회장이 처음부터 그려 놓은 큰 그림이었다.

"꾹 아저씨 애인이 영화를 싫어하나?"

고개를 갸웃하는 크림을 두고 국은 매표창구로 향했다. 애인을 상정해 둔 크림의 질문들이 단순한 호기심인지 진지한 궁금증인지 모르겠다. 그렇지만 헤아려 묻고 싶진 않다.

자꾸만 애인을 들먹이는 걸로 봐서는 아마도 아주머니한테서 들었을 것이다. 크림에게 정보통 역할을 하는 유일한 사람이니 말이다.

크림이 이 회장의 손녀임을 주지시키며 공연한 소리를 하지 말라고 다시금 입단속을 해야 할까. 사실 아닌 것을 사실인 양 부풀리는 말은 삼가라고 따끔하게 충고해야 할까.

꼬리를 무는 생각 끝에 국은 쓴웃음을 지었다.

크림이 어떻게 생각하고 있건 자신이야말로 상관없는 일. 시시비비를 가릴 까닭도 없고 아주머니를 타박할 필요도 없다.

문제의 핵심은 다른 데에 있었다. 걸핏하면 크림을 생각하고, 신경 쓰고, 돌아보는 자신. 바로 지금, 팝콘을 집어먹고 있는 크림의 모습이 두 눈에 오롯이 담기는 이 순간처럼.

국은 크림을 외면했다.

영화표 두 장을 사고, 화장실로 가 손을 씻고는 거울 속의 얼굴을 뚫어져라 쳐다보고, 방금 구입한 영화의 포스터 앞에서 한참을 하릴없이 서 있다가, 비로소 크림이 앉아 있는 곳으로 돌아왔을 때.

"어디 갔었어요?"

크림에게서 투정 같은 물음이 다가들었다.

"나만 내버려 두고 가 버린 줄 알았잖아요."

'그럴 리가'라는 말을 입안에 가두었다.

"꾹 아저씨 기다리면서 팝콘을 이만큼이나 먹었어요."

반 넘어 비어 있는 팝콘 통을 자랑하듯 보여 주며 크림이
웃었다.

입가뿐만 아니라 눈가에도 퍼지는 웃음이 어쩐지 아련했다.
반짝이던 눈물을 감추려 소리 내어 웃던 크림이 떠올랐기 때
문이다.

"들어갑시다."

"어떤 영화예요?"

국은 크림에게 영화표를 건넸다. 창구 직원에게 가장 빠른
시간의 영화로 달라고 했을 뿐 제목조차 확인하지 않았었다.

"셰이프 오브 워터, 사랑의 모양."

표를 받아 든 크림이 나직이 읊조린 제목을 듣고서야 국은
잘못된 선택임을 알았다.

제목에서부터 오해의 여지가 다분했던 것이다. 아니나 다를
까, 크림이 놀리듯 말했다.

"꾹 아저씨 취향이 이런 쪽이었구나."

생그레 웃음까지 짓는 크림의 눈길에 국은 살짝 당황했다.

"취향이 아니라."

"알아요. 아무거나 제일 빠른 걸로 달라고 그랬겠죠, 뭐. 설혹 취향이라 해도 나한테 이런 영화를 같이 보자고는 절대로, 절대로 안 했을 테니까. 맞죠?"

맞다. 그렇다고 '절대로'를 두 번이나 쓸 정도는 아니지만.

"들어가요."

크림이 총총 앞장섰다. 국은 크림을 지키듯 두어 걸음 뒤에서 걸었다.

걸어가는 크림에게로 사람들의 시선이 모였다가 떠나곤 했다. 춤을 추듯 독특한 걸음걸이 탓도 있을 테지만, 어디서나 눈에 띄는 외모 때문일 가능성이 더 컸다.

표를 받는 직원이 크림에게 주민 등록증을 요구했다. 그제야 국은 지금 크림과 함께 보려는 영화가 미성년자 관람 불가임을 알았다.

제목으로 보건대 폭력적이어서가 아니라 적나라하게 에로틱한 장면이 포함되어서일 터. 크림과 나란히 앉아 그런 장면들을 견뎌야 하다니. 역시 잘못 골랐다.

크림이 가슴을 가로지르는 손바닥만 한 크로스백에서 주민 등록증을 꺼내더니 당당하기 그지없는 얼굴로 직원 앞에 들어 보였다.

주민 등록증을 확인한 직원이 미소 띤 채 끄덕였다. 크림도 직원을 마주 보며 활짝 웃어 보였다.

안으로 들어가며 크림이 말했다.

"나 이런 것도 처음 해 봐요. 주민 등록증 딱 내밀어 보이는 것. 우리 마을에선 째가 있어서 맥주 살 때도 늘 무사 통과였거든요."

"늘."

"나의 소확행이 언제부터냐고 묻고 있는 거라면, 열다섯 살부터라고 대답하겠어요. 참고로 우리 아빠 나라에선 열네 살부터 맥주를 준대요."

독일인 아버지와 함께 캔 맥주를 마시는 열다섯 살 크림이 머릿속에 그려졌다. 상상 속에서 크림의 모습은 선명한데 크림 아버지는 불투명했다.

"꾹 아저씨 지금 막 상상하고 있었죠? 열다섯 살의 나랑, 캔 맥주랑, 우리 아빠랑."

꾹은 좀 놀랐지만 내색하지 않았다. 크림이 섬세한 촉을 발휘할 때마다 그러했듯이.

"나는 지금이랑 별로 다르지 않고. 아빠는 마이클 패스벤더 닮았어요."

마이클 패스벤더. 얼핏 들어 본 것도 같은데 즉각 얼굴이 떠오르진 않는다.

"배웁니까?"

"네, 우리 아빠처럼 독일인이고요. 그 사람 나오는 영화를 보면 아빠가 생각나요. 목소리 톤도 엇비슷하거든요."

크림의 말 끝자락에 애조가 서렸다. 명랑하던 걸음도 차분해졌다.

선명한 기억을 가진 사람은 행복할까. 아니면 꼭 그만큼 고통스러울까.

아마도 기억의 종류에 따라 다르겠지. 기억이 오래 간직할 보물이 될 수도 있지만 그 반대의 경우도 있으니까. 어쩌면 반대의 경우가 더 많을 수도 있을 것이다.

"꾹 아저씨 부모님은 어떤 분들이세요?"

부모에 대해서라면 기억할 거리가 아무것도 없었다. 추억에 젖어 들며 슬퍼지지 않아도 되니 다행이라고 해야 할까.

빈 터로만 남아 있는 부모의 자리를 꾹은 누구에게도 말한 적 없었다. 크림에게도 당연히 그럴 것이었다.

"매번 어떤 사람인지를 궁금해 하는군요."

처음 그 산마을로 갔던 날, 크림한테서 건너왔던 두 번의 질문이 떠올라 말했더니, 크림이 조용히 웃었다.

"꾹 아저씨는 매번 답을 떼먹고요."

"어떤 사람이냐는 질문에 답이 있을 수 있겠습니까."

"정답은 없어도 저마다의 답은 있겠죠."

"예를 들어, 그림자가 아주 긴 사람, 같은?"

"빙고!"

어떤 의미가 담겨 있는 말인지 묻기에 좋은 타이밍은 아니었다. 어두운 상영관 안으로 이제 막 발을 들이밀고 있었기 때문이었다.

자리를 찾아 앉자마자, 크림이 말했다.

"맞다. 꾹 아저씨의 소확행을 아직 듣지 못했어. 뭐예요? 꾹 아저씨의 소확행. 아직도 알아내지 못했어요?"

생각해 보지도 않았지만 대답할 타이밍 또한 아니었다. 화면 가득 요란한 광고 영상이 펼쳐지기 시작했으므로.

팝콘을 집어먹다가 크림이 말했다.

"나…… 진짜 좋아해요."

광고 화면 속에서 터지는 소리가 크림의 말 중간 부분을 말끔히 먹어 버렸다.

그러나 국은 굳이 묻지 않았다. 물어 확인했다가 크림한테서 엉뚱한 소리라도 듣게 되면 난감할 것이었다.

대꾸 없는 국을 쓱 돌아보더니 크림이 국의 귓가에다 대고 또다시 말했다.

"진짜 좋아한다고요."

말과 함께 귓가에 따듯한 숨결이 퍼졌다.

커다란 화면을 채우고 있던 광고 영상이 흐릿해졌다. 몸이 굳어 버리는 것도 같았다. 난감한 정도가 아님을 알려 주듯이. 난감하다는 표현만으로는 이 상황을 충분히 설명할 수 없다는 듯이.

크림이 국의 눈앞에다 들어 올린 팝콘 통을 손가락으로 콕콕 두드려 보았다. 목적어의 소재를 분명히 인식시켜 주는 동작이었다.

짐작컨대 방금 크림이 한 말은, 나 팝콘 진짜 좋아해요.

잠시 국의 몸을 사로잡았던 긴장이 풀어졌다. 국은 굳은 어깨를 펴고 등을 의자 깊숙이 기댔다.

곧 영화가 시작되었다.

크림과 함께 보는 극장에서의 첫 영화는 아름답고 슬프고 감동적인 판타지였다.

오늘 밤에는 국에게도 맥주 한 잔이 필요할 것 같았다.

chapter 6

아이스 ***** 크림

어떤 관계에서는 영화 한 편이 그야말로 '발화점'이 될 수도 있을 것이다. 둘이서 처음으로 함께 본 영화라면 더더욱.

하지만 어떤 관계에서는 전혀 그렇지 않다. 영화를 보기 전이나 보고 난 뒤에나 아무런 변화 없이 그대로.

그런 관계도 나쁘지 않다고 크림은 애써 생각했다.

여전히 그림자는 아주 길고, 여전히 고드름 나무인 데다, 여전히 정중한 비서체를 주로 쓰고, 여전히 이만큼의 거리를 유지하지만, 그래도 싫지 않은 그 사람.

싫지 않은 만큼이라서 다행이라고도 크림은 생각했다.

좋으면 곤란하니까. 좋아지면 진짜로 난처해지니까. 다짐했던 한 달이 이제 꼭 닷새를 남겨 두고 있으니까.

비어 있는 국의 방 앞에서 크림은 청소기 작동을 멈추었다.

국이 머물지 않는 별채의 방이므로 그의 물건들이 없는 건 물론이고 문도 잠겨 있지 않았다.

닫혀 있는 문을 열고 들어가 볼까 말까 갈등하고 있는데, 등으로 낯선 목소리가 뛰어들었다.

"거긴 내 방인데."

크림은 반사적으로 고개를 돌렸다.

거실 한가운데에 팔짱을 끼고 서서 크림을 쏘아보고 있는 사람은 크림 또래의 여자애였다. 쇼트커트의 머리가 날렵한 인상을 주었다.

"아닐 걸?"

똑같이 반말로 돌려준 반박에 시비조로 나올 줄 알았더니, 여자애가 눈썹을 치켜 올리고는 크림 앞으로 걸어왔다.

"네가 크림이구나?"

여자애의 말이 크림에게도 직감을 불러들였다.

"넌 홍이?"

"맞아. 너 나랑 동갑이라면서?"

"응. 네가 어떤 앤지 궁금했는데 갈 때 다 돼서야 나타나네."

"너 완전 우유 빛깔 김태리잖아?"

"김태리가 누구야?"

"산골에서 왔다더니 너 진짜 촌년이구나? 어떻게 김태리를 몰라?"

"김태희는 알아."

180

"김태희 말고 김태리. '아가씨'의 김태리, '1987'의 김태리."

가까이에서 본 홍이의 말리듯 튀어나온 입술이 꽤나 육감적이었다.

"둘 다 못 본 영화라서 모르겠어. 근데 홍이 너 입술 되게 예쁘다."

"장난해? 지나가는 남자들 다 돌아보게 생긴 얼굴로 누구한테 예쁘대? 기분 나빠."

툴툴대는 홍이를 보며 크림은 웃어 버렸다.

속에 든 생각을 바로 입 밖에 꺼내 놓는 타입인 것 같은데, 계산 없이 순수해 보여서 밉지 않았다. 모녀간이라 그런지, 알고 있는 이야기들을 미주알고주알 풀어놓는 아주머니하고도 확실히 닮은 면이 있었다.

"입술만 예뻐?"

새삼스레 따져 묻는 홍이에게 크림은 웃으며 대답해 주었다.

"아니. 눈이랑 코도 예뻐. 특히 그 머리도."

"그럼 너도 나처럼 자르던가."

"싫은데?"

입을 삐죽이더니 홍이가 빼기듯 선언했다.

"난 배우가 될 거야."

"응원할게!"

"그리고 난 도국의 아내가 될 거야."

크림은 귀를 의심했다. 잘못 들은 줄 알고 되물었다.

"조국의 아내?"

"뭐래? 조국 아니고 도국. 도 실장님."

어이없었다. 누구 맘대로? 하는 대꾸가 목까지 발칵 치밀어 올랐고, 그런 자신에게 크림은 좀 놀랐다.

"그게 맘대로 될까?"

은근히 딴죽을 걸자, 홍이가 천연덕스럽게 대답했다.

"열 번 찍어 안 넘어가는 나무 없다고."

"있을 걸?"

왜냐하면 그 사람은 고드름 나무거든. 어지간한 도끼로는 끄떡도 안 할 거라고. 아무리 열심히 도끼질을 해 봤자 깨어진 고드름 파편에 상처나 입을 거라고. 상처가 심해 피가 흐를지도 몰라.

자신을 다스리기라도 하듯 생각들을 곱씹고 있을 때였다.

"너 혹시 도 실장님한테 흑심 있는 거 아냐?"

훅 치고 들어오는 홍이의 물음에 크림은 살짝 당황했다.

흑심이 남모르게 숨겨 둔 어떤 마음이라면, 있는 거 맞다. 그 마음의 종류도 분명치 않고 개념도 또렷하지 않아 모호하지만 어쨌든. 그러나 크림은 똑 잡아뗐다.

"흑심은커녕 백심도 없다."

"뭐래?"

눈을 흘기고선 크림을 지나친 홍이가 국의 방으로 쓱 들어가며 말했다.

"이제부터 여긴 내 방이야."

깜짝 놀란 크림은 홍이를 따라 들어가 물었다.

"어째서?"

방 안을 유유히 휘둘러보며 홍이가 대답했다.

"나 이제부터 여기서 지낼 거거든."

"정말? 대장, 아니, 할머니한테 허락 받았어?"

"당연하지."

"아. 그렇구나."

홍이가 별채에서 지내게 되었건 어쨌건 상관없는 일이었다. 이제 곧 이 집을 떠날 테고 그녀와도 안녕일 테니까. 그런데도 크림은 어쩐지 맥이 빠졌다.

그동안 손에 꼭 쥐고 있던 것을 여기에 놓아두고 가게 되었는데, 그걸 홍이가 덥석 차지해 버리는 것만 같은 느낌이랄까. 정작 제 손에 쥐고 있던 것이 무엇인지는 모른 채로 크림은 다시금 중얼거렸다.

"잘됐네."

"뭐가?"

"이제부터 엄마랑 같이 살게 되었잖아."

"난 우리 엄마 별로 안 좋아해."

"왜?"

"별로 안 친하니까."

"안 친한 거랑 안 좋아하는 거랑은 다르지 않아?"

"안 친하면 안 좋아하는 거지, 뭐가 달라?"

"달라. 안 친해도 좋아할 수는 있어."

"누구를?"

난데없는 물음이 마치 화살 같았다.

크림은 선뜻 대답하지 못했다. 마음속을 열심히 들여다보지 않아도 정답은 하나였다. 친하지는 않지만 좋아할 수 있는 사람. 그의 이름은……

"너희 엄마?"

막다른 골목에서 피할 길을 열어 주듯 건너온 홍이의 말은 물론 오답이다.

하지만 이번에도 크림은 곧장 대답할 수 없었다. 정답을 들어야만 직성이 풀릴 홍이한테 덜미를 잡히기 싫었다. 그래서 크림은 애매한 웃음만 지었다.

"근데 너, 어딜 간다는 거야?"

"응?"

"아까 나한테 갈 때 다 돼서야 나타났다고 그랬잖아."

"아아. 우리 집에."

"너희 집이 어딘데? 너 여기서 계속 사는 거 아니었어?"

"쉿. 당분간만 여기 사는 거야, 나. 이제 곧 집에 갈 거야. 우리 할아버지가 기다려. 안 그런 척하지만 사실은 무지무지 많이 기다리고 있어. 그래서 가야 돼. 갈 거야, 꼭."

"꽁 할머니 몰래?"

"꽁 할머니?"

"오조 오억 년 동안 꽁꽁 언 얼음장 같잖아. 그러니까 꽁 할머니지."

크림은 까르륵 웃음을 터뜨렸다. 홍이도 같이 웃었다. 모처
럼 즐겁게 터진 웃음 끝에 크림은 아쉬움을 담아 말했다.

"홍이 너 좀 더 일찍 오지 그랬어. 그럼 이 집 생활이 훨씬
신났을 텐데. 친구가 생기자마자 이별이라니, 서운하잖아."

"그럼 가지 마."

모든 면에 단순한 건지 그저 다 쉬운 건지 참 편하게도 말
한다.

속이 빤히 들여다보이는 홍이가 싫지 않지만, 마음의 체에
걸리는 무언가가 있었다. 손에 꼭 쥐고 있던 것이 무엇인지 알
지 못하듯 마음에 거리끼는 것 또한 크림은 알 수 없었다.

"친구라니까 말해 주는데, 내 이름은 다홍이야. 김다홍."

"홍이가 아니고? 할머니도 만날 홍아, 홍아, 그러고. 이모도
우리 홍이라고 해서 난 여태 홍인 줄만 알았어."

"기생 이름 같다고 그냥 홍이라고만 불러. 실은 나도 내 이
름 좀 그래. 홍이가 더 익숙하긴 하지만, 너한테는 특별히 풀
네임 말해 주는 거야."

크림은 활짝 웃었다.

특별하다는 건 언제나 좋다. 기쁨이 곁드니까. 어떤 사람한
테도 특별했으면 좋겠다. 친하진 않아도 괜찮으니까 조금은
특별했으면.

"난 이크림. 내 이름도 좀 그렇지?"

"아니. 넌 생긴 거랑 완전 어울려. 딱 크림같이 생겼잖아."

"너도. 너도 꼭 다홍이 같이 생겼어. 나 다홍색 좋아하거든. 그리고 너 기생 이름 안 같아. 아주 예쁜 이름이야."

"소질도 없는 거짓말은 그만해 두셔."

"거짓말 아닌데. 진짠데?"

"그래서, 언제 올 거야?"

"응?"

"너희 집에 가면 언제 돌아올 거냐고."

"돌아온다고?"

크림은 놀라며 반문했다.

그런 생각은 해 본 적이 없었다. 돌아가는 건 할아버지가 계신 집으로. 여기는 그야말로 당분간만, 임시로 머물렀던 곳. 이 집으로 돌아오는 경우는 상상도 안 해 봤다.

"다신 안 올 거야?"

절대적인 질문이 크림의 입을 붙였다. 망설이는 사이 홍이가 선언조로 말했다.

"그럼 도 실장님은 마음 놓고 내 거."

우히힛, 익살스런 웃음과 함께 홍이가 흥겹게 어깨춤을 추어 댔다. 크림은 같이 웃을 수가 없었다.

꼭 쥐고 있던 손을 풀어내기 싫은 마음. 가더라도 주먹 쥔 손은 그대로일 것 같은 마음. 그리고 어쩌면 다시 돌아오는 일이 있을지도 모르겠다는 생각.

어깃장을 놓는 마음에다 뜻밖의 생각까지 섞여 크림은 혼란스러웠다. 홍이가 주장하는 소유권을 제지하려고 아주머니한테서 들은 이야기를 슬며시 들이밀어 보았다.

"도 실장님, 애인 있잖아."

"뭐래?"

홍이가 어처구니없다는 표정을 했다.

"아니야?"

"당근 아니지. 우리 엄마가 그러지? 도 실장님한테 여자 있다고."

"응. 그래서 할머니 손녀랑 결혼도 거절했다고 그러시던데?"

"핑계야, 그거. 꽁 할머니 손녀랑 결혼하기 싫어서 여자 있다고 둘러댄 것뿐이라고. 도 실장님 여자 없어. 이제부터는 생기겠지만. 나, 김다홍!"

크림은 궁금해졌다. 국을 두고 홍이가 이토록 당당하게 말할 수 있는 근거가 있기라도 한 것인지. 있다면 과연 무엇인지.

"도 실장님. 홍이 너한테도 비서체로 말해?"

"비서체가 뭐야?"

"습니다, 입니다, 이런 깍듯한 말투 말이야. 너한테도 그런식으로 말하느냐고."

"아니."

너무도 깔끔한 대답이었다.

통. 내려앉는 소리가 가슴 안에 울렸다. 놀라움이랄지 서운함이랄지 배신감이랄지, 무어라 규정하기 어려운 감정들이 몰

려왔다. 내색하지 않으려 억지 미소를 지으려는 찰나, 홍이가
말했다.

"나한테는 말 안 해."

"아무 말도?"

"아무 말도."

"단 한 번도?"

"그렇다고!"

크림은 그만 웃어 버리고 말았다. 입가에 소리 없이 퍼지는
웃음이 가슴 저 깊은 데까지 물들이는 느낌이었다. 통, 소리가
나도록 허전하던 공간이 뿌듯한 웃음으로 가득 채워지고 있었
다.

"뭐야, 그 기분 나쁜 웃음은."

홍이가 인상을 구겼다.

그래도 크림은 웃음을 거둘 수가 없었다. 어쩌자고 자꾸만
웃음이 퍼지는지 모르겠다. 그에게 여자가 없다는 말을 들어
서 그럴지도.

"뭐가 그렇게 좋은데?"

"좋은 거 아니야."

"좋으니까 웃는 거잖아."

"아니라니까?"

"흑심은커녕 백심도 없다더니, 순 거짓말!"

공격하는 홍이에게 변명도 할 수 없었다. 웃음 가스라도 양
껏 들이마신 것처럼 기분이 나른하게 풀어졌다.

"너 니네 집에 빨리 가."

새침해진 홍이가 크림의 등을 떠밀었다. 홍이의 손길에 떠밀려 방을 나서며 크림은 상상했다.

어쩌면…….

내가 떠나고 여기에 없더라도 나를 내내 생각할지도 몰라. 없으니까 더 그럴지도 몰라. 생각하고 또 생각하다가 보러 올지도 몰라. 왜 그래야 했는지 스스로에게 궁금히 여기면서도 결국은 그렇게 되어 버릴지도 몰라.

그 사람…….

상상 뒤에 찾아든 웃음은 조금 더 흐뭇했다.


❖　　　❖　　　❖


오늘과 내일과 모레, 사흘 남았다.

글피가 디데이.

하기 싫은 숙제 같던 이 집에서의 나날들도 이제 곧 안녕.

시간이 흐를수록 가뿐해지는 마음 곁에 그림자처럼 따라붙는 또 다른 마음도 물론 있었다. 하지만 크림은 얽매이지 않으려 노력했다.

떠난다고 해서 다시 볼 수 없는 것도 아니잖아.

배낭에 옷과 소지품을 챙겨 넣으며 크림은 자신에게 자꾸만 타일렀다. 오래 있지 않을 셈이었기에 가져온 옷도 적었고 떠날 준비도 간편했다.

이상하게도 영원히 안녕이란 생각은 들지 않았다. 어제 홍이와의 대화 끝에 품었던 상상 덕분인지도 몰랐다.

막연하면서도 반드시 이루어질 것만 같은 상상. 그 상상 속에서 조바심을 내는 쪽은 언제나 도국, 그였다.

그런 상상 속의 주인공이 되어 있는 걸 알면 그가 과연 어떤 표정을 할까. 짐작해 보는 재미도 만만치 않았다.

'미친 거 아닙니까?' 하고 서늘하게 내뱉는 모습을 그려 보면 입가에 사르르 웃음이 감돌았다. 친절하지도 상냥하지도 않은 사람으로 인해 다정한 웃음을 짓게 된다는 게 신기하기도 했다.

돌이켜 보면, 할아버지도 그랬다. 결코 다감하게는 굴지 않는데도 자주 웃음 짓게 만드는 사람이라는 점에서 말이다.

할아버지 생각을 하자 그리움이 왈칵 밀려들었다.

참 잘도 참는 사람. 굳은 심지는 5백년쯤 된 나무뿌리 저리 가라다. 사흘만 더 버티면 볼 수 있지만, 겨우 사흘 남았다고 생각하니까 더 맘이 달았다.

짐 정리를 마친 크림은 별채로 달려갔다.

오 기사는 아직도 무급 병가 중이고, 아주머니는 할머니가 외출하신 틈을 타 안채를 청소하고 있어 별채엔 홍이뿐이었다. 크림은 홍이한테 휴대폰을 빌렸다.

"아주 원시인이 따로 없네."

핀잔도 잊지 않는 홍이에게 크림은 반짝 웃어만 보였다.

우재한테 먼저 걸까 하다 마음을 바꿨다. 이번엔 할아버지 목소리를 듣고 싶었다. 그간 잘 참고 견뎌 왔으니 이쯤에서 상을 주어도 좋으리라.

아마도 할아버지는 잘 지내고 있다고 말할 것이다. 하지만 크림은 담담할 그 말 아래 깔린 쓸쓸함을 읽어 낼 자신이 있었다. 할아버지가 아무리 감쪽같이 감춘다 해도 목소리만 들으면 알 수 있으니까.

집 전화번호를 차례대로 터치하면서 가슴이 뛰었다. 그동안에 어떻게 참아왔는지 믿기지 않을 정도로 흥분됐다. 미움 한 조각, 원망 한 움큼. 가슴에 독버섯처럼 자라왔을 그것들이 저만큼 떠내려갔다.

그러나 전화는 연결되지 않았다. 결번이라는 응답이 기계음으로 들려왔다.

"이상하네. 잘못 눌렀나?"

"어휴. 산골 소녀께서 문명의 이기를 써 봤어야 말이지."

이죽거리며 홍이가 휴대폰을 되가져 갔다.

"번호 불러봐."

크림은 전화번호를 하나하나 불러 주었다.

휴대폰 화면을 들여다보고 있던 홍이가 고개를 갸웃거리며 중얼댔다.

"맞는데?"

더럭 불안이 닥쳐왔다.

홍이에게서 다시 휴대폰을 받아 든 크림은 우재한테 전화를 걸었다. 여보세요, 하는 우재의 심드렁한 목소리가 들려왔다.

"째. 나야, 크림."

—야! 너 도대체 어떻게 된 거야? 저번에 너 전화했던 그 번호로 연락했더니 이크림 누군지 모른다고 전화하지 말라더라. 그때 그거 누구 폰이었어?

"오 기사님 폰……. 그보다 너, 우리 할아버지한테 가 봤어? 방금 집에 전화하……."

—안 그래도 그거 땜에 내가 얼마나 애가 탔는지 알아? 며칠 전에 산에 올라갔더니 방문이 다 잠겨 있더라? 할아버지도 안 계시고. 너한테는 연락도 안 되지, 내가 얼마나 애를 태운 줄 알아?

줄줄 늘어놓는 우재의 말들에 크림은 아득해졌다.

"할아버지가, 안 계셔?"

—그렇다니까.

"어딜 가신 거지?"

—그걸 알면 내가 그렇게 애를 태웠겠냐? 너 진짜 아무것도 몰랐어? 난 혹시 너한테 가셨나 했더니만.

"내가, 지금, 갈게."

간신히 한 마디씩 끊어 말하고서 전화를 끊었다. 다리가 후들거렸다. 할아버지한테 무슨 일이 생긴 게 틀림없었다.

휴대폰을 돌려받으며 홍이가 물었다.

"지금 간다고?"

크림은 힘껏 끄덕였다.

"보안 카드는 내가 해결할게."

홍이의 말이 큰 힘이 됐다. 홍이가 없었다면 국에게 도와 달라고 청해야 했을 것이다. 하지만 지금 국은 집에 없다.

"너 차비는 있어?"

"응, 있어."

"가방 다 싸 놨다고 했지? 그럼 얼른 갖고 나와."

제 일을 처리하듯 적극적인 홍이에게 크림은 다시금 끄덕였다.

시외버스 터미널까지는 전철로 홍이와 함께 왔다. 길을 모르는 크림을 위해 홍이가 데려다주다시피 한 거였다.

크림과 나란히 서서 버스를 기다리며 홍이가 말했다.

"꽁 할머니가 없어서 다행이었어."

할머니의 부재도 마침맞았지만, 아주머니의 보안 카드를 몰래 집어 와 대문을 열어 준 홍이가 아니었다면 순식간에 그 집을 빠져나오기 힘들었을 터였다. 크림은 맞장구를 쳤다.

"맞아, 천재일우였지."

"천 뭐?"

"천재일우. 천 년에 한 번 오는 기회. 이를테면 내 앞에 나타난 너처럼."

"뭐래?"

홍이가 크림을 향해 눈을 가늘게 찢었다. 매섭지도 얄밉지도 않았다.

감정을 여과하는 법 없이 곧이곧대로 드러내는 홍이가 보고 싫어질 것 같다. 이 순간만큼은 크림도 홍이에게 마음을 그대로 건네고 싶었다.

"보고 싶을 거야."

"내가?"

"응."

"도 실장님은?"

"마음 놓고 김다홍 거 아니었어?"

홍이가 또 눈을 흘겼다.

"크림 너 자신만만하다 이거지? 근데 난 페어플레이 같은 건 절대 안 할 거거든?"

"하지 마."

"하지 마? 눈에서 멀어지면 마음에서도 멀어지는 거 몰라? 이제부터 난 매일매일 나의 도국님께 열심히 눈도장을 찍어 댈 거라고."

"좋겠네."

"흑심 인정하는 거야?"

크림은 그저 웃었다. 흑심이건 다른 무엇이건 굳이 따지고 싶지 않았다. 할아버지 걱정을 잠시라도 덜어 주는 홍이의 존재가 지금은 무척 고마웠다.

홍이가 국의 마음을 사로잡아 버릴 거라는 생각은 조금도 들지 않았다. 페어플레이를 하건 말건 홍이 입술이 육감적이건 말건 그런 것들과는 상관없이, 그는 언제나 고드름 나무일 테니까.

크림을 산마을로 데려다줄 버스가 다가왔다. 버스에 오르는 크림에게 홍이가 주먹을 움켜쥐며 외쳤다.

"파이팅!"

버스가 터미널을 벗어날 때까지 홍이는 그 자리에 서서 지켜봐 주었다.

홍이가 아니라 국이었다면 어땠을까, 크림은 잠깐 생각했다. 그랬으면 떠나는 마음에 무거운 추가 하나 내려지진 않았을까.

지금 그는 무엇을 하고 있을까. 예정보다 일찍, 이렇게 갑자기 떠나게 되었다고 그에게는 알려 주어야 하지 않을까.

그러고 보니 여태 국의 휴대폰 번호조차 알지 못한다는 사실이 아쉬움으로 다가들었다.

산란하는 마음을 거스르며 차에서 풍기는 기름 냄새가 코를 찔러 왔다. 터미널에서 미리 멀미약을 먹을 것을 그랬다.

맨 뒷자리에 앉은 크림은 차창을 살짝 열었다. 국의 차에서 매번 그러했듯이 꼭 반 뼘. 바깥 공기가 흘러드니 그나마 숨을 쉴 수 있었다. 하지만 얼마 가지 않아 옆자리 사람이 춥다고 불평해 도로 닫을 수밖에 없었다.

잠이 들면 멀미 기운을 잊어볼 수 있을까 싶었지만 머릿속이 복잡해 잠도 쉬이 들지 않았다.

크림은 할아버지만 생각하려 애썼다. 할아버지의 행방을 어디에서부터 찾아야 좋을지 고민스러웠다.

접점은 결국 엄마.

그렇지만 크림은 엄마의 행방 또한 알지 못했다. 엄마에 대한 미움이 새삼 강렬히 솟구쳐 올랐다. 더불어 목에서 신물이 올라오기 시작했다.

숨을 최대한 참고 버텼지만 어림없었다. 일정하게 흔들리며 달려가는 버스는 크림에게 꾸준히 기름 냄새를 떠안겼다.

차창 밖이 어둑어둑해지고 있었다.

국의 차로 떠나오던 날, 고속도로 휴게소에 들렀던 기억이 났다. 예상하건대 이즈음이었던 것 같았다.

크림은 자리에서 일어나 운전석 쪽으로 갔다.

"아저씨, 휴게소 근처죠?"

"휴게소 안 들어갑니다."

절망적인 대답을 들으니 금방이라도 토할 것만 같았다.

"급해서 그러는데 휴게소에 저 좀 내려 주시면 안 될까요?"

애걸하는 크림을 흘끗 넘겨다 본 기사가 알겠다며 자리로 가 있으라고 했다. 크림은 입을 틀어막고 견뎠다.

짐작대로 버스는 금세 휴게소에 이르렀다. 버스에서 내린 크림은 있는 힘을 다해 화장실로 뛰었다. 뒤집힌 속을 모두 게워 내고 나서야 좀 살 것 같았다.

손을 씻고 입을 헹구고 세수를 하고 터덜터덜 걸어 나오니 내렸던 곳에 있어야 버스가 보이지 않았다. 여기저기 버스들마다 찾아다니며 확인해 보았지만 크림이 타고 왔던 그 버스는 이미 가 버리고 없었다.

다리에 힘이 빠졌다. 지친 걸음으로 겨우 차량들 사이를 빠져나와 걷던 크림은 그날의 그 벤치를 발견했다. 그 밤 그와 같이 앉아서 짙은 안개가 물러나기를 기다리던 그 자리.

크림은 벤치로 가 앉았다. 몸이 허깨비처럼 느껴졌다. 목이 몹시 말랐다. 텅 빈 속이 쓰라렸다.

얼마 안 되는 돈은 배낭에 있었고, 배낭은 버스 안에 두고 내린 것이었다. 가방을 챙기지 못한 자신을 자책해 봐야 소용없는 일이었다.

어둠이 급속도로 몰려왔다. 덩달아 불빛들이 찬란해지고 있었다.

크림은 비로소 휴대폰의 필요성을 절감했다. 산속의 집에서는 소지할 필요를 느끼지 못했던 그것. 고모할머니의 집에서 지내는 동안에도 딱히 필요하지 않았던 휴대폰을 이제야 간절히 원하고 있었다.

이유는 단 하나.

도국, 그에게 닿는 것. 그에게로 연결되는 것. 지금 당장.

이토록 막막한 순간에 간절히 연결되고 싶은 사람이 행방 모를 할아버지가 아니라 국이라는 것을 깨닫고서 크림은 소스라쳤다.

연결만 되면 곧장 이리로 달려와 줄 사람이라는 믿음이 어디에서 비롯된 것인지 크림은 알지 못했다. 다만 무작정 그를 기원하고 있었다. 연결되지 않더라도 기다리면 거짓말처럼 눈앞에 나타나 줄 그의 모습을.

혼자인 시간이 느릿느릿 흘러갔다.

이제 곧 밤이 닥칠 것이고, 발이 묶인 곳에서의 밤은 두려움과 더불어 깊어 갈 것이다. 밤이 닥치기도 전에 으슬으슬한 한기가 몸을 덮쳐 왔다. 어깨가 절로 움츠러들었다.

크림은 눈을 감았다. 기억의 창고에서 가장 환하고 아늑한 순간을 데려왔다. 그와 함께이던 오후를.

유리창 너머의 거리에 햇빛이 따뜻이 반짝이던 그 순간을 이리로 불러들이듯 가만히 뇌어 보았다.

"시나몬 아이스크림."

마법의 주문처럼 한 번 더.

"시나몬 아이스크림."

그리고 둘만의 암호처럼 다시 한 번.

"시나몬 아이스크림……."

저벅저벅, 낮은 발자국 소리가 들려왔다. 주변을 떠다니는 온갖 소음들 속에서도 귓가에 선연히 잡혀 드는 그 발자국 소리는 크림 바로 앞에서 멈췄다.

크림은 눈을 떴다. 선이 반듯한 바지자락 아래 짙은 색의 구두가 보였는데, 그건 마치 나무뿌리 같았다.

크림은 고개를 들었다. 눈앞에서 크림을 내려다보고 있는 얼굴은 도국, 그 사람이었다.

웃음이 먼저 났다. 국은 웃지 않았다. 어떤 마음으로 달려왔는지 전혀 모를 표정이 여느 때와 조금도 다를 바 없었다.

"꾹 아저씨."

반가움이 실린 부름에도 국은 입을 꾹 다문 채였다.

한결같은 그 모습에 오히려 맘이 푸근해졌다. 그가 막 화를 내거나 언성을 험하게 높이기라도 했더라면, 울컥 눈물이 쏟아졌을 것이다.

크림은 조금 더 환하게 웃었다.

"뭘 잘했다고 웃습니까?"

높낮이의 폭을 그다지 느낄 수 없는, 국 특유의 담담한 음색이었다.

크림은 벤치에서 일어나 웃으면서 말했다.

"화도 비서체로 내네요."

"화내는 거 아닙니다."

"그럼 뭔데요? 걱정하는 거예요? 아니면 조바심 내는 거? 그것도 아니면 많이 놀랐다는 거?"

"왜 빈손입니까?"

"아. 내 배낭. 버스가 가져가 버렸어요. 나만 여기다 내려놓고. 나쁘죠."

"멀미 때문에?"

국이 저간의 상황을 정확히 짚자, 크림은 좀 쑥스러웠다. 멀미 끝에 토해 버리는 모습을 떠올릴 터. 지난번에도 그 꼴을 보였으니 그에게는 훤히 그려질 광경이었다. 멀미를 한다는 게 새삼 창피했다.

"그런데."

"네?"

"비 맞은 중처럼 혼자 뭘 중얼거리고 있었습니까?"

크림은 입을 딱 벌렸다.

"비 맞은 중처럼, 아니거든요?"

"아니면, 눈 감고 기도라도 하고 있었습니까?"

"내가 눈 감고 있는 거 보였어요? 와, 시력 짱이네요."

"눈 뜨고 있었으면, 앞에 가서 서기 전에 먼저 쪼르르 뛰어 왔겠죠."

"길들여진 강아지처럼요?"

강아지는 그저 손쉬운 비유일 뿐. 둘 중 누구도 모르는 사이에 조금씩 길들여지고 있었던 거라는 말을 하고 싶었던 건지도 몰랐다. 그러니까 시나브로.

크림을 잠시 내려다만 보고 있던 국이 입을 열었다.

"꼬리를 흔들지 않는 강아지처럼."

예상하지 못한 대답이었다.

"꼬리를 흔들지 않는 강아지? 그건 어떤 강아진데요?"

대답은 없이 국이 입고 있던 코트를 벗어 크림의 어깨에 둘러 주었다.

버스에다 벗어 둔 카디건을 대신해 한기로부터 몸을 감싸 주는 코트가 꼭 그의 마음 같았다. 보이지도 않고 만져지지도 않고 헤아릴 수도 없을, 그의 그 마음이 코트에 남아 있던 온기로 변해 크림에게 번져 오는 듯했다.

"따뜻하다."

가만 중얼거리는 크림에게 국의 물음이 건너왔다.

"속은 괜찮아요?"

"괜찮아요. 아까 한바탕했거든요. 아, 오늘은 화장실까지
잘 뛰어갔어요. 그러니까 끔찍한 뒤처리는 안 해도 돼요."

웃음도 덧붙이자, 국이 말했다.

"그럼 저녁 먹고 갑시다."

"저녁 먹고 어디로요? 할머니 집으로는 안 가요. 산에 있는
우리 집으로 돌아갈 거예요. 할머니한테 날 다시 데려가려고
온 거면 포기해요. 나는 절대로 따라가지 않을 거니까."

이번에도 이렇다 할 대꾸 없이 국이 식당 쪽으로 걸음을 옮
겼다.

저 완강한 뒷모습은 수락일까, 무시일까.

물끄러미 바라보고 있을 때, 국이 뒤를 돌아보았다.


모락모락 김이 오르는 우동이 크림 앞에 놓였다.

크림은 우동 그릇을 두 손으로 감쌌다. 차가웠던 손이 따뜻
해져 왔다.

"맛있겠다."

물이 담긴 컵도 크림 앞에 놓였다. 국의 손길이었다.

잊고 있었던 갈증이 되살아났다. 크림은 물부터 단숨에 들
이켰다.

빈 컵을 들고 일어난 국이 다시 물을 가득 담아왔다.

"고맙습니다."

물을 떠다 준 것에 대한 인사만은 아니었다. 막막한 시공간
을 지우며 거짓말처럼 나타나 준 것에 대해 고마운 마음을 건

네는 거였다.

"근데 나 여기 있을 줄 어떻게 알았어요?"

"멀미."

첫날의 기억을 소환하며 달려왔으리라는 기대감을 가뿐히 깨부수는 대답이었다.

"으. 그놈의 멀미."

국이 젓가락을 들었다.

"만약에, 내가 멀미를 안 했으면."

젓가락이 움직임을 멈췄다. 국의 시선은 크림에게 건너오지 않은 채였다.

"그랬으면 우리 둘 어긋났겠다."

"우리, 둘?"

의문보다는 나직한 되새김에 가까웠다. 크림의 표현이 달갑지 않다는 표시다.

이젠 크림도 그쯤은 헤아릴 수 있었다. 지난 한 달이 허투루 흘러간 게 아니었다.

언어의 파고가 거의 없는 사람.

그런 사람에게서 말과 말 사이의 미세한 파동을 감지하려면 주의 깊게 귀를 기울이고 마음을 쏟아야 한다.

하지만 크림에겐 그다지 어렵지 않았다. 귀를 기울이려 하지 않아도, 마음을 쏟으려 들지 않아도 저절로 그렇게 되어 가고 있었으니까.

크림도 젓가락을 들었다. 이곳에서의 그 첫날과는 맛이 달랐다. 무슨 맛인지도 모르고 우겨 넣었던 그때하고는 다르게 우동 맛이 제대로 났다.

"진짜네."

국이 눈을 들어 크림을 보았다.

"쩨가 그랬거든요. 고속도로 휴게소에서 사 먹는 우동이 그렇게나 맛있다면서, 너도 나중에 꼭 먹어 보라고 막 자랑했거든요. 그래서 우동 먹겠다고 그랬던 거였어요. 그날 말이에요. 꼭 아저씨가 산에서 나 데리고 나오던 날. 생각나요?"

대답하지 않는 건 긍정이다. 크림은 말을 이었다.

"마음에다 뾰족한 얼음 덩어리 하나 껴안고 있는 것 같았거든요. 그날의 나요. 근데 그 와중에도 이 기회에 그렇게나 맛있다는 휴게소 우동은 한 번 먹어 봐야겠다고 생각했어. 우습죠?"

"네."

크림은 풋 웃었다.

"이럴 때는 그냥 웃는 거예요. 그런 정직한 대답으로 웃음을 가두지 말고."

"웃으면."

"……네?"

"만약에, 지금 내가 웃으면."

크림은 조마조마한 마음으로 국의 다음 말을 기다렸다.

"산으로 가지 않고 계속 회장님 댁에서 지내겠습니까?"

"웃음 한 번으로 돌아가는 길을 막겠다고요?"

"……."

"서운한 거구나."

"……."

"꼭 아저씬 내가 떠나는 게 싫은 거야. 맞죠?"

"뭐든, 그렇다고 해 둡시다."

"그게 뭐예요. 그런 거면 그런 거고, 아닌 거면 아닌 거지."

"할아버지께서 이크림 씨한테 가장 바랐던 일이 무엇인지를 말하고 있는 겁니다."

할아버지가 가장 바랐던 일. 곁에서 떼어 내는 독한 결심을 내리게 된 근원.

그것은 유폐되다시피 한 산속에서의 삶이 아니라 도시에서 또래 여자애들처럼 살아가는 것. 평균적인 삶 속으로 걸어 들어가는 일.

하지만 할아버지의 입에서 나온 그 말과 소망은 결국 엄마로부터 온 것. 엄마의 염원을 할아버지가 대신 실현시키려 한 것일 뿐. 본인의 외로움과 처절히 맞서면서까지 딸의 바람에 끄덕여 준 것.

"엄마예요. 할아버지가 아니라. 여태 있는지도 몰랐던 고모할머니를 찾아내서 나를 떠나보내도록 설계한 사람, 우리 엄마라고요."

"그럴까요."

매몰찬 반박도 아닌데 모종의 힘이 느껴졌다. 진실을 알고 있는 이의 차분한 혼잣말 같다고나 할까.

"그날, 할아버지랑 무슨 이야기했어요? 내가 산 위의 아빠한테 다녀오던 사이에 우리 할아버지하고 무슨 이야기를 나누었던 거예요?"

"특별한 이야기는 안 했습니다."

"근데 왜 혼자만 뭔가를 알고 있는 사람처럼 말해요?"

"그런 적 없습니다."

"할아버지가 사라졌어요."

크림을 보는 국의 눈빛은 변함없었다.

"알고, 있었어요?"

덤덤한 침묵 또한 그대로였다. 아니라고 잡아떼는 짓은 차마 못 하겠다는 듯이. 거짓말엔 소질 없나 보다, 이 사람도.

크림은 끄덕였다. 끄덕이며 자조적으로 중얼거렸다.

"그랬구나. 알고 있었구나. 그래서 못 가게 막으려 했던 거였구나. 오늘도, 그리고……."

시나몬 아이스크림을 함께 먹으며 창 너머로 햇볕이 따스하던 그날도. 알고 있었으면서도 아무런 귀띔조차 해 주지 않았던 거였구나.

국이 야속하게 느껴졌다.

아무것도 모른 채로 생애 첫 시나몬 아이스크림의 맛에 도취되어 있던 자신을 그는 어떤 마음으로 보고 있었던 걸까. 극장으로 영화를 보러 가자는 청이 한심하게 들리진 않았을까.

더없이 따뜻하고 환하던 그날의 정경이 불투명한 덧칠로 훼손된 것 같은 느낌이었다.

크림은 젓가락을 내려놓고 일어섰다. 먹다 남은 우동 쟁반을 배식구에 가져다 두고 식당을 나왔다.

바깥은 밤이었다. 그 첫날처럼 짙은 안개는 없었지만 그날보다 더 암담했다. 크림은 주차장으로 들어서고 또 나가는 차량들을 무심히 바라보았다.

이내 뒤따라 나온 국이 차를 향해 걸어갔다. 몇 걸음 안 가서 국이 뒤를 돌아보았다. 서 있던 크림과 눈길이 부딪치자 그가 턱을 슬쩍 까딱였다. 어서 오지 않고 거기서 뭘 하느냐는 듯이.

국에게서 처음 보는 그 사소한 몸짓이 친밀함으로 다가와 크림의 마음 한 조각을 녹였다. 크림은 국을 향해 걸음을 뗐다.


한밤.

산속의 집은 말끔히 비어 있었다.

할아버지의 손때가 묻은 가구들, 낡았으나 살뜰했던 살림살이들, 심지어 크림의 옷가지들과 잡동사니들마저 깨끗이 치워 버린 집은 크림에게만큼은 폐허 그 자체였다.

이토록 꼼꼼히 정리한 채 정든 산을 떠나 버려야만 했던 할아버지의 마음을 크림은 도저히 이해할 수 없었다. 작별의 말도 없이 이렇게나 완벽한 끝이라는 게 도무지 믿기지가 않았다.

"어떻게……. 어떻게 이럴 수가 있어."

버려진 느낌이었다. 돌아갈 곳을 영원히 잃어버린 느낌이었다.

크림은 텅 빈 방을 외로이 비추는 알전구의 불빛을 노려보고 또 노려보았다. 차츰 눈이 시려왔다. 눈가에 맺히려는 눈물을 손등으로 얼른 훔쳐 냈다.

마당에서 지켜보고 있던 국이 방으로 들어와 크림 옆에 섰다.

"우리 할아버지, 어디로 가 버렸을까요?"

"……."

"남은 생은 혼자서 지내고 싶다던 그 말씀. 진심이셨을까요?"

"그렇게, 말씀하셨습니까?"

"네. 고모할머니 집으로 떼어 내 보내려 하시면서 나한테 그렇게 말씀하셨어요. 그땐 터무니없는 거짓말이라고 생각했어요. 엄마의 소망을 들어주기 위한 거짓말이라고. 근데 이렇게 비어 버린 집을 보니까 거짓말이 아닐 수도 있을 거란 생각이 들어요. 그 말이 진심일 수도 있겠다는 생각이……."

"진심이든 아니든 무엇이 달라집니까."

건조한 국의 어투가 오늘따라 마음에 긁혔다. 원래 그렇다는 것을 알면서도 그랬다.

크림은 옹골차게 대꾸했다.

"달라요. 버려진 것과 그렇지 않은 것 사이에는 엄청난 차이가 있으니까요."

"결과적으론 똑같아요. 구차하게 그렇지 않을 이유를 찾아 헤매느니 현실을 직시하고 받아들이는 편이 나을 겁니다."

"결과가 똑같아질지라도 시작은 언제나 중요해요. 동기, 이유, 원인, 배경, 그리고 숨겨진 진심. 그런 것들이 사람과 사람의 관계에서는 결과보다도 중요한 거라고요."

"진심."

"그래요, 진심. 사람의 진짜 마음."

"마음에는 고정된 형태가 없습니다."

크림은 국을 쳐다보았다.

불빛을 정면으로 받고 있는 국의 얼굴은 그 어느 때보다 서늘해 보였다. 그늘진 데가 없는, 긴 그림자를 거느리지 않은 모습이 낯설었다.

불현듯 국과 함께 본 영화의 제목이 떠올랐다.

셰이프 오브 워터.

"물처럼요?"

희미한 끄덕임과 함께 국이 대답했다.

"물처럼."

"진심이라는 것도 때에 따라 형태가 달라질 수 있다는 뜻이에요?"

"'때에 따라'라기보다는. 받아들이는 사람에 따라, 라는 쪽이 정확하겠죠."

틀린 말은 아니다. 받아들이는 사람의 마음과 관점과 상황에 따라 진심도 이해와 오해라는 두 방향으로 나뉠 수 있을 테니 말이다.

그렇지만 크림은 국의 의견에 선뜻 공감해 주고 싶지 않았다.

논리적인 지적보다는 다정한 위로가 유용할 때가 있는 법. 바로 지금이 그런 때였다.

"멍청해."

맵게 내뱉고서 크림은 국을 외면했다. 뺨에 꽂히는 시선도 무시했다.

"데려다주셔서 고마워요."

"무슨 뜻입니까?"

"난 이제 우리 집에 돌아왔으니, 꾹 실장님은 그만 가 보시라는 뜻이에요."

"어린애처럼 굴지 말아요."

크림은 다시 국을 쏘아보았다.

"어린애처럼? 버려진 것 같아 슬프다고, 혼자 남겨져 무섭다고, 오늘 밤만이라도 같이 있어 달라고 애걸하는 거. 그런 게 어린애처럼 구는 거겠죠!"

화풀이하듯 마구 쏘아붙이고 나니 코가 시큰했다. 기어이 눈가가 젖어 들었다. 국에게 눈물을 들키기 싫었다.

크림은 뒤돌아 방을 나왔다. 툇마루를 내려와 마당 한가운데에 맨발로 서서, 마당 저편의 숲에 깃든 어둠을 하염없이 바라보았다. 바람이 한 줄기 불어와 흐르려던 눈물을 말려 주었다.

천천히 다가오는 발자국 소리가 들렸다. 곁에 와 선 국에게 크림은 지금 자신을 가장 힘들게 하는 진심을 말해 버렸다.

"할아버지가 미워요."

"용서 안 한다고 했잖아. 그 마음으로 살아요."

뜻밖이었다. 그날 했던 말을 그가 기억하고 있는 줄은 몰랐다.

"기억하고 있었네요?"

"……."

"그런데요. 그날 내가 했던 그 말은 엄마한테 품은 마음이었어요. 할아버지가 아니라, 우리 엄마한테 한 말이었다고요."

"미운 사람 하나쯤 더 생겼다고 해서 세상 끝나지 않습니다."

"지금 그걸 위로라고 하는 거예요?"

투덜거리는 크림의 발치로 국이 몸을 낮췄다. 맨발 앞에 가지런히 놓인 구두가 보였다. 국의 손길이었다.

"신어요."

국이 말했다.

고모할머니 집에서의 첫 밤이 떠올랐다.

그 밤처럼 크림은 신발을 집어 들고 저 어두운 숲 너머로 내동댕이치고 싶었다. 밤새 신발을 찾느라 국이 가지 못하게.

그러나 크림은 그러지 않았다. 대신 담담히 요청했다.

"같이 있어 주세요."

국이 몸을 일으켰다. 높아진 국에게서 눈길이 오롯이 내려왔다. 크림은 그 눈길을 마주 올려다보았다.

먼 숲에서 수런거리는 바람 소리가 들려왔다.


툇마루에 국과 나란히 앉았다.

방에 켜 둔 불빛을 등지고 있어 국의 얼굴엔 아늑한 그늘이 드리워져 있었다.

부신 빛 아래에서 뻔뻔하도록 밝은 얼굴보다는 그림자를 거느린 얼굴이 크림은 더 좋았다. 외로움과 함께인 그가 더 편안했다.

일종의 동질감 같은 것으로 그와 연결되고 있다는 생각 때문인지도 몰랐다.

외로움을 완전히 떨쳐 내 버린 국의 얼굴을 상상하는 건 불가능했다. 환히 웃지 않아도 괜찮으니 늘 지금 모습 그대로였으면 좋겠다고도 생각했다.

이기적인 소망이라고는 생각하지 않았다. 그가 불행하기를 바라는 게 아니었다. 서로 이어진다고 생각하는 지점이 오래 유지되기를 바라는 거였다. 그는 물론 그런 식으로는 생각조차 하지 못할 테지만, 그래도.

"안녕, 별들아. 오랜만이야."

크림은 밤하늘을 올려다보며 인사했다. 맥주 한 캔을 꺼내 들고 툇마루에 나와 앉아 별들을 올려다보던 밤들이 옛 추억처럼 스쳐 갔다. 그러자 뒤란에 묻어 둔 장독들이 떠올랐다

"나의 소확행!"

산길을 내려가야 하는데 할아버지 혼자서 짐을 꾸렸을 리가 없었다. 분명 일꾼들을 불렀을 텐데 그들이 땅속에 묻힌 장독들까지 챙기지는 못했을 터였다.

크림은 발딱 일어났다. 집을 휘돌아 뒤란으로 오는 동안 국이 휴대폰으로 발밑을 비추어 주었다.

짐작대로 장독들은 잘 보존되어 있었다. 그중 하나를 열었다. 독 안에는 크림이 넣어 둔 맥주 캔들이 여러 개 들어 있었다.

국을 돌아보며 크림은 '거 봐요' 하듯 방긋 웃어 보였다.

"이런 곳에 비밀 창고가 있는 줄은 몰랐습니다."

"모르는 게 당연하죠. 그날 딱 한 번 온 거잖아요. 그것도 잠깐이었는데 꾹 아저씨가 이걸 어떻게 알겠어요?"

크림은 국과 같이 다시 툇마루로 돌아와 맥주 캔을 땄다. 땅속의 독에서 갓 꺼내 온 맥주 캔은 알맞게 서늘했다. 한 모금 들이키자 알싸한 맥주 맛이 가슴까지 가득 채우는 것 같았다.

크림은 자신에게 말해 주었다.

"귀환을 축하해."

"하룻밤 동안만입니다."

"꼭 그렇게 재를 뿌려야겠어요?"

"현실을 일러 주는 겁니다."

"이틀 밤이 될지 사흘 밤이 될지 열흘 밤이 될지, 꾹 아저씨가 어떻게 알아요?"

"빈집에서 열흘이나 머물 수는 없습니다."

"필요한 건 째한테서 공수해 오면 돼요. 당분간 째네 집에서 신세져도 되고요."

"걸핏하면 째, 째, 째. 그 째라는 놈은 도대체 누굽니까?"

크림은 어리둥절해진 채로 국을 돌아보았다. 국답지 않게 유난한 어조가 의아했던 것이다.

"친구라고, 그때 얘기해 줬잖아요. 잊어버렸어요? 이상하네. 나 혼자 중얼거린 말은 잘도 알아듣고 기억하고 있으면서, 마음먹고 설명해 준 건 왜 까먹어요?"

"까먹은 게 아니라."

"아니라 뭐요?"

대답은 없이 국이 맥주를 벌컥벌컥 들이켰다. 순간, 팍 소리와 함께 주위가 일시에 캄캄해졌다. 국의 얼굴도 어둠이 삼켜버렸다.

"전구가 나갔어요."

"그렇군요."

"캄캄해졌네요."

"무섭습니까?"

"아니요. 불 다 끄고 캄캄하면 별들이 더 잘 보이거든요. 봐요, 저 하늘. 별의 바다가 됐잖아요."

"별의 바다."

"아름답죠?"

침묵은 긍정. 현실을 들먹이며 산통 깨지 않아 주어 고마웠다.

크림은 쏟아져 내릴 듯한 별들에 눈을 둔 채 한 모금, 또 한 모금 아껴 가며 맥주를 마셨다. 옆에 앉은 국도 크림처럼 천천히 맥주 캔을 비웠다.

밤이 깊어 갔다. 어딘가에서 부엉이 우는 소리가 구슬펐다.

"아저씨 어깨 좀 빌려도 돼요?"

"······."

"졸려서요."

"방에 들어가요."

"싫은데요."

"쓸데없는 고집 좀 그만 부리······."

"혼자 있기 싫단 말이에요."

어두운 방에서도 같이 있어 줄 리 없는 사람. 막힌 데 없는 툇마루니까 곁에서 지키고 앉아 있어 주는 사람.

세상에서 혼자가 되어 버렸음을 눈으로 확인한 오늘.

크림은 텅 빈 방에서 혼자이고 싶지 않았다. 잠이 들 수 있다면 그때까지만이라도 사람의 온기를 느끼고 싶었다.

"잠깐만 빌릴게요. 잠들 때까지만. 나 잠들고 나면 방에다 들여다 놔요. 그럼 되잖아요."

"겁도 없어."

국의 독백에 슬며시 웃음이 났다.

"혹시 이상한 짓 하고 싶어져도 꾹 참아요. 꾹 아저씨랑 나랑은 아직 아무 사이도 아니니까."

"아직?"

잔뜩 못마땅한 물음에 내포된 의미를 알면서도 크림은 태연스레 대꾸했다.

"응, 아직."

곁에서 무거운 숨을 내뱉는 소리가 들렸다. 크림은 웃으며 물었다.

"어이없죠?"

"알면 됐습니다."

국의 그 말이 마치 허락 같았다.

크림은 국에게로 몸을 기울였다. 머리가 국의 어깨에 닿았다. 딱딱하지만 따뜻했다. 눈을 감았다. 감긴 두 눈 속에서 별들이 빛났다.

반짝, 반짝, 반짝.

chapter 7

아이스 **** 크림

새벽녘에 국은 선잠에서 깼다.

품 안으로 비집고 들어온 크림 때문이었다. 온몸이 딱딱하게 굳었지만 와락 밀쳐 낼 수가 없었다.

방바닥이 식어 있었다. 아마도 추웠을 터. 잠결에도 본능적으로 따뜻한 품을 찾아 기어들었을 것이다.

위험을 피해 숨어들기라도 하듯이 국의 가슴팍으로 머리를 들이밀고 단잠을 이어 가는 크림은 한 마리 강아지 같았다.

꼬리를 흔들지 않는 강아지.

배고파도 배고프다 말하지 않고, 아파도 아프다 소리치지 않고, 슬퍼도 마음껏 울지 않고, 추워도 춥다고 칭얼거리지 않는.

좋아해도 좋아한다고 매달리지 않고, 외로워도 외롭다고 엄살 부리지 않으며, 누구에게든 사랑 받으려고 애쓰지도 않는.

혼자서도 자유롭고 씩씩하며 눈이 시릴 만큼 반짝이는.

그러나 자꾸만 눈길을 모으게끔 하는. 마음을 기르게 하는.

머리를 쓰다듬어 주고 싶게 하고, 먹을 것을 챙겨 주고 싶게 만들며, 따뜻한 잠자리를 마련해 주고 싶어지게 하는.

길들여지지 않으려는 고집마저 찬란한.

크림에게 하나하나 풀어 말하지 못한 이미지들은 그러했다.

그러나 그 이미지들에도 불구하고 국은 크림을 품에 들일 수 없었다. 크림은 강아지가 아니었다.

이미지는 어디까지나 이미지일 뿐. 이미지에 혹해 지금껏 굳건히 쌓아 온 결계를 무너뜨리기에는 위험 부담이 너무도 컸다.

존재를 뒤흔드는 변화야말로 국이 자신의 삶에서 가장 경계하는 요소였다.

지금, 쌔근거리는 숨소리가 가슴을 마구 두드리고 있는 이 순간, 크림은 국에게 붉디붉은 위험 신호였다.

시간을 멈추게 하는 숨결, 보드랍고 따뜻한 몸, 마성의 촉수처럼 닿아 있는 머리카락, 평화롭게 감긴 두 눈, 차분히 엎드린 속눈썹, 꼭 아물린 입술.

크림이 거느린 그 모든 것들이 국을 함부로 뒤흔들어 대고 있었다. 국은 이를 악물었다. 턱이 빠듯하게 조여 왔다.

잠든 크림을 지켜보며 방을 떠나지 않았던 지난밤을 후회했다. 크림과 이만큼 떨어진 곳에서 팔을 베고 잠시 누웠던 자신을 책망했다.

국은 천천히 몸을 뒤로 물렸다. 방바닥에 크림의 긴 머리칼이 흐트러졌다. 코트를 어깨까지 끌어다 덮어 주고는 방을 나왔다.

지난밤, 크림이 국의 어깨에 기대어 잠들었던 툇마루엔 눅눅한 어둠이 깔려 있었다.

산속에서는 아직 먼 봄. 목덜미로 한기가 꽂혔다. 국은 마루 아래에 뒹구는 장작을 몇 개 끄집어내 꺼져 가는 아궁이에 집어넣었다.

다리를 굽히고 앉아 불이 다시 타오르는 모습을 지켜보고 있는데, 숨죽인 발자국 소리가 귀에 잡혔다. 인기척이었다.

국은 움직이지 않고 그대로 기다렸다. 미지의 상대는 거친 호흡까지 숨기진 못했다. 상대가 국과 거의 가까워졌을 찰나 재빨리 몸을 일으켜 뒤돌아섰다.

움찔하며 두어 걸음 뒤로 물러난 것은 20대 초반의 남자애였다. 나무로 깎은 야구 방망이를 두 손으로 모아 쥐고서 국을 노려보았다.

크림을 데리러왔던 첫날, 차 뒤꽁무니를 죽어라고 쫓아오던 남자애와 크림이 곧잘 입에 올리던 째가 동일 인물이며 눈앞의 이 녀석임을 국은 직관적으로 깨달았다.

"누구야, 당신?"

남자애, 우재가 공격적으로 물었다.

"그 방망이부터 치우지."

"치우란다고 내가 순순히 들을 것 같아? 이래봬도 나 유소년 야구단 출신이라고."

말투에서나 표정에서나 철딱서니 없는 애송이 티가 풍겼다. 온 힘을 다해 방망이를 움켜쥐고는 있지만 정작 사람을 향해 휘두르지는 못할 게 분명했다.

"야구단에서 사람 치는 법부터 배웠나?"

"자꾸 딴소리하지 말고 누군지나 말해. 당신 뭔데 또 왔어? 크림이는 어디로 데리고 간 거야? 할아버지도 당신이 데리고 갔어?"

"쉿."

국은 검지를 입에 대고 귀를 기울이는 시늉을 했다.

덩달아 긴장한 우재가 주변을 이리저리 휘둘러보았다. 그 틈을 타 다가선 국은 우재의 손목을 잡아채고 살짝 비틀었다.

"아얏!"

우재의 손에서 떨어진 방망이가 마당으로 굴러 내려갔다. 국이 놓아준 손목을 어루만지며 우재가 눈을 홉떴다.

"신고할 거야, 당신."

"무슨 명목으로?"

"가택 침입에다 폭행죄로!"

진지해서 더 어처구니없었다. 국은 담담히 대꾸했다.

"흉기를 들고 침입한 건 너야."

"여긴 내 집이나 마찬가진데 무슨 헛소리야?"

내 집이나 마찬가지라는 말은 과장일 터였다. 으스대려는 표현에 불과할 테지만 그럼에도 거슬렸다. 걸핏하면 애칭으로 '째'를 소환하던 크림을 볼 때처럼.

"너야말로 신고하기 전에 나가시지."

"언제 봤다고 너래?"

"반말로 시작한 건 너잖아."

"도둑놈한테 존대하는 거 봤어?"

"도둑놈?"

"그래, 도둑놈. 아니라면 아닌 증거를 대 봐."

처음엔 별로 의식하지 못했는데 한참 어린 녀석이 따박따박 말을 놓으며 내던지는 태도가 영 마땅치 않았다.

국은 우재 앞으로 한 걸음 다가섰다.

뒤로 물러선 우재가 힘껏 틀어쥔 두 주먹을 얼굴까지 올리고는 싸울 태세를 취했다. 여차하면 맨손으로 맞장이라도 뜰 모양이었다. 한 줌도 안 되는 녀석이 패기는 제법이었다.

국은 새삼 우재의 얼굴을 뜯어보았다. 피부는 그을려 까무잡잡하지만 이목구비는 곱상하게 생겼다. 키도 작지는 않은 편이다.

이 산마을에서 크림의 세월을 많은 부분 공유하며 살아오는 동안 친구 이상의 마음이 키워졌을지도 모르겠다. 그리고 어쩌면 크림 또한 우재에게 그럴지도.

우재와 크림을 한 줄기로 잇는 생각이 국은 탐탁치가 않았다. 왜 그런지 알 수 없어서 더욱 그랬다.

"덤벼. 어서 덤벼 보라고."

우재가 제자리에서 스텝까지 밟으며 국을 도발했다.

국으로선 웃음이 날 지경이었다. 주먹을 뻗으면 한 방에 마당으로 나가떨어질 테지만 어린애한테 그럴 수도 없었다.

아니, 그보다는 크림 때문이다.

크림이 알게 되면, 째한테 왜 주먹질을 했느냐며 그 쨍하도록 시린 눈으로 따지고 들 테니까. 그리고 그렇게 되면 기분이 상할 테니까.

상한 기분이야 누르고 감출 수 있었다. 하지만 우재 앞에서 녀석을 두둔하는 크림의 모습을 보고 싶지는 않았다.

그런데 왜?

머릿속에서 약이라도 올리듯 떠오른 의문 부호가 성가셨다. 국은 낮게 내뱉었다.

"비켜."

"못 비켜. 아니, 안 비켜."

"후회할 짓은 안 하는 게 좋아."

"댁이야말로. 이래봬도 나 고등학교 때 권투부였다고."

피식 웃음이 나 버렸다. 녀석의 허세가 귀여웠다. 왕년에 안 해 본 게 대체 뭐냐고 응수하려다 말았다. 어린애를 상대로 쓸데없는 짓을 하고 있단 생각에 국은 우재를 비켜나 툇마루 쪽으로 돌아섰다.

바로 그때였다. 우재가 괴성을 지르며 국에게로 돌진해 왔다. 국은 슬쩍 몸을 틀었고, 그 바람에 우재가 툇마루 기둥에 머리를 들이박았다.

"으아악!"

비명 한 번 거창했다. 피 한 방울 나지 않는 이마를 감싼 채 동동거리는 우재를 보며 국은 웃음을 가두려 입을 꾹 다물어야 했다.

매사에 어딘가 허술한데 그 허술함 덕분에 미워하기 어려운 사람이 있다. 해를 끼치는 허술함이 아니라 곁을 한 뼘 열어주게 하는.

크림의 친구 우재가 그런 종류에 속한다고 국은 생각했다.

크림의 '친구'.

어린 시절부터 한 동네에서 같이 자라온 사이. 그래서 정이 들었을지언정 그 이상의 의미는 될 수 없는 관계.

살던 곳을 떠나와서도 이따금 생각나는 사람이긴 하나, 결코 매혹의 대상으로는 존재할 수 없는, 글자 그대로의 의미로서, 친구.

국은 스스로 내린 결론이 만족스러웠다. 만족의 원인에 대해서는 캐지 않기로 했다. 우선은 크림의 단잠을 방해하는 저비명 소리부터 가라앉혀야 하니 말이다.

우재를 툇마루에 앉히고 이마를 확인하려는데, 방문이 열렸다. 문간에 엉거주춤 앉은 크림은 잠기운이 가득 묻어 해맑은 얼굴이었다.

"이크림!"

우재가 환호했다. 당장 뛰어올라가 얼싸안기라도 할 기세였다. 국은 우재의 팔을 단단히 붙들며 말했다.

"혹이 생겼어."

놀란 우재가 눈을 크게 뜨고는 연거푸 물었다.

"진짜로요? 커요? 얼마나요? 설마 뇌출혈 그런 거 일어나는 중인 건 아니겠죠?"

"뇌에 이상이 생겼을지도. 갑자기 존대하는 걸 보면."

우재가 눈을 부라렸다.

"째."

크림이었다.

우재한테로 향하는 그 짧은 부름이 국은 심히 거슬렸다. 둘이 함께 있는데, 우재를 먼저 부른다는 것 또한 못마땅했다.

더구나 친밀하기 그지없는 애칭이라니. 우재가 없는 데서 '째'라고 지칭할 때와는 달리 묘한 불쾌감마저 들었다.

잠이 덜 깼나. 그래서 우재 녀석만 눈에 들어오는 건가.

가슴 안에서 불평처럼 돋아나는 의문이 국은 낯설고도 당황스러웠다.

"나 다쳤어, 크림아. 죽을지도 몰라. 그래도 죽기 전에 이렇게 널 볼 수 있어서 참말 다행이지 뭐야."

흑흑, 헛울음까지 보태며 크림한테 과장되게 호소하는 우재가 국에게는 가증스럽게 느껴졌다.

"어디?"

물으며 무릎걸음으로 방에서 나온 크림이 우재의 이마를 쓱 보더니 대수롭지 않다는 듯 말했다.

"말짱한데, 뭘."

우재가 제 이마를 더듬어 만져 보고는 국에게 다시금 눈을 부라렸다. 그러고는 금세 표정을 바꿔 어리광이라도 피우듯 크림에게 투정을 부렸다.

"겉으론 말짱해 보여도 속은 어떻게 되어 있을지 모르는 일이라고. 얼마나 세게 박았는지 몰라. 지금도 아파 죽겠다니까?"

크림이 우재의 이마에 손을 얹었다. 기다렸다는 듯 우재가 칭얼댔다.

"엄청 부었지? 그치?"

"아니. 정말 말짱하다니까?"

"근데 왜 이렇게 아파? 크림아, 나 정말 죽는 거 아니겠지?"

"죽긴 왜 죽어. 걱정 마. 내 손은 약손, 해 줄게."

동생 달래듯 우재의 이마를 살살 어루만져 주는 크림, 그리고 실실 웃으며 크림과 눈을 맞추는 우재.

사이좋은 둘의 모습을 국은 차마 더 지켜보기 힘들었다. 우재란 녀석을 번쩍 들어다 크림의 시야 바깥으로, 아주 먼 곳으로 뚝 떼어 놓고 싶었다. 그런 충동이 일고 있다는 것 역시 당황스러웠다.

당황스러운 것은 그뿐만이 아니었다. 우재하고만 말을 주고받고 자신에게는 눈길조차 주지 않는 크림이 살짝 괘씸하게 느껴졌다. 일부러 저러는 걸까, 싶은 의구심마저 드는 거였다.

227

이게 다 무슨 조화인지 모를 일이었다. 크림과 둘이 있을 때에는 느끼지 못했던 감정의 소용돌이가 난감하기 짝이 없었다.

우재, 저 녀석 때문이다. 크림의 친구로 규정한 뒤 뭔지 모를 만족감에 빠졌던 게 불과 얼마 전이거늘.

결국 국은 툇마루에서 일어섰다. 아궁이 쪽으로 내려와 무릎을 굽히고 앉아 타오르는 불길만 들여다보았다.

하지만 두 귀는 크림에게로 활짝 열려 있었다. 두 사람 사이에 오가는 대화들이 남김없이 귀에 담겼다.

"이제 괜찮지?"

"응. 크림 네 손은 정말 약손인가 보다. 나한테는 네가 만병통치약이야."

약손이니 만병통치약이니, 어린애가 어휘들도 참 예스러웠다.

"나 온 줄 어떻게 알고 올라왔어?"

"어제 네가 그랬잖아. 올 거라고."

그러니까 어제 둘이 통화를 했단 말이지.

"실은 밤에 올라오려고 했거든. 근데 나가려다 우리 엄마한테 뒷덜미를 딱 잡혀서는 꼼짝을 못했다는 거 아냐. 그래서 긴 밤을 노심초사로 보내고는 아침에 눈 뜨자마자 뛰어 올라온 거야."

밤에? 정말 그랬으면 저 자식 뒤치다꺼리까지 할 뻔했다.

"밤에 어쩌려고 산을 혼자 올라와? 지난번처럼 또 비탈에서 굴러 다리 하나 뚝 부러뜨리려고? 아줌마가 백번 잘 하셨지."

흑기사 노릇은커녕 매번 제가 먼저 다치기나 하는 허당인 거지.

"야. 그때가 언젠데 여태 그 일을 들먹여? 자그마치 8년도 전이다. 옛날 옛적 호랑이 담배 피던 시절 얘길 하고 있냐?"

"하긴, 너 코 찔찔 흘리던 시절이지."

"뭐? 코 찔찔? 아니거든! 코 흘리는 중학생 봤냐?"

"응, 봤어. 너, 성우재."

"야!"

크림의 웃음소리가 들려왔다. 비스킷을 씹듯 바삭거리는 음색이었다. 웃고 있는 크림의 얼굴이 눈에 선했다. 우재의 웃음소리가 한데 섞였다. 마땅치가 않아 국의 미간에 힘이 들어갔다.

국은 장작 두어 개를 가져다 아궁이 속으로 밀어 넣었다. 불꽃에만 집중하려 해도, 아무리 귀를 닫으려 해도 그리 되질 않았다. 크림과 우재, 둘 사이에 정감 있게 오가는 말들이 국에게로 고스란히 날아들었다.

긴 장작개비로 아궁이 속의 불꽃을 뒤채며 국은 세월에 대해서 생각했다. 시간의 깊이를 생각했다.

크림과 우재가 함께 나누었을 모든 시간들. 그 세월을 돌이킬 수 없으며 지울 수도 없다는 생각에 무력감이 몰려들었다.

이곳으로 돌아온 크림에게 자신은 일개 타인이자 먼 이방인일지도 모른다는 생각까지 들어 마음 한구석이 쓸쓸했다.

국은 문득 소스라쳤다.

쓸쓸하다니. 대체 무엇에 대해서?

의문을 곱씹고 있을 때, 누군가 걸어오는 기척이 났다. 돌아보지 않았지만 누가 내는 발자국소리인지 알았다. 직감이 가르쳐 주었다. 시시때때로 후각을 마비시키는 크림 냄새 때문인지도 몰랐다.

크림이 국 옆에 쪼그리고 앉았다. 아궁이 안의 불꽃을 바라보며 국에게 가만히 물어왔다.

"화났어요, 아저씨?"

국은 대답하지 않았다. 화가 난 것은 당연히 아니다. 그렇지만 화나지 않았다고도 말하긴 어렵다.

"화났구나."

맑은 목소리로 크림이 단정했다.

국은 아니라고 말하지 않았다. 무엇이건 말을 하면 이도 저도 아닌 감정을, 온통 복잡한 심리를 크림에게 들킬 것만 같았다. 차라리 잠자코 있는 편이 나았다.

"왜요?"

왜, 일까.

스스로도 알 수 없는 대답을 크림에게 전하는 건 불가능했다. 그러므로 국은 여전히 침묵했다.

"나 때문에?"

묵묵히 불꽃만 보고 있는데, 어깨에 무언가가 와 닿았다. 크림이 머리를 기울여 국에게 기댄 것이었다.

어젯밤 툇마루에서와는 조금 달랐다. 어젯밤엔 부탁과 함께
제 무게를 고스란히 건네어 온 거였다면, 지금은 그저 툭 두드
리듯이. 이래도 입 다물고 있을 거냐고 장난스럽게 시비를 걸
듯이.

국의 짐작이 맞았다.

크림의 머리는 이내 제자리로 돌아갔다. 아궁이 속을 들여
다보려고 고개를 기울여, 굽슬굽슬한 연갈색 머리카락들이 양
쪽으로 갈라지며 목덜미가 드러났다. 가늘고 흰 목덜미가 국
의 눈길을 사로잡았다.

불현듯 현기증이 몰려왔다.

국은 훌쩍 일어섰다. 앉은 채 올려다보는 크림과 눈이 마주
쳤다. 빛을 반사하듯 특유의 시린 눈빛. '대답 안 해도 다 알
아요'라고 말하는 듯했다. 숨이 막혔다.

크림이 국을 향해 손을 올려 내밀었다. 잡고 일으켜 달라는
뜻일 터.

국은 크림을 외면했다. 이번엔 툇마루 앞에 서 있던 우재와
시선이 마주쳤다. 양손을 허리춤에 얹고서 잔뜩 삐딱한 얼굴
로 우재가 이쪽을 보고 있었다.

국은 크림에게로 손을 뻗었다. 손에 닿는 크림을 거칠게 움
켰다. 악력에 이끌려 일어선 크림이 국의 코앞에 마주섰다.

국의 눈을 똑바로 쳐다보며 크림이 생긋 웃었다. 고요하고
도 발칙한 그 웃음이 국의 가슴에 거센 파도를 일으켰다. 손안
에는 아직도 크림의 손이 들어 있었다. 놓아 보내고 싶지 않았

고, 찰나의 그 욕망이 국은 두려웠다.

국은 내동댕이치듯 손을 풀어냈다. 크림의 손이 떠난 자리
가 텅 비어 버린 듯했다. 후회가 느껴질 만큼의 허전함에 혼란
스러웠다.

입을 앙다물어 크림의 턱에 도돌도돌 복숭아씨 무늬가 그
려졌다. 방금 웃음이 고였던 눈빛엔 당찬 항의가 서렸다. '왜
요?' 하는 앙칼진 목소리가 귓가에 울리는 듯했다.

크림의 눈을 보며 국은 생각을 다졌다.

크림, 너는 모른다.

얼어붙은 마음의 강물 저 아래로 시작되고 있는 이 불안한
흐름을.

그러나 나는, 알게 하지 않겠다. 휩쓸리지 않겠다. 강은 심
해처럼 깊고, 얼음의 두께는 오래도록 단단할 테니.

"그냥 말을 해요."

크림이 말했다. 나직하나 탄탄한 명령조였다.

국은 저도 모르게 되물었다.

"무슨 말을?"

"나한테 할 말 없어요?"

"……"

"하고 싶은 말 있잖아요."

"없습니다."

"없어요? 진짜 없어요?"

"네."

"그럼 왜 화낸 건데요? 나한테 왜 화가 난 건데요? 몰라요? 자기가 왜 화가 났는지도 몰라요? 그러니까 멍청하단 거예요."

크림이 휙 돌아섰다. 공기를 깨부수듯 크림 냄새가 진동했다.

걸음걸음마다 치맛자락이 크림의 발목쯤에서 느린 궤적을 그리며 팔랑거렸다. 크림은 맨발이었다. 희고 동그란 발뒤꿈치가 국의 두 눈을 채웠다.

"너 맨발이잖아!"

우재가 호들갑스럽게 소리쳤다.

"그래서 뭐."

크림의 야무진 대꾸는 꼭 화풀이같이 들렸다.

"저 사람 대체 누구야?"

불만스런 우재의 물음에 크림이 지체 없이 대답했다.

"아무도 아냐."

목으로 무언가가 치밀었다. 지금이야말로 화라는 것이 제대로 치밀어 오르는 중인지도 몰랐다.

완강한 고집이 배어 나오는 크림의 뒷모습을 보며 국은 빈 손을 꽉 움켜쥐었다. 손톱들이 손바닥에 깊숙이 박혀 왔다.

"세상에. 방이 텅텅 비었잖아? 어떻게 된 거야? 너 없는 사이에 할아버지가 아예 이사를 가 버리신 거야? 일단 우리 집에 가자. 가서 밥도 먹고, 할아버지가 어디로 가셨을지 어떻게 찾아야 할지도 의논해 보고."

우재의 제안에 크림이 이번에도 망설임 없이 대답했다.

"그래."

우재와 같이 나서는 크림을 국은 막아서지 않았다. 크림에게 어떤 말도 하지 않았다. 둘이서 마당을 가로질러 나가도록 내버려 두었다.

없는 사람인 듯 곁눈질조차 하지 않는 것은 크림 또한 마찬가지였다.

산길을 걸어 내려가는 발자국 소리들이 멀어졌다.

산등성이에서 해가 떠오르기 시작했다. 새벽의 어스름을 지우며 주위가 차츰 밝아져 왔다.

국은 아궁이 옆 툇마루에 걸터앉았다. 세뇌라도 하듯 크림을 생각하고 또 생각했다.

곧 되돌아올 것이다.

그러지 않고는 못 배길 것이다.

고집스러운 걸음을 접고 되돌아와 생긋 웃을 것이다.

그러고는 맹랑한 목소리로 말을 건넬 것이다.

꾹 아저씨, 나 진짜로 가 버린 줄 알았죠?

아무 일도 없었다는 듯이. 기울인 머리로 어깨를 다정하게 두드리듯이.

반드시 그럴 것이다, 너는.

크림을 기다리며 앉아 있는 동안, 타닥타닥 소리를 내며 잘도 타오르던 아궁이 속의 불꽃들이 고요히 스러져 갔다.

한낮이 되도록 돌아오지 않는 크림을 찾아 국은 산을 내려왔다.

산으로 오르는 길 입구에 세워 둔 차를 지나 마을 안길로 걸어 들어갔다.

목 안에서 부글부글 끓어 대는 것들이 화임을 굳이 부정하지 않았다. 덕분에 늘 단정하던 걸음걸이가 흐트러졌다.

크림에게서 듣기로 마을에 하나뿐인 슈퍼라던 우재의 집을 찾는 건 쉬웠다. 논과 밭들 가운데 세 갈래로 갈라지는 길목에 조그만 가게가 있었다.

가게를 지키고 있는 중년 여자가 우재의 엄마인 듯싶었다. 국은 가게 앞을 그대로 스쳐 지나갔다.

가게 옆면의 창 너머에서 우재와 함께인 크림을 보았다. 가게와 붙어 있는 살림집의 방인 듯했다.

크림과 우재, 둘 다 창을 등지고 있어 표정은 볼 수 없었다. 그간 못다 한 이야기들을 나누고 있는지 어떤지도 들을 수 없었다.

다만 한 가지는 느낄 수 있었다. 집으로 돌아온 것만 같이 편안해 보이는 크림.

국은 뒤돌아섰다.

차로 돌아오기까지는 그리 오래 걸리지 않았다. 차에 올라 시동을 걸고서도 국은 잠시 갈등했다.

차를 몰고 다시 우재네 가게로 가 크림을 데리고 나온다. 차에 태워 곧장 서울로 달린다. 처음에도 그랬던 것처럼, 크림의 의사 따위는 상관없이.

그러고 싶었다. 기계적으로 이 회장의 명을 따랐던 그 첫날 하고는 달리, 지금 너무도 간절하게.

그러나 국은 그러지 않기로 했다. 있어야 할 곳에 있는 사람의 뒷모습을 보아 버렸기 때문이었다.

할아버지가 없어도 크림은 우재와 함께 편안히 이 산마을에서 살아갈 수 있으리라 생각했다. 그리고 그런 삶이 크림에게는 최선일 거라고도.

이 회장한테 해야 할 말은 가면서 생각하기로 했다.

이곳에서 이틀, 늦어도 사흘, 그 안에 크림을 잘 다독여서 서울로 데려가겠다고 했건만.

이 회장 앞에 무릎을 꿇고 용서를 청하는 일이 두렵지는 않았다.

국은 차를 출발시켰다. 차가 움직일수록 마을이 점점 뒤로 물러났다. 목 안에서 들끓던 것들을 잘 다스렸다고 생각했고 그런 스스로가 대견했다.

마을 길과 국도의 분기점에 이르렀을 때였다. 무심히 넘겨다본 백미러 속에서 한 여자가 차를 향해 뛰어오고 있었다. 마음이 덜컹 소리라도 낼 듯 내려앉았는데, 국에게 그건 몹시 드문 일이었다.

차가 급정지했다. 여자의 뜀박질도 멈췄다.

국의 차가 지나온 길 저 뒤편에 그림처럼 붙박여 서 있는 여자는 크림이었다.

차로부터 크림과의 거리는 50여 미터쯤. 멈춘 차를 보고서도 크림은 그 자리에 가만 서 있기만 했다.

국도는 한적했고 지나쳐 가는 차들도 드물었다. 국의 머리는 이미 내린 결론을 따르라고 지시했다. 차를 도로 위로 올려 계속 달려가면 그만이었다.

그런데 핸들을 쥔 손이 꿈쩍도 안 했다. 브레이크를 밟고 있는 발도 똑같았다. 이마가 뜨거웠다. 혀끝에 비릿한 욕설이 맴돌았다.

어쩌자고 저렇게 서 있기만 하는 건지. 이리로 뛰어오던가, 등 돌리고 뒤돌아 가든가. 어느 쪽도 아닌 채로 내내 저렇게 서서 바라보기만 하면 어쩌겠다는 건지.

저만큼의 거리에서 바라보고 서 있는 모습만으로도 손과 발을 다 묶어 버리는 저 여자를 이제 어떻게 해야 하는지…….

어수선한 마음을 감내하며 국은 백미러 속의 크림을 응시했다. 참으로 긴 시간이 흘러간 것만 같았다.

마침내 국은 차를 후진했다. 아주 느리게, 크림이 있는 곳까지.

차에서 내려서자, 시리게 쏘아보는 크림의 눈빛이 기다리고 있었다. 당연했다. 웃어 주려고, 배웅의 인사라도 하려고 서 있었을 리가 없었다.

다행히 맨발은 아니었다. 이제 크림이 신발을 벗어서 냅다 던져 버릴까. 그러면 남의 논과 밭을 조심조심 헤매며 한참을 찾아야 할까.

"버리고 가려고 했어요?"

이상했다. 눈빛에 버금가는 말투 속에 생생히 서린 원망이 반가웠던 것이다.

"할아버지처럼, 아저씨도 안녕이란 인사 한마디 없이 나만 두고 가 버리려던 거였어요? 그런 거예요?"

국은 희미하게 고개 저었다.

"아니죠? 정말 그런 거 아니죠?"

흔들리는 사다리에 필사적으로 매달려 오르듯 다가드는 물음.

조금 전 크림을 두고 혼자 내린 결론에 대해 국은 솔직하게 말할 수가 없었다. 아니, 마을을 뒤로하고 돌아설 때의 마음을 엎어야 했다. 그래서 덤덤히 대답했다.

"아닙니다."

"그럴 줄 알았어요. 그럴 리가 없다고 생각했어요. 아무리 화가 났어도 나만 혼자 내버려 두고 가 버리는 경우는 상상도 안 했거든요. 혹시나 해서 물어본 거예요."

"내가 가는 건 어떻게 알고 뛰어왔습니까?"

'우재와 도란도란 정답기만 하더니'라는 전제를 생략한 질문이었다.

"가는?"

"나가는."

얼른 말을 바꾸었지만 늦었을까.

크림이 쨍한 눈초리로 국을 쳐다보았다. '가려던 거였어,

맞죠?' 하고 대차게 따져 물을 차례였다.

이젠 거짓말도 통하지 않을 터. 어설픈 변명이나마 해 볼까 생각하는데, 울음을 참듯 입을 꼭 다물고만 있던 크림이 조목조목 힘주어 말했다.

"만약에, 한 번만 더 그러면, 꾹 아저씨 다신 안 볼 거예요."

크림에게선 웃음 한 자락 엿보이지 않았지만 국은 느낄 수 있었다.

옹골차게 맺혀 있던 크림의 마음이 풀어지고 있는 거라고. 크림한테서 '용서 안 해' 라는 말은 듣지 않아도 되는 거라고.

마음이 놓였다.

"다시 안 보는 게 무슨 협박이라도 되는 것처럼 말하는군요."

"아니에요? 다시 못 봐도 아무렇지도 않아요? 정말 그래요? 난 아닌데."

채근하는 물음들 뒤에 태연히 덧붙인 한마디 말이 국의 가슴속에서 탁구공처럼 튀어 다니며 발랄한 메아리를 일으켰다.

난 아닌데. 난 아닌데. 난 아닌데.

나도 아니라고, 크림에게 말해 주고 싶었다.

그러나 국은 입술을 열 수 없었다. 그것이 과연 자신의 진심인지를 충분히 알 수 없었기에.

국이 생각하는 진심이란, 절대 불변의 마음.

영원이자 불멸인. 한번 입 밖에 내면 죽는 날까지 책임을 지는.

그러므로 함부로 끄집어내 보일 수 없는 언어였다.

국은 묵묵히 차 문을 열어 주었다. 크림이 순순히 차에 올랐다. 운전석에 오른 국에게 크림이 물었다.

"나한테는 말도 안 하고 어디 가려던 거였어요?"

지금 크림이 원하는 건 거짓말.

"필요한 것들을 좀 사려고."

"필요한 어떤 것들이요?"

"이불이라든가, 갈아입을 옷이라든가."

"이불은 안 사도 돼요. 째한테 빌려 달라고 하면 되니까."

또 그놈의 째.

국은 단단하게 못 박았다.

"살 겁니다."

"또 비서체. 내가 벼랑 끝에 매달려 있어도 그럴 거예요? '이크림 씨, 줄 꼭 잡고 있어요, 조금만 더 버티면 내가 구하러 가겠습니다' 그렇게 비서체나 쓰면서 그 위태로운 시간을 낭비하고 있을 거냐고요."

"첫째, 벼랑 끝에 매달려 있어야 할 일 같은 건 일어나지 겁니다. 둘째, 설혹 그런 일이 생긴다면 내가 아니라 전문 구조대원을 불러야 할 겁니다."

"왜요? 꾹 아저씨 고소 공포증 있어요?"

엉뚱한 대꾸에 피식 웃음이 나와 버렸다. 이내 입을 다물어 크림에게 들키진 않았다. 들켰으면 크림이 가만있지 않았을 것이다. 자기 말에 웃었느니 어쩌느니 하며 즐겁게 놀려 댔을 것이다.

국은 차의 방향을 틀어 국도로 진입했다. 이왕 해 버린 거짓말이니 좋든 싫든 실행에 옮겨야 할 터였다.

"만약에 정말 그런 거면 열심히 극복해야 할 거예요. 왜냐하면 내가 암벽 등반을 무지 좋아하니까."

"안전벨트나 매요."

안전벨트를 끌어다 매며 크림이 말했다.

"읍내로 나가요. 마침 오늘이 장 서는 날이거든요. 서울 토박이 꾹 아저씨한테 5일장 구경시켜 줄게요."

"서울 토박이 아닙니다."

"아니었어요? 내 눈엔 딱 서울 토박인데? 그럼 어디예요? 어디서 태어났어요?"

정확히 어디서 태어났는지는 모른다. 세 살 무렵 버려진 보육원이 경기도의 소도시이니, 그 어디쯤일 거라 추측할 뿐.

"이크림 씨는 고향이 어딥니까?"

"저는 서주요."

"아."

국은 저도 모르게 낮은 탄성을 내뱉고 말았다. 보육원이 있는 경기도의 그 소도시가 바로 서주였기 때문이다.

"왜요?"

"아닙니다."

"아니긴 뭐가 아니에요? 꾹 아저씨답지 않게 심상치 않은 반응이었는데. 서주에 무슨 사연이라도 있어요? 아니면 중요한 인연? 말해 줘요. 알고 싶어요. 궁금하단 말이에요. 네?"

쉬지 않고 콕콕 쪼듯 물어오니 대답하지 않고는 못 배기겠다.

"고등학교 때까지 거기서 살았습니다."

"서주에서요? 진짜로요?"

"네."

"와. 신기하다. 난 열 살이 될 때까지 서주에서 살았어요. 그럼 우리 스치듯 만났을 수도 있었겠네요?"

스치듯, 이라.

크림이 갓 걸음마를 뗄 즈음 국은 초등학생이었고, 제법 잘 뛰어다닐 때쯤엔 중학생이었다. 국이 서주를 떠나기 직전인 열아홉 살에 크림은 겨우 아홉 살 꼬맹이였다. 그러니 둘이 스치듯 만났을 확률은 0에 수렴하지 않을까.

"그런데 꾹 아저씨 몇 살이에요? 30대라는 건 알고 있는데, 아니, 짐작하고 있었는데 정확히 서른 몇 살인지는 모르고 있었어."

정확한 나이를 일러 주면 크림 또한 옛 시간들 속에서 서로 겹쳤을 나이 대를 견주어 볼 터.

스치듯 만났을 리 없는 그 엄청난 간극에 화들짝 놀랄지도 모르겠다. 놀랄 뿐만 아니라 둘 사이에 놓인 세월의 간격을 새삼 실감하며 뒤로 훌쩍 물러날지도 모르겠다.

"알아서 뭐 하려고요."

"꼭 뭘 해야 돼요? 그냥 좀 알면 안 돼요?"

크림이 이렇게 똑똑히 따지고 들 때면 역시 어쩔 수가 없는 기분이다.

"넷입니다."

"서른넷? 음, 생각보다 적은데요?"

"생각보다?"

"꾹 아저씨 지금 발끈한 거예요? 내가 아저씨 노안으로 생각했을까 봐?"

"아닙니다, 그런 거."

"아니긴 뭘, 딱 그런 얼굴인데."

국은 입을 꾹 닫았다. 말이 길어질수록 크림에게 말려들기 십상이었다. 그렇지만 불쾌하진 않았다.

10년이라는 세월의 격차를 대수롭지 않게 여기는 크림의 태도가 마음의 물가에 어슬렁거리던 불안을 지워 주었다.

국에게 있어 불안은 변화로부터 야기되는 정서였다. 그런데 지금은 좀 달랐다. 크림으로 인한 변화가 두려운 것이 아니라 크림이 일으킬 변화가 사라질까 봐 더 신경이 쓰이니 말이다. 난감한 모순이 아닐 수 없었다.

"서주에서는 누구랑 살았어요?"

가족 이야기를 듣고 싶은 건가.

말하지 않고 버티면 크림이 또 맹랑하게 따지고 들 테다. 말할 때까지 유쾌하게 쪼아 댈 것이다. 그러므로 국은 대답해 주었다.

"보육원에서 살았습니다."

누구에게도 말하지 않는 부분이었으나 특별히 거리끼지는
않았다.

잠시 여백을 두었다가 크림이 물었다.

"혼자서요?"

형제나 남매가 있었는지를 묻는 것일 터. 국은 선선히 대답
했다.

"네."

다시금 틈을 두더니 크림이 독백처럼 말했다.

"외로웠겠다."

외로웠다.

어디에서 누구의 핏줄로 태어났는지 근원을 몰라 외로웠고,
하나둘 입양되어 가는 아이들 속에서 끝내 혼자 남겨져 외로
웠다.

방긋방긋 웃지 않는 남자아이는 누구도 반기지 않았다. 보
육원을 찾아오는 후원자들 앞에서 어린 국은 더더욱 서늘해졌
다. 선택하지 않는 그들을 먼저 배척했다.

이 회장이 아니었다면, 고등학교를 졸업하자마자 몇 푼 안
되는 자립 지원금을 쥐고 보육원을 나와 다시금 험한 세상에
홀로 버려져야 했을 것이다. 밑바닥 인생을 전전하며 부모와
사회에 증오의 칼날을 갈았을 것이다.

대학을 졸업할 때까지 이 회장이 학비와 생활비를 지원해

주었다. 돈에 있어서라면 타의 추종을 불허할 만큼 까다로운 분이었기에 생활이 넉넉하진 않았다.

장학금과 아르바이트로 나머지를 감당했다. 하루하루가 늘 빠듯했지만, 국은 이 회장의 인색함이 자신을 더욱 강하게 단련시켰다고 생각했다.

"꾹 아저씨."

"네."

"나 방금 꾹 아저씨가 더 좋아졌어요."

급브레이크를 밟을 뻔했다. '좋아졌어요'만 해도 놀라운데, '더'라고?

"진짜예요."

못 들은 척했다.

"진짜라고요."

이마가 다시 뜨거워졌다. 목덜미에 열이 훅 올랐다.

국은 반 뼘 내려 둔 차창을 전부 열었다. 바깥 공기가 다급히 밀려들었다. 새소리와 바람 소리도 함께. 공기는 다정했고, 자연이 품은 온갖 소리들은 아늑했다.

"아직 추운데 갑자기 창은 왜 다 내려요?"

"멀미할까 봐."

"거짓말."

"……."

"아, 햇빛 좋다."

청량한 목소리에 국은 슬쩍 곁을 돌아보았다. 창턱에 두 손

을 엊고서 얼굴을 밖으로 향하고 있어 크림의 표정은 보이지
않았다.

시선을 다시 앞으로 돌렸다. 미소가 번져 있을 크림의 얼굴
이 잔상처럼 남았다.


장터는 적당히 소란스러웠다.

TV나 영화에서 흔히 봐 온 풍경들이었다.

장이 서기 좋도록 화창한 날, 사람들의 소소한 일상이 곳곳
에 부려져 있어 더없이 평화로웠다. 음식 냄새도 간간이 흘러
들었다.

국은 천천히 걸었다.

옆에서 크림도 느긋하게 걷다가 필요한 게 눈에 띄면 조르
르 다가가 집어 들고는 국을 쳐다보곤 했다. 그러면 국은 말없
이 물건값을 지불했다.

"딱 사흘만 더 있어요, 우리."

크림이 말했다. 크림의 손에 들린 것은 남자 양말 세 켤레
였다. 차에 여벌의 양말이 여러 켤레 있었지만 말하지 않았
다.

국은 양말이 그득한 수레에서 여자 양말 세 켤레를 골라 함
께 계산했다. 사흘에 대해 동의한다는 뜻이었다.

크림이 끝내 고집을 세우지 않고 마음을 접어주어 다행이었
다. 산속의 집과 정을 떼는 데에 드는 시간이 사흘이라면 나쁘
지 않다고 국은 생각했다. 그쯤이라면 이 회장에게도 허락을

구할 수 있을 것이었다.

허락하지 않은들 어찌할 것인가. 이 회장이 여기까지 달려올 리 만무하니, 국의 재량으로도 크림에게 최소한 사흘의 자유는 줄 수 있을 테다.

"꾹 아저씨 밤새 한숨도 못 잤죠?"

한숨도 못 잔 것은 아니지만 달게 잘 수는 없었다.

어젯밤 툇마루에서 잠든 크림을 안아다 방으로 눕히고 코트를 벗어 덮어 주고는 일어서려는데, 크림의 손길이 소맷자락을 잡아당겼다.

"가지 마요."

잠꼬대처럼 중얼거리면서.

어지러운 꿈에라도 시달리고 있는 아이 같았다. 보내기 싫은 사람의 옷자락을 부여잡고 애원하는 듯했다.

크림의 꿈속에서 그들은 크림의 아빠이거나 할아버지였을 테지만, 국은 차마 뿌리칠 수 없었다.

"나 때문에."

확신하듯 자답하는 크림에게 거짓말을 했다.

"잤습니다."

"거짓말. 밤새 내 옆에 있었잖아요. 호위무사처럼 내 잠을 지키고 앉아 있었잖아요. 맞죠?"

국은 대답하지 않았다.

내내 앉아 있기만 한 것은 아니었다. 잠든 크림 곁을 지키다가 팔을 베고 모로 누웠다. 누운 채로 마주 보는 크림은 어쩐지 비현실적이었다. 크림의 이국적인 외모 때문일지도 몰랐다.

새벽이 다 되어서야 잠깐 눈을 붙였으나 곧 깨어나 버렸다. 둥지를 찾아드는 어린 새처럼 품으로 파고드는 크림 때문에.

"새벽에 아빠 꿈을 꿨어요. 무척 추웠는데, 아빠가 품을 열어 나를 꼭 안아 주었어요. 어린 날로 돌아간 것 같았어. 산으로 처음 들어오던 열 살 그때로."

국은 쓴웃음을 머금었다.

품으로 기어들어 온 크림으로 하여 온몸이 딱딱하게 굳던 그 순간, 정작 크림은 아빠 꿈에 잠겨 있었던 거였다. 만약 그 순간에 동물적 본능대로 움직였다면 잠을 깬 크림에게 따귀를 맞았을 수도.

"어떤 사람이었습니까?"

"우리 아빠요? 음……. 그루터기 같은 사람?"

"그루터기."

"네. 그리고 우리 엄마는 날개 같은 사람. 그러니까 둘이는 오래오래 같이 하기엔 어려운 사람들."

"그럼 원망할 필요도 없겠군요."

"둘이. 오래오래 같이 있지 않아서 원망하는 거 아니에요. 둘 사이의 문제와는 별개로 내가 있잖아요. 나한테는 엄마 노릇을 했었어야죠. 아빠는 죽는 날까지 나한테 최고의 아빠였지만 엄마는 그 반대니까. 그래서 미워하는 거예요."

미움은 그리움의 또 다른 얼굴일 거라고, 국은 크림에게 말하지 못했다. 마치 한탄같이 들릴까 봐.

부모에 대해서 아무런 기억이나 추억이 없으니 그리움은커녕 미움조차 가질 수 없는 자신의 처지가 차라리 나을지도 모르겠다. 원망이나 미움을 껴안고 살면서 감정을 허비하지 않아도 될 테니 말이다.

"칼국수 먹을래요?"

물으며 크림이 손가락질을 했다.

크림의 손끝을 따라가니 손칼국수를 파는 천막이 보였다. 그렇잖아도 출출하던 차였다. 크림 또한 배가 고플 터였다.

"그럽시다."

국은 칼국수 가게의 긴 의자에 크림과 나란히 앉았다.

솥에서는 모락모락 김이 오르고, 부부인 듯한 초로의 남녀가 부지런한 손길을 모았다. 곧 따끈한 칼국수 두 그릇이 국과 크림 앞에 놓였다.

"맛있겠다."

크림이 감탄했다.

국은 나무젓가락을 갈라 크림에게 건넸다. 호호 불어 칼국수를 먹으며 크림이 말했다.

"눈이 내렸으면 좋았을걸."

국은 천막 바깥으로 눈발이 흩날리는 풍경을 상상해 보았다. 상상 속에선 크림의 바람처럼 조용히 눈이 내려서 이 봄날

보다 더 따스하게 그려졌다.

"난 겨울이 제일 좋아요. 꾹 아저씨는요?"

딱히 어떤 계절을 좋아하거나 싫어하거나 하진 않았다. 대답을 미루고 있으려니 크림이 다그쳤다.

"몰라요? 어려운 것도 아닌데. 하나만 찍어 봐요. 사지선다잖아요."

사계절 중에서 굳이 하나를 찍어야 한다면, 겨울.

봄과 여름과 가을엔 행복한 사람들이 눈에 잘 보이지만, 겨울엔 모두 평준화되는 느낌이랄까. 두꺼운 외투 속에 몸을 감춘 채 추운 거리를 종종거리며 걸어가는 사람들. 구분에 무디게 하고 차이를 지우는 계절 같아서.

"겨울이 왜 좋습니까?"

"우선 쨍하게 시린 공기가 좋아요. 또 눈이 내려서 좋고요. 꽝꽝 얼어붙은 암벽 등반도 실컷 할 수 있으니까요."

깎아지른 빙벽에 매달려 자신만만하게 한 걸음씩 오르는 크림의 모습이 눈으로 본 듯 떠올랐다. 그 곁에는 아마도 크림의 아빠가 함께였으리라.

"대답 아직 안 했어요. 봄? 여름? 가을? 겨울?"

"겨울."

"진짜요? 나랑 똑같네요? 왜요? 꾹 아저씬 왜 겨울이 좋은데요?"

국은 조금 전 스쳐 갔던 생각들 중에서 한 부분만 꺼내 놓았다.

250

"두꺼운 외투를 입을 수 있으니까."

"두꺼운 외투 속에다 긴 그림자를 숨길 수 있으니까?"

크림의 발상에 국은 약간 놀랐다. 맥락을 모른 채로도 엇비슷하게 짚어 낸 셈이었다.

그렇다면 크림이 지난번에도 언급했던 그림자란, 타인에게 드러내고 싶지 않은 자기만의 영역을 의미하는 걸까.

그림자가 긴 사람 같다던 크림의 말은 일종의 공격이었을까. 두터운 성을 헐고 본질을 드러내 보라는.

"지금이 봄이라서 다행이다."

가만한 중얼거림에 대해 국은 왜냐고 묻지 않았다. 물었을 때 크림이 단도직입적으로 대답할 언어들이 걱정스러웠던 것이다.

크림도 굳이 이유를 달진 않았다.

장터에서 먹는 칼국수는 맛있었고, 시간은 유순하게 흘러갔다.

칼국수 가게를 나와서는 다시 느릿느릿 걸었다. 국 곁에서 태평스레 걷던 크림이 문득 물어왔다.

"꾹 아저씨한테 최초의 기억은 뭐예요?"

"최초의 기억?"

"생에서 가장 오래된 기억 말이에요."

국은 먼 기억들을 더듬어 보았다. 멀 뿐만 아니라 뿌옇기만 해서 선명하게 떠오르는 장면이 없었다. 그나마 꼬리가 잡히는 대부분의 기억들은 보육원에서의 것이었다.

"나는요. 아빠 목말을 타고 있던 장면이에요. 네 살? 다섯 살? 아주 조그맣던 나를 어깨 위에다 앉혀 놓고 커다란 나무처럼 서서 하늘을 바라보고 있던 아빠. 나뭇가지처럼 뻗어 올린 아빠 두 팔이랑 내 손을 꼭 잡아 주던 손의 감촉까지 다 생각나요. 그때 하늘 색깔이 참 예뻤던 것도요."

"행복한 첫 기억이군요."

"장담하는데요. 아저씨한테도 분명 그런 순간이 있었을 거예요. 기억나지 않는다고 해서 아주 없었던 일이 되는 건 아니니까요."

나름의 위로일 테지만 국에게는 허망한 낙관으로 느껴졌다. 애당초 없었던 일을 기억나지 않아서라고 치부하는 것은 허황된 조작일 뿐.

사랑받았던 기억, 소중한 존재였던 순간, 없었다. 아니, 있었을 리 없다. 있었다면 버려지지도 않았을 테니.

"지와타네호로 가 버린 걸까요?"

뜬금없는 물음 뒤에 크림이 덧붙였다.

"우리 할아버지요."

그렇게 추측하는 편이 크림에게는 더 좋을지도 모르겠다.

"할아버지의 지와타네호는 어디일까요?"

"어딘지 알면 쫓아갈 겁니까?"

"초대하지 않으셨으니까 그럼 안 되는 거겠죠?"

옆에서 죽음을 감당하게 하는 것과 버림받았다 여기게 하는 것, 둘 중 어느 쪽이 덜 가혹할까. 살아가는 데에 보탬이 되는 쪽은 후자가 아닐까.

원망과 미움이 삶을 추동하는 힘으로 작용할 수 있듯이. 어쩌면 희망일 수도 있듯이. 그러나 죽음은 끝 모를 슬픔이자 단절일 테니.

국은 오래 전 어느 날 서주시 교외의 보육원 앞에다 아이를 버리고 돌아섰을 한 여자를 생각했다.

세상 어딘가에서 어떤 모습으로든 살아가고 있는 거라면, 그래서 언젠가 한번은 만나질 수도 있는 거라면, 이미 죽어 세상에 없는 것보다는 나을 것이다.

왜냐하면, 그 단 한 번의 만남 앞에서 가장 무심한 얼굴로 그녀를 외면하고 돌아서 줄 수 있을 것이므로.

"언젠가 할아버지한테서 초대장이 날아들 수도 있을까요?"

연약한 기대에 기대어 보려는 크림의 물음이 흐린 겨울 하늘에 외로이 떠 있는 연처럼 느껴졌다.

"만약에, 내가 기다리면요."

애틋한 그 기다림에 답을 주기엔 남아 있는 노인의 시간이 길지 않다.

노인의 독한 결심을 거슬러 가며 지금 크림에게 그의 거처를 일러 주어야 할지, 아니면 끝까지 입을 다물고 있어야 할지.

국의 갈등을 깨부수듯 휴대폰이 울렸다. 이 회장이었다.

"네, 회장님."

국이 전화를 받자마자 크림이 인상을 찌푸렸다.

—어디냐?

"아직, 산입니다."

—여태 거기서 뭘 하고 있는 게야?

날카로운 타박이 귀에 꽂혔다.

이 회장에게 곧이곧대로 설명할 수 없어 틈을 두는 사이, 국을 쏘아보던 크림이 저 혼자 척척 걸어가 버렸다. 기다란 원피스 자락이 크림의 걸음을 따라 춤추듯 팔랑였다.

"죄송합니다."

—어미가 왔다.

"네?"

—크림, 그 아이 어미라는 이가 찾아왔단 말이다.

국은 저만치의 크림을 건너다보았다. 국의 존재를 깡그리 잊은 듯 크림은 좌판과 수레들을 둘러보고 있었다.

—젊은 것이 여간내기가 아니더구나.

크림을 바라보느라 대꾸를 놓친 사이 이 회장의 말이 계속됐다.

—어미라는 여자 말이다. 내 앞에서 한마디도 막히지 않고 또박또박 말하는 품새가 되바라진 게 영 못쓰겠어.

철저하게 숙이고 들어가지 않으면 누구든 이 회장에게는 쓰임새가 없는 사람이 되어 버린다. 크림과의 첫 대면이 그러했듯이 크림의 엄마도 크림과 닮은꼴이었을지 모른다.

—나한테 조목조목 따지고 드는데, 모르는 이가 보면 내가 그 아일 납치라도 해 온 줄 알겠더구나.

납치라는 표현에 치를 떨 듯 말하고 있지만, 이 회장의 명으로 악성 채무자들을 납치하다시피 끌어다 놓았던 경우가 부지기수였다.

무릎을 꿇리고 눈물, 콧물을 쏙 빼고는 변제 계획과 약속을 꼼꼼히 받아 낸 후에야 놓아주었던 그 모든 순간들에 국도 함께했었다.

─듣고 있는 거냐?

"네, 듣고 있습니다."

─듣고 있는데 어째 아무 대꾸가 없어? 정신을 어디다 팔고 있는 건지. 쯧쯧.

"죄송합니다."

─사랑채에서 기다리고 있느니라.

"곧, 출발하겠습니다."

왜인지 입이 썼다.

크림의 엄마. 크림과 가장 가까운 혈연. 지금의 크림에게 가장 필요할 사람.

그러나 국은 도무지 반갑지가 않았다. 아마도…… 크림을 아주 데려가 버릴지도 모를 사람이라서.

먼 크림은 어느 좌판 앞에 쪼그리고 앉아 있었다.

국은 크림에게로 걸어갔다.

크림이 들여다보고 있는 좌판에는 나무를 깎아 만든 동물 모형들이 옹기종기 모여 앉아 있었는데 하나같이 투박했다.

"예쁘죠, 얘들? 하나 데려갈까 봐."

국은 침묵했다.

"할머니가 뭐래요?"

시선은 여전히 좌판에다 둔 채로 크림이 물었다.

국은 다시금 어지러운 갈등에 휩싸였다.

이 회장의 명령이 아니더라도 크림에게 사실을 말해 주어야 당연했다. 할아버지의 일까지는 함구한다 해도 엄마의 방문은 알려야 마땅했다. 차후의 선택은 어디까지나 크림의 몫.

그럼에도 국은 선뜻 입을 떼기가 힘들었다. 엄마 소식을 들은 크림이 어떤 선택을 할지 알 수 없어 불안했다.

감옥 같은 고모할머니 집에서 계속 사느니 엄마를 따라나서는 편이 크림에게는 그나마 나은 선택일지도 모른다. 어느 쪽이건 크림에게 있어 최선이야 아닐 테지만 엄마가 차선은 되어 줄 수 있을 테니까.

"대답하기 싫어요?"

얼굴을 올려다보지 않고도 정확히 간파해 내는 물음에 국은 말을 돌렸다.

"하나 골라 봐요."

"사 주려고요?"

"네."

"그럼 아저씨가 골라 주세요."

"왜 그래야 합니까?"

"왜냐하면, 다 예쁜데 하나만 고르기가 힘들어서요. 아저씨가 사 주는 거니까 고르는 것도 아저씨가. 선물처럼."

"그런 거 아닙니다."

"그런 거 뭐요? 아, 선물? 선물이란 말이 무슨 폭탄이라도 돼요? 그렇게 질겁하게."

"질겁은 안 했습니다."

"또 거짓말."

말이 꼬리를 물면 물수록 크림에게 말려들 것만 같았다.

국은 한쪽 무릎을 굽히고 앉아 좌판으로 손을 뻗었다. 국의 손에 잡혀 든 것은 아기 고양이 모형이었다. 두 발을 앞으로 모으고 앉은 모습이 새침하고 도도했다.

"나 닮았네."

크림이 말했다.

국은 굳이 부정하진 않았다. 우연한 선택이라고는 말할 수 없으니까. 좌판 주인에게 값을 치르고는 크림에게 건넸다.

손가락으로 아기 고양이의 등을 쓸어내리며 크림이 생긋 웃었다. 행복해 보였다.

아주 잠깐일지언정 행복한 기억으로 남았으면 좋겠다. 크림에게, 그리고 자신에게도.

장터를 빠져나와 차로 돌아왔을 때 크림이 물었다.

"찾으러 갈래요?"

국은 의아한 눈빛으로 되물었다.

"무엇을 말입니까?"

"꾹 아저씨 최초의 기억."

난데없는 제안이었다.

하지만 웃음 고인 눈망울에다 대고 딱 자를 수가 없었다. 국은 완곡하게 거절했다.

"다음에."

"다음에? 다음에 언제요?"

대꾸 없이 차를 출발시키자 크림이 보챘다.

"언제일지도 모를 다음 말고 오늘 가요. 네?"

"오늘은 안 됩니다."

"오늘은 왜 안 되는데요? 가기 싫으니까 괜히 그러는 거죠? 그러지 말고 지금 가요. 아저씨 최초의 기억 찾도록 내가 도와줄게요. 네?"

가는 내내 종알종알 졸라 댈 기세다. 시끄러운 건 둘째고, 공연한 희망에 부풀게 하기 싫었다.

"어머니께서 찾아오셨습니다."

"어머니? 무슨 어머……. 설마, 우리 엄마요?"

"네."

"할머니 전화가 그거였어요?"

"네, 지금 회장님 댁에서 기다리고 계십니다."

"왜요?"

탁 치받는 물음에서 분노가 느껴졌다. 또렷하게 드러내는 분노 외에 다른 것들도 분명 있을 터. 국은 그저 침묵했다.

"어이없어."

한마디를 내뱉고는 크림이 입을 꾹 다물었다. 속에서 치미는 감정들을 다스리려 이를 악물고 있는 듯도 보였다.

차가 고속도로로 접어들었다. 국은 차창을 반 뼘 내렸다.

고요히 앉아 있는 크림 때문일까. 서울까지 달려갈 길이 유난히 멀게 느껴졌다.

chapter 8

아이스 *** 크림

고모할머니의 성채 같은 저택으로 다시 돌아왔다.

산속의 집에서 고작 하룻밤을 보내고 왔는데도 아주 먼 길을 다녀온 것 같은 기분이었다.

산에서 크림은 다시 서울로 오게 될 것이라고 거의 결론 내리고 있었다. 할아버지가 떠나 버린 빈집과 마주했을 때 이미 결심하고 있었는지도 몰랐다. 다른 방도가 없다는 것을 자각하고 있으면서도 괜스레 고집을 부렸던 것인지도.

국이 옆에 있어서 더 그랬을 것이다. 곁에 아무도 없었다면 혼자 남겨진 집에서 곤히 잠들지도 못했을 테고, 장터 나들이를 나서며 물색없이 들뜨지도 않았을 것이다.

오후까지는 그럭저럭 괜찮았다.

국과 같이 걷던 장터 풍경이 여느 때와 달리 반짝여 보이던 일들. 특이한 경험이었다.

같이 먹은 칼국수는 허전하던 배 속을 따뜻이 채워 주었고, 국이 직접 골라 준 목각 고양이는 외로움을 다독이고 어루만 져 주었다.

뜻밖의 소식만 아니었다면 더욱 평화로웠을 것이다. 어쩔 수 없는 상황과 앞으로 닥쳐올 미래를 차분히 받아들이는 시 간이 되었을 것이다.

그리고 산속의 집에서 국과 같이 사흘을 보내며 지금보다 더 가까워질 수도 있었을 것이다. 가까워진다는 건 서로를 더 알게 된다는 것. 국이 어떤 사람인지 조금 더 알고 싶어지는 중이었으므로.

크림은 이제 와서 갑작스레 나타난 엄마가 방해꾼처럼 느껴 졌다. 평온해지려던 삶을 마구 휘저어 놓으려는 사람 말이다. 미움과 원망은 부차적인 감정이었다.

할머니의 방이 바라다 보이는 정원에 서서 크림은 옆의 국 에게 물었다.

"왜 왔을까요?"

조금 틈을 두었다가 국이 대답했다.

"딸을 만나러 오셨겠지요."

"그런 당연한 답 말고, 진짜 이유요."

"어떤 이유였으면 좋겠습니까?"

"최악만 아니었으면 좋겠어요."

국이 또 약간의 틈을 두고는 물어왔다.

"어떤 이유가 최악입니까?"

"최악은⋯⋯."

크림은 대답을 삼켰다.

할아버지를 설득해서 어마어마한 자산가인 고모할머니 집으로 딸을 보내게 한 뒤, 그다음 단계로 엄마가 취할 수 있을 최악의 목적은 결국 돈.

그것에 대해서 차마 입 밖에 올리기가 힘겨웠다. 엄마의 등장에 그러한 예측부터 할 수밖에 없다는 사실이 지독히도 끔찍했다.

"들어갑시다."

국이 권했다.

크림은 잔디밭을 가로질러 걸어가 마루로 올라섰다. 바로 곁에서 국이 그림자처럼 크림을 뒤따랐다.

"회장님."

굳게 닫힌 방문 앞에서 국이 기척을 내자, 창호지 문 너머로 할머니의 답이 들려왔다.

"들어오너라."

국의 손길로 방문이 열렸다.

"다녀왔습니다."

정중히 인사하며 국이 몸을 숙였다.

크림은 방 안을 건너다보았다. 정면으로 보이는 할머니의 모습은 변함없이 꼿꼿하고 차가웠다. 할머니의 책상에서 대각선으로 얼마쯤 비켜난 자리에 한 여자가 앉아 있었다. 여자의 옆모습이 낯설었다.

여자가 앉은 채 크림 쪽으로 고개를 돌렸다. 크림과 눈이 마주쳤다. 입가에만 엷은 미소를 띠고 있을 뿐 여자에겐 긴장한 기색이 역력했다.

호들갑스럽게 반가워하거나 얼싸안기라도 하면 있는 힘을 다해 밀어내 줄 참이었다. 무안해하는 얼굴을 빤히 지켜봐 주리라 생각했었다.

그런데 저만치 앉아 있는 엄마라는 사람은 자리를 박차고 일어나 딸에게 다가올 생각 같은 건 아예 없어 보였다. 10여 년의 세월을 거슬러 마주한 딸보다는 앞에 앉은 고모한테 더 신경을 기울이고 있는 듯했다.

"크림아."

여자가 이름을 불렀다. 조심스러우면서도 상냥한 부름이었다.

생김새에서 느껴지는 낯섦보다도 더 기이한 느낌이 본질적인 의혹으로 크림의 온몸을 휘감았다. 크림은 여자를 쏘아보았다.

어렴풋이 남아 있는 어린 날의 기억들 가운데에서 엄마의 부름은 아빠가 그러했듯이 늘 '크림' 단 두 글자였다. '크림아'라고 불렀던 적은 없었다.

"크림아."

다시금 여자가 크림을 불렀는데 미소에 버무려진 그 부름이 마치 뱀의 혀처럼 느껴졌다.

우리 엄마가 아니야.

크림의 가슴 안에서 옹골찬 주장이 솟아올랐다.

"들어와 앉지 않고 뭘 그리 장승처럼 서 있는 게야?"

할머니의 호통이 날아들었다.

크림은 타박타박 걸어 들어가 할머니 앞에 앉았다. 여자와 나란한 위치가 되었지만 눈길은 주지 않았다. 다분히 의도적인 외면이었다.

등 뒤로 방문이 닫히는 소리가 들렸다. 아마도 국은 문 밖에 서 있을 터. 할머니의 비서로서 자리를 지키고 있는 것일지라도 괜찮았다. 눈에 보이진 않지만 존재감만으로도 의지가 됐다.

"성형 수술이라도 하셨나 봐요?"

도전적인 크림의 물음에 여자가 어눌하게 되물었다.

"그게 무슨……?"

"엄마라는데, 난 도무지 못 알아보겠으니까 하는 말이에요."

사실 크림은 엄마 얼굴이 잘 기억나지 않았다. 어린 날 어렴풋한 기억 속에서의 엄마는 늘 젊은 여자의 얼굴이었다. 기억은 시간을 먹으며 점점 흐릿해져 갔고 엄마 얼굴 또한 마찬가지였다.

"부모 자식 간이라도 오래 떨어져 살면 서로 서먹서먹한 법이지."

모처럼 상식적인 소릴 하는 할머니한테 적극 동의해 줄 수 없어 아쉬웠다.

"오래 떨어져 살아도 핏줄끼리는 서로 통하는 데가 있는 법이지요."

할머니에게 나긋나긋 건네는 여자의 말에 크림은 저도 모르게 눈살을 찌푸리며 내뱉고 말았다.

"뻔뻔하시네요."

할머니가 쯧쯧 혀를 찼다.

"말버릇하고는. 도대체 누구를 닮아서."

"아마도 할머니를 닮았겠죠. 할머니랑 저랑 오래도록 서로 존재조차 모르고 살았는데도 피로 이어졌으니 말이에요."

태연스레 주워섬기는 크림의 말에 할머니가 미간에 매서운 줄을 세웠다. 그래 봐야 크림은 조금도 무섭지 않았다. 이제부터 이 집에서 지내려는 마음을 다지며 돌아왔으므로 더더욱 그랬다.

지금 가장 문제되는 건 자칭 엄마라는 저 여자.

할머니 앞에서 자신의 직감을 증명해 내려면 알맞은 테스트가 필요했다. 크림은 여자에게 물었다.

"아빠랑 처음 만난 곳이 어디였어요?"

"가, 갑자기 그건 왜 묻는데?"

"궁금해서요. 물어보면 안 되는 거예요?"

"도, 독일에서."

"독일 어디에서요?"

"그러니까……."

"기억을 더듬어야 할 만큼 무의미한 순간이 되었나 봐요?"

"그러니까 그게 베를린이었지, 아마?"

"둘이 어떻게 만났어요?"

"그, 그야 당연히 여행 중에 만났지."

두루뭉술했지만 틀린 내용은 아니었다. 크림은 여자의 두 눈을 똑바로 쳐다보며 질문을 던졌다.

"우리 아빠 풀 네임이 뭐죠?"

당황한 듯 이리저리 흔들리는 여자의 눈동자를 보며 크림은 확신했다.

"할머니, 이 사람은 우리 엄······."

할머니에게 향하는 크림의 말을 자르며 여자가 다급히 말했다.

"토마스 데이비드 피츠."

크림은 입을 앙다물었다. 여자가 아빠 이름을 정확히 읊어 낸 것이었다.

"아무리 헤어져 살았다고 해도 그렇지, 엄마가 아빠 이름마저 깡그리 지웠겠니. 크림아. 네가 나한테 원망스러운 마음이 쌓여 있을 거란 짐작이야 하고 있다만, 엄마를 상대로 더 이상 이런 쓸데없는 시험은 안 했으면 좋겠다."

자신감을 완전히 회복한 얼굴로 여자가 말을 이었다.

"그리고 모녀 사이에 이런 대화가 오가는 거 고모할머니 보기에도 창피한 일이잖니. 안 그래?"

좀 혼란스러웠지만 크림은 여자가 엄마라는 걸 아직도 인정할 수 없었다. 작정하고 들면 아빠 이름 알아내는 정도야 어려운 일도 아닐 테다.

"여기 찾아온 목적이 뭐예요?"

크림의 단도직입적인 물음에 여자가 정색을 하며 되받았다.

"목적이라니? 그런 저속한 말을."

"목적이 저속한 말인지는 몰랐네요. 그럼 이유라고 바꿀까요? 내 의견은 묻지도 않고 이 집으로 보내게 해 놓고 갑자기 이렇게 찾아온 이유가 뭐냐고요?"

"엄마가 딸을 만나러 오는 데 무슨 이유가 있을까."

어이가 없었다. 엄마라면 이제야 만나진 딸 앞에서 이토록 뻔뻔하지는 않을 것 같았다. 크림은 치미는 화를 참지 못한 채 영어로 마구 퍼부었다.

「여태까진 그럼 어떤 이유로 딸을 내팽개쳐 두었을까? 엄마라는 건 그런 거야? 버리고 싶으면 버리고 만나고 싶으면 찾아오고, 그러는 게 엄마라는 사람의 권력이야? 그런 사람이 엄마라면 내 쪽에서 거절할래. 엄마 같은 거 없어도 돼. 지금까지 난 엄마 없이도 아주 잘 살아왔어. 그리고 앞으로도 난 아주 잘 살아 낼 거야.」

여자가 멀뚱멀뚱해진 얼굴로 크림을 보다가 할머니 눈치를 살폈다. 진땀이라도 나는지 무릎 위에 놓인 두 손을 맞잡고 꼼지락거리기까지 했다. 영어는 물론 우리말로도 대꾸는 한마디도 하지 못했다.

안절부절못하는 여자를 보며 크림은 쓴웃음을 지었다. 진짜 엄마라면 알아듣지 못했을 리가 없을 테니 저렇게 꿀 먹은 벙어리 노릇을 할 리도 없었다.

테스트가 끝났으므로 더 앉아 있을 까닭도 없었다. 발딱 일어나 방을 나서는데 할머니의 불평이 뒤따라 나왔다.

"저것이 뭐라고 지껄인 게야?"

예상대로 방문 앞의 마루에서 지키고 서 있던 국이 크림을 지그시 내려다보았다. 그 눈길을 마주하는 순간 불쑥 눈물이 나려고 했다.

크림은 냉큼 국으로부터 돌아섰다. 마루를 내려와 신발을 신으며 등 뒤의 국에게 단호하게 말했다.

"우리 엄마가 아니에요."

국은 근거 따위를 물어 오진 않았다. 다 들어 알고 있다는 듯 침묵했다.

크림은 걸음을 뗐다. 넓디넓은 정원을 걸어 나가는 동안 등에 얹혀 따라오는 시선이 느껴졌다. 끄덕여 주는 눈빛 같아서 든든했다.

엄마가 아니라고 분명히 말해 두었으니, 다음 일은 국이 알아서 처리해 줄 것이라 믿어 의심치 않았다.


처리된 결과에 대해서는 그날 밤에 홍이가 사랑채로 쪼르르 달려와서는 상세히 일러 주었다.

엄마를 사칭한 그 여자의 목적은 돈이었다. 크림을 고모할머니 집에다 두는 대가로 이 회장에게 돈을 요구했다는 거였다. 크림이 국과 함께 서울로 오는 동안 할머니를 상대로 나름의 협상을 벌이고 있었다고 했다.

크림은 기가 막혀 중얼거렸다.

"할머니를 아주 띄엄띄엄 봤네."

"그러니까. 꽁 할머니가 어떤 사람인지도 모르고서 그런 말도 안 되는 배팅을 시도한 거지."

"홍아."

"응?"

"만약에, 그 여자가 진짜로 우리 엄마였다면. 그랬다면 할머니가 순순히 돈을 내주셨을까?"

"내 생각엔 아닐 것 같은데? 돈에 관해서라면 철두철미한 분이기도 하지만, 그보다 꽁 할머니가 뭐가 아쉬워서 돈까지 내줘 가며 널 데리고 있겠어?"

"그렇지?"

홍이가 당연하다는 듯 끄덕였지만 크림의 마음엔 개운하지 않은 부분이 남았다.

여자가 돈을 요구했을 그 시점에 가당치 않은 소리라며 내쫓아 버렸어야 할머니다웠다. 그런데 할머니는 크림이 오기까지 여자와 함께 기다리고 있었던 것이다. 할머니가 왜 그랬는지 크림으로선 잘 이해가 되지 않았다.

"맨발로 쫓겨났다고 했지?"

"응. 아주 가관이었어. 네가 그걸 봤어야 하는 건데."

여자가 쫓겨나는 과정에서 안채 정원이 무척 시끄러웠다.

크림은 사랑채에서 소리로만 들었다. 그 와중에도 자기가 크림의 엄마라고 주장하는 여자를 지켜보기가 역겨웠기 때문이었다.

"살벌하게 생긴 남자들이 한쪽씩 팔을 틀어쥐고는 질질 끌고 나가는데도 소리를 지르면서 난리를 피우더라. 결국 그렇게 되고서야 조용해졌지만."

"도 실장님은?"

"도 실장님 뭐?"

"도 실장님도 거기 같이 있었어?"

"그럼. 도 실장님도 할머니 옆에 호위무사처럼 딱 서서는 묵묵히 그 광경을 내려다보고 있었지."

"다행이다."

"뭐가?"

미친 듯이 울부짖는 여자를 끌어내는 일에 그가 직접 나서지 않아도 되어서. 크림은 그저 속으로만 생각했다.

하지만 눈치 빠른 홍이가 크림의 속내를 짚어 내 버리고는 이 집 일이라면 다 꿰뚫고 있다는 듯 설명했다.

"도 실장님이야 명색이 꽁 할머니 비서실장이신데, 손에 직접 피 묻히는 일은 이제 졸업했겠지."

"피를 묻힌다고?"

놀라며 묻자, 홍이가 손날로 제 목을 슥 그어 보였다. 어깨를 움츠리는 크림에게 홍이가 또 과장되게 아는 척을 했다.

"도 실장님도 예전엔 사람 여럿 파묻었을 걸?"

273

"조폭이야? 사람을 파묻게."

"악명 높은 사채업자면 거의 조폭이나 다름없지 뭐야."

"악명 높은……. 그건 할머니지."

"그리고 도 실장님은 할머니의 총애를 받는 사람이지."

또박또박 받아치는 홍이가 얄미워지려고 했다.

"김다홍. 너 도 실장님 포기하기로 한 거야?"

"그건 이크림의 희망 사항이고."

크림은 반박하지 않았다. 국을 가슴에 담는 여자가 세상에
없었으면 좋겠다. 홍이든 다른 그 누구든. 외로워도 그가 혼자
였으면 좋겠다.

왜 그런 바람이 생기는지 스스로에게 묻는 건 다음으로 미
루기로 했다. 지금은 가짜 엄마 일만으로도 심란하기 짝이 없
으니까.

"이크림."

"왜?"

"잤어?"

홍이한테서 은근한 눈웃음도 함께 건너왔다.

"무슨 소리야?"

"아이 참. 산속의 그 집에서 너랑 도 실장님이랑 둘이 같이
잤냐고."

크림은 가만히 웃었다.

어제 고속도로 휴게소에서부터 지난밤을 거쳐 오늘 아침,
그리고 장터에서의 시간들까지 파노라마처럼 스쳐 갔다. 순간

순간이 긴 여행을 다녀온 것처럼 느껴졌다.

"웃지만 말고 말을 해 보란 말이야. 갈 땐 혼자였는데 올 땐 둘이 나란히. 어떻게 된 일인지 둘 사이에 어떤 일들이 있었는지 궁금해 죽겠다고."

간지럼이라도 태우듯 장난스럽게 채근하는 홍이 덕분에 크림은 가짜 엄마의 생각을 밀어내고 웃을 수 있었다.

다시 만난 홍이와 함께 이야기꽃을 피우며 밤이 깊어 갔다.

홍이는 제 엄마가 있는 별채로 돌아갈 생각은 없어 보였다. 홍이랑 같이 잠드는 것도 나쁘지 않았다. 오늘 같은 날엔 혼자인 것보다는 누구라도 곁에 같이 있는 편이 훨씬 나을 테니까.

하지만 크림은 국이 궁금했다. 홍이가 있어서 그가 사랑채로 오지 못하는 것만 같았다. 다정한 위로의 말 같은 걸 건네어 줄 사람은 아니지만, 홍이가 없었다면 와서 뭐든 도움이 될 만한 말을 해 주었을지도 몰랐다.

어느새 베개를 베고 누운 홍이가 휴대폰을 들여다보며 킥킥거리고 있었다. 누군가와 문자를 주고받는지 두 손의 엄지가 바빴다.

이럴 때 휴대폰이 있으면 국에게 연결될 수 있을 거란 생각이 들었다. 언제든 궁금해 하지 않아도 되도록. 어디서든 하고 싶은 말을 곧장 전할 수 있도록.

"나도 휴대폰 있었으면."

무심코 중얼거리자 홍이가 잽싸게 받았다.

"하나 사 달라고 해."

"할머니한테?"

"도 실장님한테."

"말도 안 돼. 도 실장님이 왜 내 휴대폰을 사 줘?"

"왜냐고 굳이 물으신다면, 깊고 깊은 산속에서 밤을 같이 보낸 사이라서 그러하다고 대답하겠나이다."

대사라도 읊어 대듯 천연덕스럽게 흐르는 홍이의 말에 크림은 쿡 웃어 버렸다. 베개를 집어 들고 응징해 주는 것도 잊지 않았다. 홍이가 깔깔 웃어 댔다.

불을 끄고 나란히 눕자, 홍이가 말했다.

"크림. 이제 우리도 밤을 같이 보낸 사이가 되는 거?"

능청스런 말투에 웃음이 났다.

"다홍. 이 집에 네가 있어서 좋아."

"이 집에 도 실장님이 있어서 좋은 거겠지."

"그것도 그렇지만."

"솔직하신데?"

크림은 미소 지었다. 홍이가 국과 자신을 특별한 사이로 연관 지어 생각하는 게 싫지 않았다.

"나도 네가 다시 돌아와서 좋아. 이젠 떠나지 않을 거지?"

"응, 이 집에서 살 거야."

"진짜 엄마가 찾아와도?"

그럴 가능성은 없겠지만 설혹 그런 상황이 온다 해도 엄마를 따라나서는 건 무의미하다고 크림은 생각했다. 엄마를 사칭한 여자로 인해 뜻밖의 예방 주사를 맞은 셈이라는 생각도 들었다.

"응."

씩씩하게 대답하곤 덧붙였다.

"그리고 이젠 이 집 안에 갇혀만 지내진 않을 거야. 다시 돌아가기 위해서 기한을 정해 두고 억지로 버텨 왔던 시간들은 끝. 이제부터는 앞으로 내 앞에 펼쳐질 나날들을 마음껏 누려 볼 테야."

"적극 찬성. 그럼 이제부터 이크림의 본격적인 서울 생활이 시작되는 건가?"

"응원해 줄 거지?"

"당연하지!"

"그럼 나 아르바이트 구하는 것부터 좀 도와줄래?"

"아르바이트하려고?"

"응. 돈 모아서 휴대폰도 사고."

"도 실장님한테 사 달라고 하라니까?"

크림은 홍이한테 다시금 베개 펀치를 날렸다. 베개에 머리를 맞고서도 홍이가 즐겁게 웃었다. 크림도 함께 소리 내어 웃었다.

웃으며 잠들어 오늘 밤엔 좋은 꿈을 꿀 수 있을 것 같았다.

오늘 밤, 할아버지도 당신의 지와타네호에서 좋은 꿈을 꾸며 편안히 잠들기를. 내일도 모레도 글피도, 할아버지의 모든 밤들이 그러하기를.

크림은 온 마음을 다해 기원했다.

✿　　　　　✿　　　　　✿

　　이른 아침에 잠이 깼다.

　　크림은 잠든 홍이를 두고 방을 나섰다. 서울 생활에 건강하
게 적응하기 위한 첫 걸음으로 산에서도 늘 그랬듯이 아침 산
행을 시작하려는 거였다. 마침 집 뒤편으로 멀지 않은 곳에 산
이 있었다.

　　굳게 잠긴 대문 앞에서 크림은 멈춰서야 했다. 계절에도 맞
지 않게 반소매 티셔츠를 입은 젊은 남자가 문지기처럼 가로
막고 서 있었던 것이다.

　　짧게 깎은 머리에 옷 솔기가 터져 나갈 것처럼 떡 벌어진
어깨, 두 팔엔 꿈틀거리는 용 문신. 어제 홍이가 살벌하게 생
겼다고 말한 사람들 중 하나가 틀림없었다.

　　"안녕하세요."

　　인사부터 했지만 용 문신은 들은 척 만 척 꼼짝도 않고 서
있기만 했다. 평소에는 대문을 지키는 사람이 없는데 어제 일
로 할머니의 특별 지시라도 있었나 보았다.

　　"운동하러 가는 거예요. 금방 올 거예요. 그러니까 문 좀 열
어 주세요."

　　"회장님 허락 없이는 절대로 문을 열 수가 없걸랑요."

　　껄렁껄렁한 말투며 건들거리는 태도며 할머니의 사람이라
고는 해도 국하고는 본질적으로 달랐다.

"아침 운동 허락 받으려고 이 시간에 할머니를 깨울 수는 없잖아요. 할머니께는 이따 제가 말씀드릴게요."

"그건 그쪽 사정이고. 난 내 일을 할 뿐이거든요."

조롱 섞인 웃음이 용 문신의 입가에 어슬렁거렸다. 게다가 크림의 몸을 아래위로 쭉 훑어 내리기까지 했다. 몹시 불쾌한 시선이었다.

크림은 용 문신을 쏘아보았다.

"오오, 눈빛 죽이는데?"

이기죽거리는 용 문신에게 냉랭하게 말했다.

"비켜."

"운동하러 가는데 옷이 영 그러네. 춤추러 가는 줄 알겠어. 내가 쌈박한 운동복 하나 사 줄까? 기왕이면 몸에 착 붙는 걸로."

"됐고, 비키기나 해."

"자꾸 말이 짧다? 못 비키겠다면 어쩔 건……."

채 말을 맺지 못하고 용 문신이 다리를 감싸며 주저앉았다. 크림이 그의 정강이를 걷어찬 것이었다. 용 문신의 입에서 억누른 신음이 새어 나왔다.

"이년이 미쳤나?"

말과 더불어 욕설을 씹어뱉는 용 문신을 뒤로 하고 대문으로 다가서는데 거친 손길이 크림의 옷자락을 잡아챘다. 크림을 바락 뒤돌려 세운 용 문신이 오른손을 높이 치켜들었다. 뺨이라도 내려칠 기세였다.

그러나 크림은 조금도 주눅 들지 않았다. 오히려 용 문신을 한껏 노려보았다.

"눈 깔아."

위협조로 용 문신이 말했다. 말끝에 숫자 섞인 욕설도 곁들였다.

용 문신을 향해 고개를 빳빳이 들고 있었지만 두렵지 않은 것은 아니었다. 날이 차츰 밝아오고 있는 집 안에서 무슨 큰일이야 일어날 리 없겠지만, 우악스런 손에 뺨이라도 한 대 맞으면 분하기도 하려니와 맞아서 아픈 사람만 손해다.

크림은 눈으로는 용 문신을 노려보며 머리로는 그의 손아귀에서 무사히 벗어날 방도를 생각했다.

크게 소리를 지를까. 다시금 정강이를 맵게 걷어차 줄까. 할머니한테 이른다고 협박해 볼까.

"씨발, 눈 깔으랬지."

그때였다. 용 문신의 어깨 너머로 얼핏 스치는 사람이 보였다. 익숙한 실루엣. 반가움과 안도감이 동시에 밀려들었다.

"놔."

"못 놓겠다면?"

"당장 안 놓으면 후회하게 될 거야."

"후회? 하, 요것 봐라. 뭘 믿고 이렇게 까부는 거야?"

'뭘 믿는지는 금세 알게 될 거야' 라고 일러 줄 필요까진 없었다. 용 문신의 등 뒤에서 묵직한 목소리가 건너왔기 때문이었다.

"그 손 놓지."

목소리의 주인공은 국이었다.

화들짝 놀란 용 문신이 크림에게서 손을 뗐다. 크림과 적당한 거리를 두며 뒤로 물러서기까지 했다. 무척이나 공손한 자세를 취하고 서 있는 용 문신에게 국이 물었다.

"무슨 일이야?"

"아, 아, 아무 일도 아닌데요."

허둥대는 용 문신에게 국이 또 물었다.

"이분이 누군지 몰라?"

"회장님께서 대문을 지키라 하셔……."

"내 질문에 대답해."

"압니다."

"아는데, 이게 무슨 짓이지?"

잠시 고개만 떨어뜨리고 있던 용 문신이 풀 죽어 대답했다.

"죄송합니다."

"회장님께 보고는 안 하겠어."

"감사합니다."

"가 봐."

"네."

국에게 상체를 꺅듯이 접어 인사하고서 용 문신이 별채 쪽으로 걸어갔다. 발을 탁탁 차는 걸음걸이가 사뭇 불량스러웠다.

"시시해. 그게 뭐예요? 착하게 말만 몇 마디 해서 보내고."

남자의 뒷모습을 바라보고 있던 국이 비로소 크림에게로 눈길을 돌렸다. 국의 턱이 딱딱하게 굳어 있었다.

"그럼 어떻게 했어야 합니까?"

"내 눈앞에서 바닥에다 때려눕혔어야죠."

장난삼아 대답한 것인데, 잠시 크림을 응시하던 국이 단단한 어조로 말했다.

"나는, 조폭이 아닙니다."

어젯밤 조폭 운운하던 홍이와의 대화가 떠올랐다. 미안해져 얼버무렸다.

"누, 누가 조폭이래요? 그런 말이 아니잖아요. 난 그냥……."

"그냥 뭐요?"

"그러니까 난……. 맞아! 제대로 된 사과를 받고 싶었단 말이에요. 꾹 실장님한테만 고개 숙이고 갔잖아요."

"알았습니다."

괜찮은지, 혹여 다친 데는 없는지, 다정하게는 아닐지라도 점검해 줄 줄 알았다. 하지만 국은 별다른 말도 없이 돌아섰다.

크림은 좀 전에 느꼈던 반가움과 안도감의 근원이 무엇인지에 대해서 더듬어 보았다. 단지 위험에서 구해 줄 사람이 나타나서였는지, 국이 아니라 다른 사람이었어도 같은 느낌이 들었을 것인지를.

곧장 해답을 구하기엔 감정의 결이 복잡했다. 머리 싸매고

캐내지 않아도 때가 되면 자연히 알게 되리라 생각했다. 그보다도 지금은 오늘부터 하려던 일, 하고 싶은 일을 시작하는 게 먼저였다.

"대문 좀 열어 주고 가요."

국이 걸음을 멈췄다.

"산에 가려고요."

뒤돌아선 국의 미간에 힘이 들어가 있었다. 크림은 얼른 해명했다.

"아니, 나 살던 그 산이 아니라, 이 동네에 있는 산이요. 아침 운동 삼아 다녀오려는 거예요."

"가깝게 보여도 걸어가기엔 멉니다."

"그럼 뛰어가죠, 뭐."

후우, 국에게서 옅은 한숨 소리가 들린 것 같았다. 입술은 꾹 다물려 있음에도 그랬다.

"참 손 많이 가는 녀석이군. 성가셔 죽겠어. 그런 생각했죠?"

"아닙니다."

"산에서 나무 냄새를 들이켜야 하루가 즐겁고 건강한 사람이거든요, 나. 이왕 여기서 살게 됐으니 되도록이면 하루하루를 즐겁고 건강하게 지내려고요. 마침 산이 가까우니 얼마나 다행이에요?"

국이 대꾸 없이 크림을 스쳐 지나가 대문의 잠금장치를 해제했다. 대문 밖으로 크림을 따라 나온 국이 당부했다.

"한 시간 내로 돌아와요."

"한 시간이요? 저 산까지 오고 가는 데만 거의 한 시간일 텐데, 정작 산엔 올라가 보지도 못하고 와야겠네요."

"뛰어간다면서요."

어처구니가 없어 입을 딱 벌리고 섰으려니, 국이 말했다.

"두 시간."

"한 시간이든 두 시간이든 내가 안 오면 어쩔 건데요?"

"안 올 겁니까?"

"만약에, 만약에 말이에요."

"찾으러 갈 겁니다."

"산속에 꽁꽁 숨어도?"

"워낙 특이해서 어디에서든 금세 눈에 띌 겁니다."

국은 덤덤했지만 크림은 웃어 버렸다. 특이하다는 말이 듣기에 거슬리지 않았다. 아니, 일종의 칭찬처럼 들렸다.

"올게요. 한 시간이든 두 시간이든 꼭 돌아올게요. 지구 끝까지 나 찾아다니느라 꾹 아저씨 힘들지 않게."

"지구 끝까지?"

"말하자면요."

활짝 웃어 주고서 크림은 국을 등졌다. 걸음걸음마다 따라붙는 국의 시선이 느껴졌다. 돌아서는 발자국 소리도, 대문이 닫히는 소리도 들리지 않았으니 국이 아직 대문 앞에 서 있으리라 짐작하는 건 어렵지 않았다.

산으로 향하는 골목길은 완만한 오르막이었다. 얼마쯤 걸어

오르다 뒤를 돌아보니 대문 앞이 비어 있었다. 뭔가 모를 허전함이 크림을 휩쌌다. 크림은 산을 바라보며 걸음을 빨리 했다.

국의 말대로 빤히 보이는 산인데도 걷기엔 제법 멀었다. 하지만 산의 초입부터 훅 날아드는 나무 냄새와 흙냄새가 마음을 평온하게 해 주었다.

처음엔 산책하듯 천천히, 중반부터는 날쌘 다람쥐처럼 재바르게. 크림은 산에 흠뻑 취해서 산행을 즐겼다. 크림이 살던 산처럼 오르기 좋은 암벽은 없었지만, 가파르지 않아 가볍게 오르기에 딱 좋았다.

정상에서 내려다본 마을 전경이 아늑했다. 성 같은 할머니의 대저택도 아주 조그맣게만 보였다. 운동 부족이 분명할 할머니를 모시고 산에 올라와야겠다고 크림은 다부지게 다짐했다.

산중턱의 약수터에서 물을 한 바가지 떠 마시고는 속도를 내어 산을 내려왔다. 입구를 지나 빠른 걸음으로 걸어가던 크림은 난데없는 경적 소리에 고개를 돌렸다. 나무 그늘 아래에 눈에 익은 차가 보였다.

차의 주인을 확인하기도 전에 웃음부터 났다. 차에서 내린 사람은 국이었다. 크림은 뛸 듯이 걸어 국에게로 갔다.

"걱정돼서 왔어요? 내가 꽁꽁 숨어 버릴까 봐?"

"두 시간이라고 했습니다."

"지금 몇 신데요?"

"9시가 넘었습니다."

"벌써요? 그렇게나 돼 버렸는지 몰랐어요. 시계도 없고 휴……."

'휴대폰도 없으니까요'라고 하려다 말았다. 홍이랑 나누었던 말들이 떠올라 공연히 멋쩍어서였다.

"휴?"

"걱정돼서 온 거 맞네요, 뭐. 두 시간이 훌쩍 지났는데도 안 오니까 걱정돼서 달려온 거잖아요. 맞죠?"

"아닙니다."

"아닙니다."

웃으라고 흉내 내어 말해 봤지만 국의 얼굴엔 별다른 변화가 없었다. 크림은 약간 머쓱해졌다.

"근데 언제부터 여기 와 있었던 거예요? 이왕에 왔으면 산으로 올라오지 차 안에 앉아만 있었어요? 그날 보니까 산도 잘 타더니만."

"갑시다."

국이 조수석 쪽 차 문을 열었다. 여지를 주지 않는 깔끔한 동작이 산속의 집으로 크림을 데리러왔던 그날과 똑같았다. 묘한 거리감에 맘이 삐딱해졌다.

"가기 싫은데요."

"왜 싫습니까?"

"꾹 실장님이 자꾸만 그러니까요."

"자꾸만 그런다는 게 무슨 뜻입니까?"

"할머니 비서 역할만 충실히 하고 있다는 뜻이에요."

"나는, 회장님 비섭니다."

"할머니 비서지 내 비서는 아니잖아요."

그러니까 나한테는 빌어먹을 그 비서체 좀 그만 쓰고, 윗사람 대하듯 반듯한 태도도 좀 집어치우라고요.

바락 내지르고 싶은 걸 겨우 참았다.

도국. 휘어질 줄을 모르고 부러져 버릴 사람.

국을 부러뜨리기는 싫었다. 그가 부러지는 모습을 보면 마음이 힘들 것 같았다. 부러지면 그가 아플 테니까.

"타요."

국이 말했다. 동요라고는 엿보이지 않는 목소리였다.

크림은 국이 휘어지는 모습을 보고 싶었다. 부드럽게 휘어져 웃음 짓는 얼굴을. 누구도 아프거나 힘들지 않을 그 순간을.

"회장님께서 기다리십니다."

어떤 말로 그를 휘어지게 만들 수 있을지는 잘 모르겠다. 웃음 짓게는 못 해도 비서로서의 직진을 잠시 멈추게는 할 수 있을 것 같다. 이런 말이라면.

"배고파요."

차 쪽으로만 향해 있던 국의 시선이 크림에게로 왔다.


산으로 드는 길 길모퉁이에 소박한 느낌의 보리밥집이 있었다. 차를 한쪽에 세워 두고 걸어서 그리로 갔다.

보리밥을 먹고 싶다는 크림의 요청에 국은 두 말 없이 길을 잡았다.

식당 안에 들어가 자리를 잡고 앉자마자 크림은 국에게 생긋 웃어 보였다. 집으로 바로 들어가지 않고 청을 들어주어 고맙다는 뜻이었다.

국은 마주 웃지 않았다. 다만 크림이 보기 편하게 메뉴판을 돌려놔 주었을 뿐이다. 메뉴판에는 주요 메뉴인 보리밥 정식을 비롯해 도토리묵과 파전 등의 안주류도 적혀 있었다.

"난 오랜만에 보리밥 정식. 그리고 도토리묵도 먹을래요."

"오랜만에 막걸리는 안 먹고 싶습니까?"

크림은 다시금 생긋 웃었다. 받아치는 국의 어조에서 조금이긴 했지만 친밀감이 느껴졌기 때문이었다.

"물론 먹고 싶죠. 꾹 아저씨는요?"

국은 대꾸 없이 주인을 불러 주문을 했다. 보리밥 정식과 도토리묵에 파전과 막걸리까지 첨가됐다.

"신난다."

눈을 빛내는 크림에게 국이 물을 따라 주었다. 단정한 움직임이어서 모시는 사람의 손녀를 대하는 자세인지 다정한 배려인지는 알 수 없었다.

그래도 기분은 괜찮았다. 기다리고 있을 할머니를 거스르며 이렇게 시간을 유예해 주는 국이 미더웠다.

"꾹 아저씬 주량이 어떻게 돼요?"

"갑자기 그건 왜 묻습니까?"

"그냥, 궁금해서요."

"그런 게 왜 궁금합니까?"

"어려운 것도 아닌데 그냥 대답 좀 해 주면 하늘이라도 무너져요?"

"취할 때까지 마셔 본 적 없습니다."

"와. 꾹 아저씨 술 무지 세구나."

"그런 말이 아니라."

"알았어요. 술은 별로 좋아하지 않는다는 말이죠? 그럼 꾹 아저씬 뭘 좋아하나? 여자는 당연히 아니겠고."

"당연히?"

"당연히, 아니에요?"

"아닙니다."

"아, 꾹 아저씨 여자 좋아하는구나."

그제야 국이 입을 꾹 다물었다. 더 이상은 말려들지 않겠다는 의지일까. 양쪽 눈썹에도 힘이 모였다. 그런 그를 가만 바라보다가 물었다.

"왜 안 물어봐요?"

국이 눈빛으로 되물었다.

"아까 대문 앞에서 있었던 일, 그리고 어제 일."

"대문 앞에서, 내가 더 알아야 될 일이라도 있었습니까?"

"꼭 그렇다기보다, 괜찮으냐고 혹시 다치지는 않았느냐고 한번쯤 물어봐 줄 수도 있는 거잖아요."

"다쳤습니까?"

"아니요."

"그럼 됐습니다."

위로의 말은 분명 아닌데, 여느 때와 다름없이 건조한 어투인데도 이상스레 맘이 포근해져 왔다.

만약에 어디 한 군데 상하기라도 했다면, 그걸 눈으로 확인한다면, 국이 그 즉시 달려가 혼쭐을 내줄 것만 같다는 상상에 즐거웠다.

"다친 건 그쪽일 걸요? 내가 정강이를 힘껏 걷어차 주었거든요."

"잘했습니다. 그런데……."

"그런데요?"

"앞으로는 말 섞지 말아요."

"누구랑요? 아, 용 문신이랑요? 왜요?"

"꼬박꼬박 따져 묻지 말고 그냥 시키는 대로 좀 해요."

국의 어조가 강경했다.

"꾹 아저씨 지금 화내는 거예요?"

"아닙니다."

"화내는 것 같은데요?"

"아니라고 했습니다."

"아무리 봐도 화내는 거 맞는데요, 뭘."

국이 미간에 줄을 세웠다.

"어머, 무서워라. 알았어요. 앞으로는 말 안 섞도록 최대한 노력해 볼게요. 그럼 되는 거죠? 그럼 화 안 낼 거죠?"

대답해 줄 생각도 없었을 테지만 타이밍 좋게 도토리묵과 막걸리가 나왔다. 국이 동글납작한 잔에 막걸리를 부어 크림에게 건네고는 자기 잔도 채웠다.

"짠, 해요."

국이 마지못해 막걸리 잔을 들어 올렸고, 크림은 잔끼리 마주 대며 외쳤다.

"짠!"

빈속에 들이켜는 막걸리가 온몸으로 퍼져 나갔다. 국은 술을 입에 대지 않았다. 차를 가져가야 했으므로 크림도 권하진 않았다.

먹음직스러운 파전에 이어 보리밥과 된장찌개, 반찬들이 한 상 가득 차려졌다. 어제 저녁부터 굶은 터라 하나같이 맛있었다. 실컷 먹고 나서 배를 통통 두드리는 크림에게 국이 말했다.

"어제 일은 잘 마무리되었습니다."

홍이한테서 세세히 전해 들었으므로 마무리 짓는 과정에 대해서 이야기하고 싶었던 것은 아니었다. 어제의 일이 있고 난 뒤 자신의 심리 상태에 대해서 국이 궁금히 여겨 주었으면 싶었던 거였다.

그저 고개만 주억거리는데, 국이 물었다.

"괜찮습니까?"

크림은 국을 바라보았다. 어제 할머니 방에서 나온 직후 크림을 지그시 내려다보던 그 눈빛이 마주 보고 있었다.

"사실은 두 가지 마음이 나한테 있었어요."

"두 가지 마음."

"네. 하나는 나를 빌미로 돈을 요구하는 사람이 우리 엄마가 아니라서 다행인 마음. 다른 하나는 나를 만나러 온 진짜우리 엄마가 아니어서 서러운 마음."

잠시 크림을 보고만 있던 국이 비어 있는 잔에 막걸리를 채워 주며 무심한 듯 물어왔다.

"어느 쪽이 더 컸습니까?"

"어느 쪽이냐 하면……. 서러운 마음?"

"미워하면서도 말입니까?"

"네. 미워하면서도 기대와 기다림이 조금은 숨어 있었나 봐요."

"만약에, 진짜 엄마였으면."

"진짜 엄마였으면요?"

"엄마와 함께 떠났겠습니까?"

"아니요."

"생각보다 대답이 빠르네요."

"내가 일곱 살 먹은 어린애예요? 엄마가 찾아왔다고 냉큼엄마 손 잡고 떠나게. 그리고 내가 그렇게 떠나 버리면 꾹 아저씨가 무척 서운해 할 거잖아요. 맞죠?"

국의 입에서 낮은 숨소리가 흘러 나왔다. 어처구니없다는듯. 그러나 아니라고 말하지는 않았다. '그럴 리가'라고도 받아치지 않았다.

"그런데 말예요. 어제 그 아줌마, 우리 엄마를 어떻게 알고 그런 황당한 일을 꾸몄을까요? 나랑 엄마를 전혀 모르는 사람이라면 그런 일 자체를 생각 못 할 것 같은데. 아무래도 난 그 아줌마가 우리 엄마를 아는 사람일 것 같아요."

국이 턱을 끄덕이고는 말했다.

"제대로 짚었습니다."

"정말 그래요? 정말 우리 엄마랑 아는 사이래요? 어떻게요? 우리 엄마랑은 어떻게 아는 사인데요?"

"고등학교 동창이라고 하더군요."

"아."

"친했던 사이가 아니어서 졸업 후에도 서로 연락을 주고받은 적은 없었다는데……."

"그런데요?"

"최근에 크림 씨 어머니와 우연히 마주쳤다고 합니다."

최근이라는 말에 불현듯 가슴이 두근거렸다.

"어디서요?"

"한국대 평생교육원에서요."

"평생교육원? 그게 뭔데요? 학원 같은 곳이에요?"

"뭐, 비슷합니다."

"그럼 둘 다 거기에 뭘 배우러 왔다가 수강생으로 만나진 거예요?"

"아닙니다. 어머니는 번역 작가 과정의 강사로 오셨다고 하더군요."

"아. 번역 작가구나, 우리 엄마는."

"네. 그 대학 어학당에서 외국인들을 대상으로 한국어를 가르치고도 있답니다."

크림은 국에게서 들은 말들을 조합해 엄마 모습을 그려 보았다. 불투명한 막 건너편에서 막연하게만 존재하던 엄마가 구체적인 실체로 나타나는 듯했다.

"여기."

국이 그의 휴대폰을 크림 앞에 내밀었다.

크림은 얼굴을 들이밀고 국이 열어 둔 휴대폰 화면을 들여다보았다. 책들이 줄지어 떠 있는 화면에서 엄마 이름을 확인할 수 있었다.

"전부 다 엄마가 번역한 책들이네요?"

"네."

책들은 두 페이지를 다 채우고도 넘을 만큼 많았다.

"책들이 이렇게나 많이. 우리 엄마, 참 열심히도 살았네요."

지금껏 몰랐던 엄마의 인생에 대해서 마구 감격하고 싶지는 않았다. 하지만 번역 작가로서의 삶은 인정할 수밖에 없었다.

수많은 원서들을 한국어로 옮기려 씨름하는 동안 밤이고 낮이고 외로운 시간들이 스러져 갔겠지. 번역 작업에 매달리며 혼자였던 날들을 버텨 올 수 있었겠지. 그런 날들의 어느 갈피에는 떼어 놓고 온 딸아이를 그리워도 했을까.

엄마의 지나온 시간들을 상상하며 크림은 맘이 착잡했다. 화면 속의 책들에서 눈을 못 떼는 크림에게 국이 물어왔다.

"보고 싶습니까?"

"네, 읽어 보고 싶어요. 엄마의 문장으로 번역된 책들, 눈으로 직접 보고 싶어요."

"아니, 어머니 말입니다."

"음……. 모르겠어요."

보고 싶지 않다고 단언하기 힘들었다. 그러나 지금으로선 선뜻 보고 싶다고도 말하기가 어려웠다.

막상 만나면 이해와 인정보다는 원망과 미움이 먼저 솟구칠 터. 해묵은 그 감정들은 뿌리가 깊었다.

"엄마보다는 엄마의 책들로 먼저 만나는 게 좋을 것 같아요. 이 책들이 엄마와 나 사이에서 일종의 완충지 역할을 해 줄 테니까요."

"완충지?"

끄덕이며 크림은 말을 이었다.

"꾹 아저씨랑 나한테 고속도로 휴게소가 그러했던 것처럼."

생각에라도 잠기듯 국의 눈빛이 깊어졌다.

"고속도로 휴게소가 어째서 완충지였던 거냐고 안 물어봐요?"

"군이 이유를 듣지 않아도 알 수 있는 것들이 있습니다."

군이 이유를 듣지 않아도 알 수 있는 것들.

그럴 수 있으려면 둘 사이에 차곡차곡 쌓인 시간들이 있어야 하겠지. 말로 길게 풀어 설명하지 않아도 느낄 수 있으려면. 어째서 그러한지 속내를 털어 보이지 않아도 이해할 수 있으려면.

그렇지만 반드시 긴 세월이어야만 할 필요까진 없겠지. 함께 보낸 시간이 아무리 길어도 교감이 불가능한 관계가 훨씬 더 많을 테니까.

크림은 어쩐지 뿌듯해진 마음으로 괜스레 시비를 걸었다.

"독심술이라도 하나 봐요?"

대꾸 없이 국이 다시 잔을 채워 주었고, 크림은 막걸리 잔을 단숨에 비워 버렸다.

"이제 배부르다."

"그럼 나갑시다."

"할머니가 나 혼내려 벼르고 있는 집으로요?"

평화로운 이 순간을 조금만 더 연장하고 싶었던 것인데, 국이 뜻밖의 답을 했다.

"서점으로."

크림은 반짝 웃었다. 어째서 집이 아니고 서점으로 가는 거냐고 묻지는 않았다. 굳이 묻지 않아도 알 수 있는 것들이 지금 크림에게도 있었으므로.

"나 아직 세수도 안 했는데."

"그래서요?"

그게 대체 무슨 상관이냐는 듯 묻는 국을 보며 마음이 말랑하게 부풀었다. 확인해 보고 싶은 용기도 생겨났다.

"아까 꾹 아저씨가 나한테 워낙 특이해서 어디서든 금세 눈에 띌 거라고 했잖아요. 특이하다는 건 꾹 아저씨한테 내가 아주 특별하다는 뜻인 거?"

"아니라, 생긴 걸 말하는 겁니다."

"아, 생긴 거. 그 얘기였구나."

멋쩍게 웃는 크림을 두고 자리에서 일어난 국이 계산대로 걸어갔다.

"아니라고 강조까지 할 필욘 없잖아."

투덜거리며 국의 뒷모습을 바라보다가 쓱 돌아보는 국과 정면으로 시선이 마주쳤다. 크림은 후다닥 일어나서는 국을 앞질러 식당을 나섰다.

❀      ❀      ❀

국이 사 준 엄마의 번역서들을 하나씩 펼쳐 보고 있던 저녁, 정원에서 인기척이 들려왔다. 부러 내는 낮은 헛기침 소리도 함께였다. 국임을 단박에 알았다.

크림은 방문을 열고 마루로 나왔다. 어둔 정원을 은은히 밝히는 등의 빛들 가운데에 국이 서 있었다. 반가움에 웃음부터 났다.

"사과하러 왔습니다."

국의 말에 크림은 의아해졌다.

"사과? 무슨 사과요?"

국이 고개를 돌렸다. 국의 시선 저편, 그늘진 데서 사람이 하나 나와 주뼛주뼛 옆으로 걸어왔다. 어제 아침, 대문에서 소란을 일으켰던 그 용 문신이었다.

마루에 그대로 서 있으려니 두 사람을 위에서 아래로 굽어
보는 위치가 되었다. 정원으로 내려서려는 크림을 국이 제지
했다.

"거기 그대로 있어요."

평소의 말투와 다를 바 없이 건조한 말투였지만 거스를 수
가 없었다.

국에게 용 문신은 아마도 아랫사람일 터. 크림이 국의 말을
무시하면 윗사람으로서의 면이 서지 않을 것이었다. 그래서
크림은 국이 시키는 대로 마루 위에 그대로 서 있었다.

국이 돌아보자, 명령이라도 받은 듯이 용 문신이 한 걸음
앞으로 나섰다. 그러고는 허리를 반으로 접다시피 한 채 크림
에게 말했다.

"어제는 죄송했습니다."

크림으로 말하자면 어제 아침 일이야 이미 까맣게 지웠다.
그때 사과를 들먹이기야 했지만 꼭 사과를 받아야겠다는 의도
보다는 국에게 시비를 거는 마음이 더 컸다.

"뭐, 괜찮아요. 나도 미안……."

크림은 말을 다 맺지 못하고 입을 다물어야 했다. 직선으로
꽂혀 드는 국의 눈빛 때문이었다.

"말 섞지 말랬지, 참."

조그맣게 중얼거리던 크림은 용 문신과 눈길이 부딪쳤다.
용 문신은 이내 눈길을 땅으로 내렸지만 일순 비열한 빛을 내
던 그 눈이 찜찜하게 남았다.

다시금 국의 눈길을 받은 용 문신이 크림을 향해 또 한 번 허리를 깊숙이 숙이고는 사랑채 정원을 걸어 나갔다.

그제야 마루에서 내려선 크림은 국에게 다가갔다. 눈앞에 서 있는 국은 여느 때처럼 덤덤했다. 기쁨과 분노와 슬픔과 즐거움을 철저히 감춘 얼굴이 크림을 내려다보았다.

"진짜로 사과하게 데려다 놓을 줄 몰랐어요."

"알았다고, 대답했습니다."

알았습니다, 하고 대답하던 국의 목소리가 되살아났다. 불평을 잠재우기 위해 그저 했던 말이 아니었던가 보다. 바라는 대로 실행하겠다는 약속의 대답이었던가 보다. 크림은 흐뭇해졌다.

"순순히 오려고 해요?"

"순순히 오지 않으면 곤란해질 테니까."

"앙심이라도 품으면 어떡해요?"

"감히 그랬다간 가만 두지 않을 겁니다."

"아니, 나 말고 꾹 아저씨한테요."

"걱정하는 겁니까?"

불시에 허를 찔린 것 같았다. 크림은 콧날에 금을 그리며 국이 이따금 쓰는 어휘로 잡아뗐다.

"그럴 리가요."

묵묵히 크림을 내려다만 보던 국이 몸을 돌렸다. 그러나 몇 걸음 가지 않아 다시 크림 쪽으로 뒤돌아섰다.

"왜요?"

대답은 없이 국이 재킷 안주머니에서 무언가를 꺼냈다. 국의 손에 든 것이 궁금해진 크림은 총총 걸어가 그와의 거리를 좁혔다.

기다렸다는 듯 국이 크림에게 손을 내밀었다. 그의 손안에 든 것은 휴대폰이었다. 국의 것과는 생김새가 달랐다.

"뭐예요?"

"휴대폰입니다."

"지금 그걸 몰라서 묻는 거 아니잖아요. 왜 이걸 나한테 주는 거냐고요."

"이크림 씨 겁니다."

"내 거예요? 진짜요? 꾹 아저씨가 사 주는 거예……?"

"회장님 지십니다."

지극히 담담한 어조였다.

"아아."

크림은 끄덕였다.

"꾹 아저씨 통하지 않고 나한테 다이렉트로 혼내려고 그러시는 거구나. 안 그래도 휴대폰 하나 있었으면 했는데, 기뻐해야 할지 슬퍼해야 할지 모르겠네. 근데 직접 주시지 꾹 아저씨 통해서 주시나? 아무튼 뭐, 할머니한테 감사하다고 전해 주세요. 아주 잘 쓰겠다고요."

턱을 슬쩍 끄덕이고는 국이 돌아섰다. 크림은 가려는 국의 소맷자락을 붙들었다.

"꾹 아저씨 번호는 가르쳐 주고 가야죠."

"거기, 저장돼 있을 겁니다."

"할머니 참 친절도 하시네. 꾹 아저씨 번호까지 미리 저장해 주시고."

국이 사랑채를 나간 다음 크림은 휴대폰을 열었다.

주소록에 저장되어 있는 이름은 단 하나.

도국

마음이 반짝였다.

밤이 깃드는 정원에 혼자 서서 크림은 국이 새겨 놓은 두 글자를 한참 동안 들여다보았다.

chapter 9

아이스 * * 크림

"덕아! 덕아!"

온 집 안에 다 울리도록 청랑하게 불러 대는 저 목소리는 크림의 것이다.

그리고 '덕이'는 며칠 전 크림이 데려온 강아지 이름이자, 이 회장의 이름 끝 글자다.

허락도 없이 강아지를 집에 들여다 놓을 때부터 크림이 이 회장의 이름을 염두에 두고서 지어 붙인 이름이 틀림없을 터.

크림의 그 앙큼한 저의를 눈치챈 것이 국뿐만은 아니었지만, 이 회장의 사람들 중 누구도 그 사실을 대놓고 거론하는 사람은 없었다. 긁어 부스럼으로 이 회장의 심기를 건드려 괜한 불똥이 튈까 염려한 탓이었다.

정작 이 회장 본인은 국 앞에서 불편한 심사를 드러내곤 했다. 그도 그럴 것이 크림이 하필이면 안채 마당에 와서 마음껏 덕이를 불러 대곤 했던 것이다. 아침마다 크림의 그 부름을 듣는 게 하루의 시작이 되었다.

"덕아! 덕아!"

"저것이 또!"

이 회장이 일갈했다. 꽉 쥔 주먹은 책상 위에 올려놓은 채였다.

"덕이 이리 온. 아유, 예뻐라. 우리 덕이 착하기도 하지."

강아지를 어르는 소리가 방문 바로 앞에서 들려왔다. 아마도 크림이 강아지를 마루로 불러 올린 듯했다.

더는 못 참겠는지 이 회장이 국에게 명령했다.

"당장 불러들여라."

불호령을 쳐 봐야 크림이 귓등으로 들으며 이 회장의 부아만 돋울 게 빤했던지라, 국은 짐짓 무딘 척 대꾸했다.

"강아지 말입니까?"

이 회장이 국을 보며 인상을 썼다. 노기 어린 얼굴을 보자, 짓궂게 묻던 크림의 목소리가 귓가에 맴돌았다.


"할머니 오늘도 열 받았죠?"


말끝엔 생글거리는 웃음도 함께였다.

이 회장과 마주 앉아 있던 국은 몸을 일으켰다. 방문 밖 마루에 걸터앉아 품 안의 강아지를 쓰다듬고 있던 크림이 국을 올려다보았다. 총명한 눈망울이 유난히도 반짝였다.

"회장님께서 부르십니다."

"나요, 우리 덕이요?"

대답을 듣고자 한 질문이 아님을 알았으므로 국은 말없이 비켜서서 크림에게 길을 열어 주었다. 크림이 품 안의 강아지를 마당에다 풀어 주고는 방으로 들어갔다. 국도 그 뒤를 따랐다.

"저 부르셨어요, 할머니?"

"대체 그놈을 언제까지 집에다 풀어 둘 셈이야?"

"우리 덕이요? 주인 찾을 때까지만 돌보겠다고 제가 말씀드렸잖아요. 그리고 우리 덕이 '놈' 아니에요, 할머니. 여자애라고요. 여자애니까 이름이 덕이죠. 남자애였으면 덕구라고 지었을 걸요?"

불난 데 부채질해 버린 격이었다. 이 회장의 표정이 점점 험악해졌다.

"네가 정녕 내 앞에서마저 나를 농락하려는 게야?"

"농락이라니요? 전 그런 적 없는데요, 할머니? 제가 왜 할머니를 농락하겠어요? 주인 잃고 버려진 불쌍한 강아지한테 덕이라는 어여쁜 이름을 지어 준 게 무슨 큰 잘못이라도 돼요?"

"날마다 큰소리로 이름을 불러 대지 않았느냐?"

"그게 뭐 어때서요? 할머니도 만날 홍아! 홍아! 그러시잖아요."

"뭐라?"

어처구니없다는 듯 대꾸하는 이 회장을 건너다보며 크림이 천연스레 어깨만 으쓱해 보였다.

"내가 홍이라고 부르는 게 영 못마땅했다는 말이로구나."

"못마땅하다기보다는 사람의 도리에 좀 어긋나는 거 아닌가 싶거든요."

"사람의 도리? 부리는 사람한테 내가 내 맘대로 부르지도 못한다더냐?"

"그야 물론 할머니 맘이겠지만요. 홍이는 아주머니 딸 이름인데, 낼모레 쉰을 앞둔 분한테 날마다 동네 꼬마 부르듯 그러시는 게, 아무리 봐도 할머니 위엄을 깎아먹는 행동 같단 말이죠."

"그럼 뭐라 부르랴?"

"아주머니 성이 뭐예요?"

"성은 왜 묻는 것이냐?"

"아무튼요."

"정 가이니라."

"정? 그럼 이제부터 아주머니를 이렇게 부르면 어때요? 정 여사님!"

"뭐, 뭐라?"

이 회장은 폭발 직전이건만 크림이 개의치 않고 말을 이어 나갔다.

"오랫동안 한집에서 할머니 의식주를 돌봐 주신 분에 대해

존중하는 의미로다가 '여사님'을 붙이자는 건데, 어째 맘에 안 드시나 봐요?"

마침내 이 회장이 책상을 꽝, 내리쳤다.

"얼토당토않은 소리! '여사'도 가당찮거늘 부리는 이한테 누가 '님'까지 붙여 가며 존대를 한단 말이냐?"

해맑은 표정으로 고개를 갸웃하던 크림이 이내 끄덕이며 말했다.

"할머니 자존심상 역시 '님'까지는 좀 그렇죠? 그럼 '여사'만 하죠, 뭐. 정 여사. 이러면 너무나도 친근하게 들리는 것이, 듣는 아주머니도 할머니께 더더욱 성심을 다해 모시지 않겠어요?"

이 회장의 얼굴이 일그러졌다.

"터진 입이라고 종알종알 아주 못 하는 소리가 없구나. 그 따위 헛소리를 하려거든 내 집에서 썩 나가거라. 내 애초에 너 같은 것을 내 집에 들이는 게 아니었어!"

"그리 부르기가 싫으면 그저 싫다 하시면 될 것이지, 우리 덕이처럼 오갈 데 없이 불쌍한 처지가 되어 버린 조카 손녀한테 그렇게 야박한 말씀을 하세요? 할머니가 생각보다 아주 괜찮은 사람인 줄 알았는데 실망이에요. 오늘부터 할머니를 생각보다 덜 괜찮은 사람으로 정정해야겠어요."

제 할 말만 마치고 발딱 일어난 크림이 방을 나갔다. 그러고는 마당에 있을 강아지를 힘차게 불러댔다.

"덕아! 덕아! 덕아!"

국은 결국 입가에 웃음을 머금고 말았다.

"웃느냐?"

"죄송합니다."

웃음을 채 지우지 못한 대답에 이 회장이 버럭 화를 낼 줄 알았다.

"네가 이마에 흉이 한 군데 더 생겨야 정신을 차리겠구나."

보란 듯이 책상 위의 인주통을 만지작거리며 말하는 이 회장에게서 분기나 노기는 물러나 있었다. 예상 밖의 모습이었다.

"크림 저것이 사람 요리하는 솜씨가 보통이 아니구나."

이 회장 스스로 완패를 인정하는 말이었다. 이 또한 뜻밖이었다.

국은 섣불리 동조하는 대신 이 회장에게 공을 넘겼다.

"회장님께서 받아 주시니 그런 겁니다."

"받아 주긴 누가?"

"제 눈엔 그렇게 보였습니다."

이 회장이 다시금 인주통을 매만졌다.

"흉은 지지 않았습니다."

"안다."

"그때 일로 마음 쓰시지 말라는 말씀입니다."

"마음 쓴 적 없느니."

매섭도록 딱 자르는 이 회장에게 국은 더 말하지 않았다.

"그나저나 번역인지 뭔지 눈알 빠지게 그놈의 영어 책이나

들여다보고 앉아 있게 하기엔 저것의 성깔이 아깝지 않느냐?"

지난주부터 문화센터에서 번역 공부를 시작한 크림을 두고 하는 말이었다.

"영어를 청산유수로 하더라며 칭찬하실 땐 언제고 그런 말씀을 하십니까."

"그건 그거고. 저것하고 너하고 손발을 맞춰 사업을 이끌어 나가면 마침맞을 듯하여 하는 말이다."

"회장님."

"오냐."

"자기가 바라는 대로 살아갈 때 사람은 가장 행복한 법입니다."

"니은이처럼 말이냐?"

이 회장이 1년 만에 입에 올린 손녀의 이름 앞에서 국은 침묵으로 긍정했다. 손녀의 결혼식조차 외면했던 이 회장의 마음이 차츰 느슨해지고 있는 듯싶었다.

좀 더 일렀으면 좋았겠지만 이제라도 늦은 것은 아닐 터. 어긋난 타이밍을 돌이킬 기회가 생긴다면 때가 언제이든 서로에게 유익할 것이었다.

"너는 어떠냐?"

문득 날아온 물음에 국은 이 회장을 바라보았다.

"너는 네가 바라는 대로 살아가고 있느냐 그 말이다."

"회장님께서 보시기에는 어떤 것 같습니까?"

"여유자적 되묻는 꼴을 보니 불행하진 않은 것 같구나."

국은 끄덕이듯 대답했다.

"잘 보셨습니다."

마당에서 덕이를 부르는 소리가 또 들려왔다. 이 회장이 골치가 아프다는 듯 끙, 하며 이마를 짚었다. 국의 입술에 다시금 엷은 미소가 떠올랐다.

"또 웃고 있는 것이냐?"

국은 이번엔 죄송하다고 말하지 않았다. 미소를 거둬들이려 애쓰지도 않았다. 이 회장이 얼음장 밑의 것들을 위로 건져 올려 슬쩍 보여 주었듯이 자신 또한 조금은 그래도 될 것 같았다.

"보기 좋구나."

이 회장의 말에 뭉클해졌다. 국은 어금니를 꾹 악물었다.

❋　　　❋　　　❋

사랑채의 정원, 우거진 나무들 아래에 동그마니 쪼그리고 앉아 있는 크림이 보였다.

"우리 덕이 잘 먹네? 맛있어?"

상냥하게 말을 걸고 있는 걸로 봐선 강아지에게 밥을 먹이고 있는 모양이었다. 이편에서는 크림의 몸집에 가려 강아지가 보이지 않았다.

곱슬곱슬한 갈색 털을 가진 어린 푸들은 국의 팔뚝보다도 작았다. 거의 짖지도 않는 데다, 겁이 많은지 넓디넓은 집 어느 구석으로 기어들어 가서는 잘도 숨어 있어서 크림이 자주 이름을 불러 찾도록 만들었다.

이따금 국은 크림이 말한 '완충지' 라는 것에 대해서 생각하곤 했다.

크림이 처음에 완충지로 느꼈던 고속도로 휴게소는 글자 그대로 장소였지만, 상황에 따라서는 물건으로도 바뀔 수 있는 그것.

크림의 엄마와 크림 사이에서 번역된 책들이 완충지 역할을 해 주었다면, 이 회장과 크림 사이에서는 저 강아지 덕이가 완충지 노릇을 톡톡히 해내고 있는지도 모르겠다. 어쩌면 크림이 그러한 의도를 갖고 강아지를 데려왔는지도.

국은 천천히 크림에게 다가갔다. 국의 그림자가 크림과 강아지 위로 드리웠다.

"꾹 아저씨 왔네."

어찌 알았는지 국을 올려다보지도 않고서 강아지한테 다정히 일러 주며 크림의 뺨에 웃음이 어렸다.

습관처럼 굳어 있던 국의 입매가 아주 조금 느슨해졌다. 크림이 짓는 웃음 때문임을 국은 알았다.

"뒤통수에도 눈이 달렸습니까?"

"그림자 보고 알았죠."

"그림자엔 색깔도 개성도 없을 텐데요."

"꾹 아저씨 그림자는 아주 길거든요."

그림자가 아주 긴 사람 같다던 크림의 말이 되새겨졌다. 아래에 드리워진 자신의 그림자가 특별히 길다는 느낌은 들지 않았다.

지금은 늦은 오후. 해가 저물어 저녁을 맞이하기 전, 아직은 빛이 시간을 거느리는 한때였다.

"그림자가 길어질 시간이라 그럴 겁니다."

"그림자가 길어질 시간에 여긴 어쩐 일로 왔어요?"

"계속 뒤통수만 보고 말하게 할 겁니까?"

크림이 고개를 틀어 올렸다. 강아지한테만 향해 있던 크림의 시선이 이제야 국에게로 올라왔다. 크림의 두 뺨엔 웃음이 머물러 있고 두 눈은 맑게 빛났다.

외롭도록 시린 눈빛이 아니어서 다행이라고 국은 생각했다.

"이거."

들고 있던 쇼핑백을 건네자, 크림이 몸을 일으켰다. 크림의 얼굴이 가까워졌다. 웃음과 눈빛도 함께 다가들었다.

"뭐예요?"

물으며 쇼핑백을 받아 든 크림이 안을 들여다보고는 반색을 했다.

"덕이 선물이네?"

폭신한 방석을 비롯하여 강아지에게 기본적으로 필요할 용품들을 몇 가지 샀다. 그것들을 고르는 동안 기뻐할 크림의 얼굴이 자연히 그려졌는데 역시 상상대로였다. 활짝 웃는 크림을 보니 마음이 편안해졌다.

"천덕꾸러기처럼 아무 데로나 숨어들어 잠드는 게 좀 그래서."

국은 변명하듯, 하지만 덤덤히 말했다.

"아르바이트 시작하면 내가 다 사 주려고 했는데, 꾹 아저씨가 선수를 쳐 버렸네요?"

"아르바이트?"

"네. 할머니는 용돈 한 푼 안 주잖아요. 팥쥐 엄마처럼 집안일은 맘껏 시키면서. 나도 치사해서 더는 요구 안 할래요. 집에서 펑펑 놀기도 심심하니까 집안일이야 기꺼이 도울 테지만, 그건 밥값으로 퉁 치죠, 뭐. 이제 곧 아르바이트를 하게 되면……."

"바빠지겠군요."

"무지. 아마 내 얼굴 보기도 힘들걸요? 그러니까 지금 많이 봐 두세요."

국은 웃음 고인 크림의 얼굴을 내려다보았다.

"그렇다고 그렇게 빤히 들여다보면 어떡해요? 부끄럽게."

크림이 국의 오롯한 눈길을 살짝 비껴가며 고개를 틀었다. 덕분에 투명하도록 새하얀 목덜미가 위태로운 곡선을 그리며 드러났다.

외면하고 싶었으나 국의 몸이 마음을 배신했다. 위험을 감지하며 국은 자신의 빈손을 꽉 움켜쥐었다.

그러나 아픔이 느껴질 만큼 힘주어 움켜쥐고도 국은 뭔가가 허전했다. 손안에 빈틈없이 움켜야만 할 어떤 것을 놓쳐 버린 듯이. 놓쳐 버리고도 스스로가 미처 인식하지 못하고 있는 것처럼.

국은 가까스로 크림에게서 눈길을 돌렸다. 그새 밥그릇을 깨끗이 비운 강아지가 새까만 눈망울로 국을 쳐다보고 있었다.

"다 먹었네요."

"정말."

국의 말에 동의하며 크림이 강아지 앞에 다시 쪼그려 앉았다. 이젠 크림의 동그란 두 어깨가 국의 눈을 채웠다. 그만 돌아서 나가야 하는데 발길이 쉽사리 떨어지지 않았다.

"번역 공부는 어때요?"

국이 말을 꺼내자, 앉은 채로 크림이 대답했다.

"재미있어요. 숙제가 많아서 좀 힘들긴 하지만요."

문화센터의 번역 작가 수업은 일주일에 한 번, 총 12주 과정이다. 그러니 다음 수업 때까지 해 가야 할 숙제 양이 만만찮은 모양이었다.

"영어 문장을 읽고 이해하는 것과 그걸 다시 한국어 문장으로 매끄럽게 옮기는 일은 좀 다른 과정이더라고요. 처음엔 단순하고 쉽게만 생각했는데 생각보다 도전 의식을 불러일으키는 작업이에요. 그래서 엄마가 더 대단하게 느껴지기도 하고요."

"또 다른 완충지가 생기는 중인 것 같습니다."

절반만 보이는 크림의 왼쪽 뺨에 미소가 어른댔다.

크림이 번역 공부를 시작한 데에는 아마도 엄마의 번역서들이 결정적인 역할을 했으리라.

국은 짐작을 확인하듯 물었다.

"미움은 어떻게 됐습니까?"

"그대로 있어요."

정확한 경계선으로 나뉘어 있어 어느 한 부분만 똑 떼어 낼 수 있다면 온갖 감정들을 껴안고서 살아가야 할 괴로움도 없을 터. 망설임 없는 대답이 애잔하게 느껴졌다.

"모순 같겠지만, 어쩔 수 없잖아요. 내 맘대로만 안 되는 걸. 꾹 아저씬 그런 거 없어요? 자기도 어쩌지 못하는 양가감정 같은 거요."

"있을 겁니다. 누구나."

"언젠가는 엄마 앞에 당당히 나설 거예요. 엄마만큼은 아닐지라도, 내가 번역 작가로 한 몫을 톡톡히 해내고, 당당하게 나도 이 일을 하고 있다 말할 수 있을 때에. 내 안의 미움은 그때 소진할래요. 멋진 모습의 나로서 엄마를 대면한 다음에. 엄마 없이도 내가 이렇게 잘 자랐고 멋진 사람으로 살고 있다는 걸 확인시켜 준 다음에요."

그런 날.

그런 순간.

얼굴도 모르는 생모에게 자신의 찬란한 현재를 복수처럼 확인시켜 줄 날이, 그런 순간이 자신에게도 왔으면 좋겠다고, 국은 처음으로 생각했다.

그리고 크림에게도 다짐하듯 단단히 말해 주었다.

"그런 날, 꼭 올 겁니다."

크림이 고개를 들고 국을 올려다보았다. 눈빛이 아련했다.

❀         ❀         ❀

차고 문이 열리기를 기다리며 잠시 멈춰 서 있는 사이, 대문이 열리며 안에서 크림이 뛰어나왔다. 국의 차를 본 크림이 입을 둥글게 벌렸다. '어!' 하는 크림의 탄성이 바로 곁에서 들리는 듯했다.

국은 차창을 내렸다. 크림의 환한 얼굴이 코앞으로 다가왔다. 크림 특유의 냄새도 함께. 핸들을 쥔 손에 절로 힘이 들어갔다.

"마중 나왔습니까?"

크림이 생긋 웃었다.

"아닌데요?"

대꾸하는 목소리가 상큼했다. 무슨 좋은 일이라도 생긴 것 같은 분위기였다.

"그림자가 길어질 시간에 어딜 가려는 겁니까?"

"방금 홍이 전화를 받았는데 나한테 딱 맞는 아르바이트 자리가 있대요. 그래서 면접 보러 나가는 거예요. 마침맞게 꾹 아저씨가 퇴근한 거고요."

"마침맞게?"

"파이팅, 해 주려고 마침맞게."

"그런 거 별로 안 좋아합니다."

"파이팅이요? 왜요? 싸운다는 의미라서? 뭘 그리 진지하게 생각해요? 그냥 힘내라고 응원하는 구호잖아요. 해 줘요. 해 주세요, 파이팅. 꼭 아저씨한테 파이팅 받고 나가면 어떤 면접이든 승리해 버릴 것 같으니까요."

"승리해 버린다?"

"응."

대답이 사뭇 발랄했다. '네'가 아닌데도 거슬리지는 않았다. 원래부터 그래 왔던 것처럼 자연스러웠다. 딴청 피우듯이 다른 곳을 보며 기다리고 있는 크림에게 국은 결국 말해 주고 말았다.

"파이팅."

크림이 국을 돌아보곤 활짝 웃었다.

이크림, 이즈음엔 자주 웃는다. 그래서 국의 가슴 안에서도 자주 나른한 물결이 일었다. 지금도 그랬다.

"다녀올게요."

인사를 남기고선 크림이 골목을 뛰어 내려갔다. 백미러에 담긴 크림을 보며 국은 잠시 갈등했다. 문이 열린 차고 안으로 들어설 것인가, 차를 돌려 크림을 따라잡을 것인가.

피로한 하루였다. 몸이 아니라 마음이.

월세가 석 달째 밀린 식당에 계약 해지를 통보하고 오는 길이었다. 이 회장의 결재가 떨어진 명령이었다.

실제로 가게를 비우게 하기까지 일련의 과정도 그렇거니와, 세입자의 한 서린 원망을 온몸으로 받아야 할 일들이 오늘따라 유독 고단하게 와 닿는 것이었다.

그런 과정들에 대해서 이 회장과 마찬가지로 국 또한 눈 하나 깜박하지 않았다. 그저 마땅히 해내야 할 일일 뿐이었다.

그런데 그 일들이 점점 피곤하게 느껴지고 있었다. 최대한 실행을 미루고 싶어지고 있었다. 요즘 들어 생긴 경향이었다.

'요즘'에서 핵심적인 변화 요소는, 크림.

인정하지 않으려는 시도는 거짓임을 국은 잘 알고 있었다.

곧장 집으로 들어가 이 회장에게 오늘 일을 보고해야 했다. 보고를 마친 뒤엔 저녁 식사를 하고 일찌감치 잠자리에 들고 싶었다. 오늘의 피로를 잠으로라도 지워 버릴 수 있도록.

하지만 국은 마음이 놓이지 않았다. 서울 지리도 모르는 크림을 혼자 내보내는 것이 영 불안했다.

곧 밤이 닥쳐올 것이었다. 도심의 밤 한가운데에서 산골 소녀 같은 크림이 위험스런 허방을 짚을지도 모른다.

결국 국은 차를 뒤로 빼내어 방향을 바꾸었다. 길을 되짚어 차를 몰았다. 길 저 끝에서 춤추듯 걷고 있는 크림이 시야에 들어왔다. 곁까지 가까워졌을 때에야 경적을 울렸다.

옆을 돌아본 크림이 걸음을 멈추었다. 놀란 표정이었다.

"타요."

한마디하고는 앞을 바라보았다.

"나 데려다주려고요?"

대답을 않으니, 크림이 차 앞을 돌아와 조수석으로 올라탔다.

"전철 타고 가면 되는데. 홍이가 길 가르쳐 줘서 나 혼자서도 잘 찾아갈 수 있는데."

"싫습니까?"

"누가 싫대요? 나 땜에 괜히 꾹 아저씨 피곤할까 봐 그러죠."

"피곤 안 합니다."

"거짓말. '나 지금 무지무지 피곤해'라고 얼굴에 딱 쓰여 있걸랑요."

미안해서 해 보는 말일까, 정말 그렇게 느껴져서일까. 크림의 속내가 궁금했다.

"그냥 집에 들어가면 더 피곤할 겁니다."

"어째서요?"

"신경 쓰여서."

"뭐가요?"

순수하리만치 직선적으로 물어오니 말문이 막혔다. 대답을 고르느라 고심하는데 크림이 또 물어왔다.

"설마, 나한테요?"

"설마는 왜 붙입니까?"

"왜냐하면……. 꾹 아저씨는 다른 사람한테 신경 같은 거 절대로 안 쓰는 사람이라서?"

"절대로. 냉혈한인 줄 알았습니까?"

"앗. 아뇨, 그런 게 아니라."

"벨트나 매요."

크림이 안전벨트를 끌어당겼다. 차가 출발하자, 크림이 말했다.

"사실은 아까 대문 앞에서 꾹 아저씨 보고는 나 좀 태워다 달라고 그럴 참이었거든요."

"그런데요."

"그런데 오늘따라 너무 지쳐 보여서 못 그랬어요. 데려다 달라고 했으면 아저씬 거절도 못 하고 태워다 주었겠죠. 할머니의 충실한 비서로서 늘 그래 왔듯이. 그래서 그냥 파이팅만 해 달라고 했어요."

그저 해 보는 말이 아니라 정말 피로를 읽어 냈던 거였다. 기분이 묘했다. 아늑한 물결에 몸을 맡기고 누워 있는 느낌이랄까.

"그리고 아까 그 파이팅 말예요. 나한테만 해당하는 거 아니었어요. 꾹 아저씨한테도 해 주고 싶은 응원이었어요."

"파이팅 그런 거 별로 안 좋아한다고 했습니다."

"이럴 땐 그냥 감동 좀 해 주면 안 돼요?"

국은 더 말하지 않았다. 스멀스멀 웃음이 나오려고 해서였다. 웃음을 누르기 위해 말을 참았다. 크림을 위해 차창을 반 뼘 올렸다.

크림을 곁에 태운 차는 해질녘의 도시 속으로 나아갔다.


출입구가 바라다 보이는 곳에다 차를 대고 크림이 나오기를 기다렸다.

크림이 건물 안으로 들어간 지 20분. 생각보다 면접이 길어지는지 크림은 좀처럼 모습을 드러내지 않았다.

국은 크림이 말한 건물의 4층을 올려다보았다. 사무실 창으로 밝은 불빛이 흘러나왔다.

차에서 내리기 직전 크림에게 어떤 곳인지 물었더니, 인터넷 쇼핑몰이라 들었다고 했다. 구체적으로 어떤 일을 하게 되는지도 물었으나 크림은 거기까진 아직 모른다면서 걸음을 재촉했다.

차 안에서의 초조한 10분이 더 지나갔다.

소개로 오게 되었다고는 해도 국으로선 홍이라는 애가 썩 미덥지 않았다. 온갖 불길한 생각들이 머리를 스쳐 갔다.

국은 차에서 내려 건물 쪽으로 걸어갔다. 막 입구로 들어섰을 때, 계단을 내려서고 있는 크림과 만났다. 놀란 듯 크림이 입을 동그랗게 열었다.

"꾹 아저씨 아직 안 갔어요?"

"간다고는 안 했습니다."

"간다고는 안 했지만 당연히 갔을 줄 알았죠. 그럼 밖에서 여태 나 기다리고 있었던 거예요? 내가 언제 나올 줄 알고요?"

"면접은 잘 봤습니까?"

"으. 또 그놈의 비서체."

콧날을 찌푸리는 크림에게서 낙담한 기색은 느껴지지 않았다. 오히려 가뿐하고 즐거워 보였다. 아마 얘기가 잘된 듯했다.

"무슨 일을 하게 되는 겁니까?"

"음……. 무슨 일이냐 하면요."

입을 떼고서도 크림답지 않게 머뭇거렸다. 무거운 느낌의 머뭇거림은 아니었지만 확인이 필요했다.

"여기서 잠깐 기다려요."

계단을 오르려는 국을 크림이 붙들었다.

"어디 가려고요?"

"4층에 갑니다."

"갑자기 거긴 왜 올라가는데요?"

"무슨 아르바이트인지 확인하러."

어이가 없다는 듯 크림이 항의조로 물었다.

"꼭 아저씨가 그걸 왜 확인하는데요?"

왜. 그것에 대한 정답을 말하려면 마음 저 밑바닥까지 파고 들어 가야 했다.

기다리고 있던 30여 분 동안 어째서 마음이 그리도 불안해 졌는지, 크림에 관한 일이라면 어째서 시시콜콜한 사항까지도 신경이 쓰이는지, 도대체 어떤 아르바이트이기에 크림이 곧바 로 대답하기를 망설이는지.

국은 그중에서 가장 명확한 세 번째 이유를 꺼냈다.

"대답이 망설여질 만큼 말하기 곤란한 일이라면, 과연 합법 적인 일인지 확인부터 해 봐야 하기 때문입니다."

크림의 표정이 애매해졌다. 어처구니없어 하는 것도 같고 터지려는 웃음을 참으려는 것도 같은 얼굴로 국을 쳐다보던 크림이 눈가에 웃음을 담은 채 고개를 크게 두 번 끄덕였다.

"뭡니까, 그건?"

"알겠다는 거죠."

"그러니까 뭘 알겠다는 겁니까?"

"꾹 아저씨가 장황하게 대답한다는 건 뭔가 숨기는 게 있다는 거."

"장황하게?"

"꼭 필요한 말만 단문으로 하는 게 꾹 아저씨 특기잖아요. 근데 방금 전엔 한참 머리를 굴리다가 겨우 대답했어. 아니면 아니라고 해 봐요."

아니라고 말할 수 없었다. 거짓말, 그러면서 크림이 속내를 똑똑히 짚어 내 버릴 것만 같아서.

"나한테 숨긴 거 뭐예요?"

국은 건물을 나서서 차 쪽으로 걸었다. 옆에 찰싹 붙다시피 따라오며 크림이 연거푸 물어왔다.

"뭐냐니까요? 말 안 해 줄 거예요? 그럼 계속 귀찮게 물어 댈 건데? 끝내 말 안 해 줬다간 밤새 내 목소리가 귓가에 울려서 잠도 안 올 걸요?"

국은 걸음을 멈추고 크림을 돌아보았다. 크림도 걸음을 멈추고 초롱초롱한 눈망울로 국을 올려다보았다.

"회장님께 보고해야 합니다."

임시방편으로 택한 대답이지만 거짓말은 아니었다. 어떤 아르바이트이건 이 회장에게 상황을 말해 두어야 하는 것은 사실이니까.

얼핏 크림의 눈가에 실망이 스쳤다. 실망이 아니라 다른 무엇일지도 모르겠단 생각을 크림이 깨 주었다.

"실망했어요."

왜?

"나 여기까지 데려다준 것도, 여태 날 기다리고 있었던 것도, 어떤 아르바이트인지 자꾸만 물어본 것도, 전부 다 할머니 때문이라는 거잖아요. 할머니한테 보고하려고 그랬다는 거잖아요."

"회장님께 보고는 기본 업무입니다."

"알아요. 아저씨는 할머니 비서니까 당연히 해야 하는 일이 겠죠."

"그런데 왜 실망합……."

국의 말을 자르며 크림이 옹골차게 대꾸했다.

"관심인 줄 알았다고요."

국은 입을 꾹 다물었다. 날씬한 회초리가 맨 가슴을 내리긋는 듯했다. 야무진 목소리로 크림이 덧붙였다.

"걱정돼서 그러는 줄 알았다고요."

걱정되었던 것, 맞다고 크림에게 말해 줄 수 없었다. '관심'을 사실이라고 차마 말해 줄 수 없듯이.

국은 아직 알지 못했다. 자신의 마음 저 밑바닥을 면밀히 들여다보려면 시간이 필요했다. 내면의 변화를 인정하고 받아들일 시간이.

묵묵히 차 문을 열어 주자, 크림이 차에 올랐다. 국이 운전석으로 오르기를 기다려 크림이 말했다.

"영화 보러 가요."

거의 명령조였다.

"이상한 방식으로 화를 내는군요."

"화내는 거 아닌데?"

"그럼 뭡니까?"

"데이트 신청하는 건데요?"

"뭐요?"

"데이트. 데이트 몰라요? 한 번도 안 해 봤어요, 데이트?"

"그럴 리가."

연거푸 데이트를 들먹이는 크림의 입을 딱딱한 거짓말로 막았다.

지금 크림이 흔히 통용되는 낭만적인 의미의 데이트를 말하는 거라면, 해 본 적 없다. 지금껏 자신과는 다른 세계에 속한 일이라 여겨 왔다.

"아아, 해 봤구나, 데이트. 억울해. 꾹 아저씨도 해 본 걸 나만 못 해 봤어. 그러니까 나도 그 데이트라는 거 오늘 한 번 해 봐야겠어요."

"그걸 왜 나하고 하려는 겁니까?"

"그럼 누구랑 해요? 지금 내 옆에 꾹 아저씨 밖에 없잖아요. 만약에 지금 내 옆에 째가 있었으면 째한테 데이트하자고 했을 텐……."

"갑시다, 영화 보러."

끊어 내듯 말하고서 차를 출발시켰다. 아무 반응이 없어 슬쩍 곁눈질을 하니 크림이 생글생글 웃고 있었다. 크림의 작전에 보기 좋게 말려들었다는 생각이 들었다.

난데없이 데이트 운운하며 떼를 썼던 크림의 속마음은 단지 극장으로 영화를 보러 가고 싶었던 것뿐. 크림의 요구를 처음부터 들어주었다면 낯간지러운 데이트 타령까지는 안 들어도 됐을 터.

문제는 데이트라는 용어가 아니었다. 크림이 우재의 이름을 입에 올리지만 않았어도 선뜻 응하진 않았을 것이었다.

우재라는 풋내기 녀석의 존재감이 이곳 서울에서까지 자신에게 영향을 끼치고 있다는 점. 그것이 고민해 봐야 될 진짜 문제였다.

새삼 생생하게 등장한 우재를 뇌리에서 지우기 위해 국은 영화 얘기를 꺼냈다.

"보고 싶은 영화라도 있습니까?"

"있어요."

"뭡니까?"

"리틀 포레스트."

곧장 대답하는 걸 보면 역시 크림은 꼭 보고 싶었던 영화가 있었던 거였다. 데이트를 신청하는 거란 말에 잠깐이나마 중심을 잃고 휘둘렸던 자신이 우스꽝스러웠다.

그렇지만 국은 그다지 불쾌하진 않았다. 지금 크림 옆에 있는 사람이 우재, 그 녀석이 아니므로. 지금 크림을 극장으로 데려가 보고 싶다는 영화를 보여 줄 수 있는 사람이 자신이므로.

"홍이가 날더러 우유 빛깔 김태리랬어요."

듣고 보니 좀 닮은 것도 같다.

"김태리가 주인공으로 나오는 영화거든요. 그래서 어떤 얼굴 어떤 모습인지, 정말 나랑 닮았는지 한 번 보고 싶었어요. '리틀 포레스트'라는 제목도 맘에 들고요."

"한국 영화입니까?"

"한국 영화 싫어해요?"

"뭐, 딱히."

싫어하고 좋아하고 할 것도 없다. 취향이라는 걸 기르며 살아오지 않았으니까. 문화라든가 예술이라든가 그런 것들은 전부 흑백의 세계에 속했다. 철저히 무관심했다.

어쩌면 그런 것들을 함께 누릴 사람이 없어서였는지도 모르겠다. 이 회장을 모시며 돈으로 대표되는 냉혹한 숫자의 세계 안에서만 살아오는 동안 정말 냉혈의 인간이 되어 버렸는지도.

생각이 이런 식으로 흘러와 버린 것에 국은 좀 당황스러웠다. 평소라면 하지 않았을 생각들이었으니 말이다. 크림이 마구 헝클어 놓은 퍼즐 더미 속에서 허우적대고 있는 꼴이었다.

국은 대화를 원점으로 돌리려 아르바이트 얘기를 꺼냈다.

"어떤 아르바이트인지는 끝내 말 안 할 작정입니까?"

"할 거예요. 단, 조건이 있어요."

"뭡니까?"

"할머니한테는 에둘러서 보고하겠다고 약속해 주세요."

"에둘러서?"

"꾹 아저씨 성격상 절대로 거짓으로는 보고하지 않을 테니까 나름의 절충안을 제시하는 거예요."

직접 듣지 않아도 국이 얼마든지 알아낼 수 있다는 걸 크림도 모를 리 없었다. 그럼에도 굳이 조건이니 약속이니 들먹인다는 것은 도움을 청하려는 생각일 터. 더럭 걱정이 앞섰다.

"도대체 무슨 일을 하려는 겁니까?"

"약속부터 해 줘야죠."

"알았습니다."

"약속한 거죠?"

"약속."

"피팅 모델이요."

"하."

기어이 한숨이 터져 나왔다.

"할머니가 아시면 절대로 못 하게 할 걸요? 보나마나 외출금지령을 내릴 거예요. 대문엔 문신투성이 보초도 둘쯤은 세우겠죠. 그럼 난 또 높은 성에 갇힌 라푼젤 신세가 되어 버리는 거고요. 그렇게 됐으면 좋겠어요? 내가 불행한 얼굴로 집에서 허드렛일이나 하며 세월을 보내면 좋겠느냐고요."

어떤 식으로든 돈을 벌어들이는 일에 대해서라면 하라 마라이 회장이 참견하는 법은 없었다. 친손녀한테도 그랬는데 하물며 조카 손녀한테야.

지레 걱정하는 크림에게 기우라고 일러 주고 싶었지만 눌렀다. 크림이 지닌 고정 관념이야말로 지극히 상식적인 짐작일 테니. 그러므로 크림이 이 회장을 상식의 범주 안에서 생각하도록 두는 편이 나을지도 모르겠다.

"왜 아무 말이 없어요?"

"그 일, 하고 싶습니까?"

"네, 하고 싶어요. 재미있을 것 같아요. 각양각색의 예쁜 옷들을 마음껏 입어 볼 수 있으니까요. 게다가 돈도 벌고. 일석이조잖아요."

"면접을 아주 잘 본 모양입니다."

"당연하죠. 옷을 세 벌이나 갈아입고 카메라 앞에서 여러 가지 포즈도 취해 본 걸요?"

그러느라 시간이 걸렸던 것을 공연히 혼자 걱정하며 불안해했나 보다.

"어디서 이런 보석이 나타났냐며 무지 좋아했어요."

"보석."

"어? 안 믿는 거예요? 진짜로 그랬다고요. 비율도 좋고 화면발도 죽인다면서 진짜로 나한테 보석이라고 말했단 말이에요."

국은 마음이 불편했다. 보석이란 표현에 거부감이 들어서는 아니었다.

사람들의 눈에는 잘 보이지 않는 곳에 곱게 숨겨 두었던 어떤 것을 불시에 들켜 버린 것 같은 기분.

독점하고 있던 소중한 무언가를 어쩔 수 없이 불특정 다수의 타인들과 공유하게 되어 버린 것만 같은 느낌.

문득 허기가 몰려들었다.

"배는 안 고파요?"

묻자마자 크림이 명랑하게 대답했다.

"고파요!"

"그럼 밥부터 먹읍시다."

"이렇게 아름다운 봄날 저녁에 같이 밥도 먹고 영화도 보고. 우리 진짜로 데이트하는 것 같은데요?"

데이트 같은 거 절대 아니라고 국은 굳이 매듭짓지 않았다. 크림이 어떻게 생각하든 상관없다고 생각했다. 지금이 데이트이건 아니건 국 또한 상관없었다.

다만 크림의 오늘이 행복하기를 바랐다. 그리고 다가올 모든 날들도. 할아버지가 지와타네호에 가 있을 거라 믿으며 내내.

"아닙니다, 안 하네요?"

크림의 말끝에 묻어온 웃음소리가 차 안을 오래 맴돌았다.

❖          ❖          ❖

눈이 부셨다.

아기자기한 카페와 세련된 상점들이 줄 이은 거리에서 머리 위로 맑게 쏟아져 내리는 햇빛을 받으며 갖가지 포즈를 취하는 크림.

카메라는 쉬지 않고 크림의 모습을 화면에다 담아냈다. 크림이 입어 내는 옷들은 장면 장면마다 평범한 평면에서 독특한 입체로 탈바꿈했다.

가장 반짝이는 건 크림이었다.

햇빛 속에서 크림의 긴 연갈색 머리칼은 더욱 아름답게 반짝거렸다. 투명한 피부는 부드러운 미소를 담고서 한결 화사해졌다. 엷게 올린 화장이 크림의 청순함을 더더욱 돋보이게 만들었다.

이 순간 크림에게 집중하는 것은 카메라뿐만이 아니었다. 옷을 돋보이게 하려는 크림의 자태는 여기저기에서 사람들의 눈길을 불러 모았다. 걸음을 멈춘 채 찬탄조차 잊고서 크림을 바라보는 이들이 부지기수였다.

크림으로 인해 옷들이 환하게 살아났다. 크림을 일러 '보석'이라던 쇼핑몰 업주의 표현은 결코 과장이 아니었다. 자연스러운 포즈들도 물론이거니와 크림의 이국적인 외모가 시너지 효과를 일으키고 있었다.

카메라 훨씬 뒤편, 루프 탑 카페에서 그 모든 과정을 지켜보는 동안 국은 자주 눈이 시렸고 때때로 어지러웠다.

눈부시고 눈부셔서 이렇게 계속 보고 있다가는 마침내 눈이 멀어 버릴 것만 같은 여자가 존재할 수도 있다는 사실, 그 존재가 다른 누구도 아닌 크림이라는 것에 적잖이 충격을 받고 있을 때였다.

"와. 진짜 질투 나게 예쁘잖아."

한탄이 섞인 목소리가 귀에 설지 않아 국은 옆을 흘낏 보았다. 기다렸다는 듯 국을 향해 생긋 웃어 보이는 것은 홍이였다. 국은 다시금 시선을 앞으로 돌렸다.

"도 실장님. 이크림 진짜로 예쁘죠?"

국은 아무 대답도 하지 않았다.

크림에게 눈길을 빼앗겨 있느라 홍이가 옆에 왔는지도 몰랐다. 어쩌다 별채에서 부딪쳐도 딱히 말을 섞은 적이 없는데 친근한 척 구는 게 마땅치가 않았다.

눈앞의 크림은 여전히 다양한 포즈로 자유롭게 반짝이고 있었고, 카메라는 그런 크림을 열심히 따라다니는 중이었다.

"원래는 내가 하려던 거였는데 키에서 잘렸어요. 크림보다 고작 3cm 작은데 말예요. 그리고 내 얼굴이 너무 강하게 생겼다나요? 그래서 옷이 죽는대요."

홍이가 궁금하지도 않은 이야기를 늘어놓고는 에휴, 탄식까지 보탰다.

국은 침묵을 지켰다.

"그렇지만 뭐, 오늘 와서 보니까 크림이 딱 적격이네요. 누가 해도 크림만큼 예쁘진 않을 거야. 물론 나였어도 마찬가지!"

언제 탄식을 했나 싶게 즐거운 어조로 홍이가 결론을 내렸다.

홍이를 일컬어 구석진 데가 없는 애라던 크림의 말이 떠올랐다. 오늘 보니 크림과 일맥상통하는 데가 있는 듯도 싶었다.

"오늘부로 나, 도 실장님 포기할게요."

갑자기 이게 뭔 소린가 하고 옆을 돌아볼 수밖에 없었다. 항복하듯 두 손을 양옆으로 펼쳐 올린 홍이가 국을 마주 보고 있었다.

앞에 있는 사람이 크림이었다면 국은 '뭡니까?' 하고 물었을 것이다. 크림이 아니었으므로 차가운 침묵으로 설명을 기다렸다.

국의 시선을 오롯이 받아 내며 홍이가 말했다.

"오늘부로 깨끗이 포기. 왜냐하면, 도 실장님의 눈부처는 오로지 크림이니까."

"눈, 뭐요?"

"눈부처요. 눈동자에 오롯이 담겨 있는 사람."

국은 당황했고, 할 말을 잃었다. 크림에게 사로잡힌 눈빛을 간파당했다. 사로잡힌 마음일지도 모른다고 생각하자 이마가 훅 뜨거워졌다.

방어라도 하듯 홍이를 외면하며 크림 쪽으로 고개를 돌렸는데, 바로 그 순간 먼 크림과 정확히 시선이 맞부딪쳤다. 움직임을 멈춘 크림이 국을 응시했다. 아마도 3초 쯤.

크림은 다시 자유롭게 포즈를 취하며 마음껏 반짝이기 시작했고, 국은 고요히 크림을 지켜보며 남은 시간들을 모두 소진했다. 불쑥 나타났던 홍이는 어느 결엔가 가 버리고 없었다.

크림의 마지막 의상은 흰 블라우스에 발목까지 닿는 보랏빛 랩 스커트였다. 오늘 크림이 입었던 대부분의 옷들이 그러했듯이 기다란 랩 스커트는 몸을 어루만지듯 부드럽게 흘러내리고 있었다.

촬영을 마치자마자 입은 옷 그대로 크림이 총총 뛰어왔다. 단숨에 계단을 뛰어 올라와서는 국 앞에서 쌕쌕 숨을 몰아쉬었다. 물을 건네자 크림이 고개를 저었다.

"아니, 물 말고요."

지금 크림이 원하는 게 무엇인지 국은 단박에 알아차렸다.

묻지도 않고 맥주 두 잔을 주문하는 국을 보며 크림이 활짝 웃었다. 크림의 두 뺨에 엷은 홍조가 어려 있었다. 다른 세계를 경험하고 이제 막 현실로 돌아온 듯 들떠 있는 것도 같았다.

"꾹 아저씨가 여기 와 있는 줄은 몰랐어요. 내내 지켜보고 있을 줄도 몰랐고요."

"조금 전에 왔습니다."

"거짓말. 벌써부터 와 있다가 조금 전에 나랑 눈이 딱 마주친 거였죠. 그래서 꾹 아저씨 뜨끔했잖아요. 맞죠?"

국은 이미 식어 버린 아메리카노를 한 모금 들이켰다. 뜨끔했던 정도가 아니라 숨이 막혔다고는 차마 말할 수 없으므로.

"좀 전에 나 홍이도 봤는데."

서두를 떼놓고는 크림답지 않게 뜸을 들인다.

"그런데요?"

"홍이랑 둘이서 무슨 얘기했어요?"

"신경 쓰였습니까?"

"아니요."

"그런데 왜 묻습니까?"

크림이 콧날을 살짝 찌푸리더니 이내 대답을 바꾸었다.

"네, 신경 쓰였어요. 됐어요?"

솔직한 투항에 하마터면 웃음이 날 뻔했다.

마침 종업원이 가지고 온 수제 맥주 두 잔이 테이블 위에 놓였다. 국은 거품이 탐스럽게 얹힌 맥주잔을 들어 입에 댔다. 맥주에서는 한겨울 아침 공기의 맛이 났다.

잔을 내려놓으며 국은 건조한 어조로 말했다.

"준 고백을 받았습니다."

크림의 두 눈이 동그래졌다.

"준, 고백? 뭐예요, 그게? 고백이면 고백이지 준은 왜 붙이는데요?"

발끈해서는 시비조로 다그쳐 대는 크림을 보며 결국 국의 입꼬리에 웃음이 걸리고 말았다. 워낙 찰나인 데다가 웃음이라기보다는 희미한 미소에 더 가까울 텐데도 크림이 용케 잡아채고는 걸고넘어졌다.

"웃고 있잖아. 고백 받아서 좋은가 봐요?"

"나쁠 것도 없지요."

"그래서 뭐라고 했어요? 설마, 생각해 보겠다, 뭐 그런 건 아니겠죠? 그랬음 완전 실망할래요. 물론 꾹 아저씨가 그랬을 리야 없겠지만."

"그랬을 리야 없겠다? 무슨 근거로 장담하는 겁니까?"

"내가 아는 꾹 아저씨는 절대로 그럴 사람이 아니니까요. 그렇게 흐리멍덩한 대답으로 여지를 주는 짓은 안 할 사람이니까요. 아니면 아니라고 해 봐요."

국은 맥주잔을 들었다. 한 모금, 또 한 모금, 깊고 서늘한 맛의 맥주가 목을 타고 넘어갔다. 맥주만으론 입가에 스미는 미소를 지울 수가 없었다. 내버려 두었다.

"또 웃고 있잖아. 그렇게 좋아요? 고백 받은 기념으로 오늘 밤엔 심혈을 기울여 일기라도 쓸 기세야."

"일기 같은 건 원래 쓰지 않습니다."

대꾸 대신 크림이 두 손으로 맥주잔을 쥐고는 발칵발칵 들이켰다. 촬영이 끝나기 무섭게 이리로 달려오던 때처럼 단숨에 잔을 비워 버렸다.

"진짜 뭐라고 대답했어요? 말 안 해 줄 거예요? 비밀이에요?"

연이은 질문 폭탄과 함께 탁자에다 두 팔을 얹은 채 상체를 앞으로 기울여 크림의 얼굴이 국 쪽으로 바짝 다가들었다.

코앞에서 들여다보이는 크림의 눈동자 안에서 국은 자신의 모습을 보았다. 늘 시리도록 빛나는 그 눈망울 속에 오롯이 담겨 있는 한 사람의 형상을 보며 저도 모르게 중얼거렸다.

"눈부처……."

"눈부처? 그게 뭐예요? 눈사람 같은 거예요?"

국은 자리에서 일어났다. 숨 막히도록 빤히 쳐다보는 크림의 눈빛이 국을 따라왔다. 촬영 도중 잠시 국에게로 꽂혀 들었던 그 눈빛이었다.

외면하기 힘들었다. 아니, 외면을 거부하는 응시였다. 다시금 숨이 막혀 왔고, 국은 간신히 입을 뗐다.

"그만 갑시다."

"대답해 줄 때까지 안 갈 거예요."

"이크림 씨가 신경 쓸 일 아닙니다."

"신경 안 쓰고 싶은데 자꾸만 신경이 쓰이는 걸 어떡해요?"

"왜."

어쩌면 자신에게 향해야 할 화두를 크림에게 돌리고 말았다. 후회는 되지 않았다. 알고 싶으니까. 크림이 이토록 신경 쓰여 하는 이유를.

"왜……?"

나직이 되물으며 일렁이는 크림의 눈동자 속에는 여전히 국이 들어 있었다.

chapter 10

아이스 * 크림

막 번역 수업이 끝난 뒤였다.

크림은 엘리베이터에 오르는 대신 비상구 표시가 있는 계단
으로 향했다. 번역 작가 강좌가 열리는 문화센터에서 한 층만
올라가면 국의 사무실이 있었다.

아침에 국의 차를 타고 함께 나왔고, 그가 강의가 끝나는 시
간도 알고 있으므로 사무실에서 기다리고 있을 것만 같았다.

복도를 지나 사무실 문 앞에 이르렀을 때, 크림의 휴대폰이
울렸다. 국일 거란 생각에 냉큼 휴대폰을 꺼내 든 크림은 화면
속의 상대방 이름을 확인하곤 살짝 김이 샜다.

"째."

—크림! 나 내일 서울 간다!

"내일? 서울엔 왜?"

―왜는 무슨 왜? 너 만나러 가지. 넌 왜 당연한 걸 묻고 그러냐?

당연한 것?

크림은 일순 맘이 복잡해졌다.

'왜'에 대해서 '당연함'으로 대답할 수 있는 관계. 오래 되어 언제 만나도 서로 편안한 사이. 이유 따위 물어볼 필요도 없도록 지극히 당연한.

우재가 그런 친구가 아니라고는 말하지 못하겠다. 하지만 뭔가 미흡하다. '왜'라는 물음에 '당연한 것'으로 대답할 수 있는 사람은 따로 있는 것만 같다.

―뭐냐, 이 미적지근한 반응은? 설마 나 만나기 싫은 거?

"누가 그렇대? 뜻밖이라서 좀 놀란 거지. 우리 째가 나 만나려고 서울까지 날아온다니 감동인데?"

―크크크. 그치, 그치? 우리 내일 만나면 뭐 하고 놀까?

"근데 아줌마한테 허락은 받았어?"

―말도 마라. 몇 날 며칠을 애걸복걸해서 겨우 받아 냈다. 나 없으면 가게는 누가 보냐고 난리, 난리. 이번 참에 서울에서 아주 확 뿌리를 내릴까 보다. 서울에서 알바 구하면 여기서 엄마가 주는 돈의 몇 배는 벌 텐데.

"철딱서니 없는 소리. 잠은 어디서 자고 밥은 어떻게 먹을 거야? 서울은 방값이 장난 아니라더라."

―너희 고모할머니네 집 어마무지하게 크다면서. 네가 고모할머니한테 말 좀 잘해서 빈방 하나 달라고 하면 되잖아. 그

럼 너도 매일매일 볼 수 있고 얼마나 좋아. 안 그래?

떡 줄 사람은 생각도 않는데 혼자서 꿈에 부풀었다.

"할머니 그런 분 아니야. 그러니까 꿈 깨셔."

—아무튼 내일 서울에서 너 볼 생각하니까 설렌다.

"날 만나서 설레는 거야, 서울 오는 게 설레는 거야?"

들떠 있는 기분에 맞춰 주느라 가볍게 시비를 걸었더니, 우재가 즉각 대답했다.

—그야 당연히 너 만나니까 설레는 거지.

또 '당연히' 다. 미안하지만 난 '당연히'는 아닌데. 크림은 장난으로라도 토를 달지 못했다. 그저 서둘러 통화를 마쳤다.

"내일 서울 오면 전화해."

—오케이. 내일 보자.

면밀히 말하자면 우재의 당연함이 부담스러워지려고 했다. 우재한테서 듣는 설렌다는 말이 조금 무겁다.

설렘이라는 말이 마땅히 놓여야 할 자리는 우재가 아니라 다른 사람. 부담스러움이나 무거움 없이 당연하게 설렘을 말할 수 있을 사람은……

크림은 생각을 미처 마무리 짓지 못했다. 불현듯 코끝으로 휘감겨 오는 냄새 때문이었다. 익숙하고도 반가운 그 냄새는 국의 것.

반짝 뒤돌아서자, 눈앞에 국이 서 있었다. 감정을 헤아리기 어려운 표정을 짓고 있는 그에게 크림은 생긋 웃음 지었다.

"떠메어 가도 모르겠습니다."

그 말인즉슨 통화에 열중해서 그가 다가와 있는 것도 몰랐음을 은근히 타박하려는 것일 테다.

통화하는 내내 사무실 문이 닫혀 있었으니, 아마도 복도 끝 엘리베이터에서 내려 가까이로 다가왔던 모양이었다. 우재와 통화하는 동안 등 뒤에 조용히 지켜 서 있었나 보다.

"꾹 아저씨가 언제나 그림자처럼 지키고 있는데 감히 누가 날 떠메어 가요?"

"언제나?"

"언제나는 아닌가? 그럼 취소. 언제 왔어요? 소리도 없이 이렇게 갑자기 딱 나타나 있어서 놀랐잖아요."

짐짓 투덜댔지만 사실은 반가움이 더 컸다.

"여긴 오지 말라고 말했을 텐데요."

마뜩찮은 기색을 드러내 보이며 국이 말했다.

"같은 건물인데, 겨우 한 층 올라온 것뿐인데 뭐가 문제예요? 수업 끝나고 그냥 가기 심심해서 꾹 아저씨 얼굴이나 한 번 보고 가려고 했죠."

"집에서 매일 보는 얼굴을?"

왜냐고 묻고 있는 걸까. 움직임 없이 그 자리에 서 있는 국이 한걸음 바투 다가선 느낌이었다.

"그러게요. 매일 보는 얼굴을 여기서 왜 또 보려고 했을까나? 나도 모르겠어요. 매사에 논리적으로 합당한 이유가 있어야만 하는 건 아니잖아요. 그냥 그때, 그때 마음 내키는 대로 좀 살면 하늘이라도 무너져요?"

"그때, 그때 마음 내키는 대로."

"아니, 그러니까 그게 기분 따라 막 살겠다는 뜻이 아니라."

말을 또렷이 끝맺지 못하고 얼버무리게 된 것은 막다른 골목으로 밀려나 벽에 등이 닿아 버린 것만 같아서였다.

게다가 지금 국의 심기가 뭔가 불편하게 느껴지고 마땅찮아 하는 듯 보이는데 그 뭔가가 무엇인지를 잘 모르겠다.

이럴 땐 시시콜콜 꼬리를 잡아 불씨를 키우느니 얼른 화제를 바꾸는 편이 나았다.

"맞다. 쇼핑몰에 그날 촬영한 사진들 올라왔어요. 아직 못 봤죠? 내가 보여 줄게요."

크림은 휴대폰을 열고 쇼핑몰 사이트로 들어갔다. 업로드되어 있는 사진들을 차례로 보여 주었으나 국의 표정에서 별다른 변화는 발견할 수 없었다.

"예쁘죠?"

"전혀."

사막 같은 대구에 서운해진 크림은 쨍한 눈으로 국을 쏘아붙였다.

"무슨 대답이 그래요? 정말 안 예뻐도 예의상 예쁘다고 해 줘야 되는 거 아니에요? 그리고 안 예쁜 거 아니잖아요. 누가 봐도 예쁜데. 왜 그런 식으로 대답해요? 도대체 뭐가 불만이에요?"

"내일."

"내일? 내일 뭐요?"

"찾으러 갑시다."

"뭘 찾으러 가요?"

"도국 최초의 기억."

어이가 없어 웃음이 났다. 크림은 웃음을 깨물고서 물었다.

"갑자기?"

"다음에 가겠다고 그때 약속했습니다. 기억 안 납니까?"

"나요, 기억. 5백 년 전 일도 아닌데 당연히 기억하고 있죠. 그런데 그날 말한 다음이란 게 갑자기 내일로 정해진 이유가 뭐냐고요. 아침까지만 해도 아무 말도 없었잖아요."

"그래서 불만입니까?"

"아니, 불만이라기보다는. 꾹 아저씨가 충동적으로 뭘 결정하는 스타일도 아니고. 아무래도 이상하니까 그렇죠."

"가기 싫습니까?"

평소의 국답지 않게 훅 치고 들어오는 어투다. 도망칠 데도 없는데 또 한걸음 뒤로 밀려나는 느낌이었다.

"싫다고는 안 했거든요?"

"그럼 가는 겁니다. 내일."

"왜 자꾸 내일을 강조하는 거예요? 수상해. 내일 무슨 날인가?"

고개를 갸웃하다 어떤 생각이 머리를 휙 스쳐 갔다. 짐작했던 것처럼 국은 우재와의 통화를 뒤에서 다 듣고 있었던 거였다. 그랬다면 내일 우재와 만나기로 한 것 또한 알게 되었을 터.

생각이 정리되고 퍼즐이 맞춰지자 크림의 얼굴에 다시금 웃음이 떠올랐다. 그러니까 지금 국의 심기가 편치 않은 까닭은 우재 때문이었던 것이다.

"문제는 내일이 아니라 다른 데 있었어."

크림의 웃음 섞인 중얼거림에 국이 미간을 좁혔다. 의문이 담긴 눈빛도 건너왔다.

"미안해서 어떡하죠? 내일은 나 선약이 있는데."

부러 여유를 부리자, 국이 대뜸 물었다.

"누굽니까, 선약?"

"알면서 뭘 물어요?"

"모릅니다."

"거짓말. 등 뒤에서 다 듣고 있었잖아요."

"듣고 있었던 게 아니라 들렸던 겁니다."

"아무튼요. 내일 내가 째랑 만나기로 한 거 알고 있으면서 왜 갑자기 최초의 기억을 찾으러 가자고 했어요?"

"약속을 지키려는 것뿐입니다. 내일밖에는 시간이 나지 않……."

"싫어요?"

말을 자르며 단도직입적으로 물었다. 국의 시선이 크림에게 붙박였다. 의문이 서린 눈빛을 마주 보며 크림은 풀어서 설명해 주었다.

"내가 째 만나는 거요."

국의 대답은 잠시 틈을 두었다가 다가들었다.

"싫다고 말한 적 없습니다."

"그럼 내일 내가 째를 만나러 나가도 꾹 아저씬 아무 상관 없겠네요?"

이번엔 대답이 꽤 늦었다. 국의 얼굴에 곤혹스러운 기색이 역력했다.

거짓말을 들켜 버릴 긍정의 대답과 솔직한 마음이 드러날 부정의 대답.

둘 사이에서 어느 쪽도 선택하지 못한 채 입을 꾹 다물고 서 있는 국을 보며 크림은 아까 마무리하지 못한 생각의 종착점에 놓일 이름이 누구인지 깨달았다. 깨달음과 동시에 조금 설레었다.

"꾹 아저씨 지금 나랑 썸 타고 있다."

"뭡니까, 그게?"

몰라서 묻는 어조는 아니었다. 그보다는 불만의 표출에 가까웠다.

"알잖아요, 썸."

"아닙니다, 그런 거."

"마음에 관한 일에 있어서는 함부로 장담하는 거 아니랬어요. 사람의 마음이란 변화무쌍하기가 이를 데 없어서 아침에 다르고 저녁에 또 다르다고요. 달라진다고 해서 나쁜 것도 아니고 변함없이 올곧다고 해서 반드시 정의로운 것도 아니랬어요."

"누가 그런 소릴 했⋯⋯."

350

"우리 할아버지가요."

국의 턱이 눈에 띄게 굳었다. 불시의 습격이라도 받은 것 같은, 그러면서도 복잡해진 얼굴이었다.

크림 또한 조금 심란해졌다. 그간 마음의 가장자리로 애써 밀쳐 두었던 할아버지를 그야말로 불시에 소환해 버린 셈이니 말이다.

추억이라는 잎들을 잘라 내고 혈연이라는 가지를 쳐 내도 세월의 뿌리는 건재해서 생각지 못한 때와 장소에서 그 존재 감을 드러내고 마는.

그런 사람이 할아버지 하나였으면 좋겠다. 앞으로 펼쳐질 모든 날들에는 그런 사람이 또 없었으면 좋겠다.

침묵하고 있던 국이 반격하듯 물었다.

"그래서 대체 뭘 주장하고 싶은 겁니까?"

"시시각각 변화하는 그 순간에 집중하라. 흐르는 마음을 외면하지도 홀대하지도 마라!"

"홀대."

허를 찔린 듯 읊조리는 국에게 크림은 찬찬히 짚어 주었다.

"네, 홀대. 내가 느끼기에 꾹 아저씨는 자주 자기 마음을 홀대하고 있더라고요. 그럼 못 써요. 주인한테 홀대받는 마음이 날마다 얼마나 외롭겠어요?"

말을 마친 크림은 뜀뛰듯 걸어 엘리베이터로 갔다. 내려감 버튼을 눌러놓고 국이 옆으로 오기를 기다렸다.

내일은 국에게만 속할 하루.

서울에서의 조우를 기대하고 있을 우재한테는 미안하지만 어쩔 수 없었다.

국이 싫어하니까. 함께 최초의 기억을 찾으러 가자 하니까. 막연했던 '다음'을 약속이라 말하니까.

곧 크림 곁에 국이 와 섰다. 엘리베이터 문이 열렸다. 크림이 먼저, 국이 뒤따라 엘리베이터에 올랐다.

"나 방금 결정했어요."

"뭘 말입니까?"

"나의 내일을 꾹 아저씨한테 주기로요."

"거꾸로 된 것 같습니다만."

"거꾸로? 아아, 꾹 아저씨의 귀중한 내일을 나한테 오롯이 할애해 주는 거라고요? 선약이 있었던 건 난데요? 꾹 아저씨 때문에 째를 바람맞히게 생겼잖아요. 나 만나러 서울까지 왔는데 째가 얼마나 실망하겠어요?"

"그렇게 마음 쓰이면 그놈의 째를 만나러 가시든가."

"그놈의 째? 어감이 영 험악한데요? 나 모르게 째한테 무슨 감정이라도 품고 있었던 거예요?"

"감정은 무슨."

"혹시 그날 산장에서 나 잠들어 있던 동안 둘 사이에 무슨 안 좋은 일이라도 있었던 건 아니겠죠? 이를 테면 주먹다짐이라든가."

"어린애한테 그런 짓을 할 리가."

1층에 다다른 엘리베이터가 문을 열었다. 국이 먼저, 크림이 뒤따라 내렸다. 크림은 앞서가는 국을 따라잡아 나란히 걸으며 선심 쓰듯 말했다.

"아무렴 어때요. 내일을 우리가 함께 나눈다는 게 중요한 거지."

앞만 바라보며 걷고 있는 국에게는 보이지 않을 테지만 생긋 웃음도 더했다.

밖은 햇빛이 눈부시게 쏟아지는 한낮이었다. 도심의 거리엔 차들과 사람들이 저마다의 방향으로 바삐 흘러 다니고 있었다.

만약 국이 배웅을 나온 거라면 여기까지일까. 눈이 부시도록 환한 오늘은 이제 여기에서 안녕인 걸까.

그러기 싫었다. 배도 고프긴 했지만 물리적인 허기 이상의 어떤 것들이 크림에게 밀려들었다. 출입구 앞에 선 채 움직이지 않는 국을 올려다보며 크림은 요청했다.

"만약에, 내가 꾹 아저씨한테 오늘도 달라고 하면요?"

"욕심도 많습니다."

"나의 내일을 먼저 욕심 부린 건 꾹 아저씨잖아요."

"오늘, 특별히 하고 싶은 거라도 있습니까?"

"있어요."

"뭡니까?"

"자전거요. 강변으로 자전거 타러 갈래요. 혼자서 말고 꾹 아저씨랑 같이. 아, 그전에 밥부터 먹을래요. 배고파요. 사실은 아까부터 배고팠어요. 만날 꾹 아저씨가 사 줬으니까 오늘은 내가 맛있는 거 사 줄게요. 나 알바비 받았거든요. 큰돈은 아니지만 점심 한 끼 정돈 사 줄 수 있어요. 대신 길 안내는 꾹 아저씨가."

국이 걸음을 뗐다. 크림은 그 곁을 같이 걸었다. 서두를 것 없이 느긋하게, 그러나 내딛는 발걸음마다 즐겁게.

"근데 아깐 어디 다녀오는 길이었어요? 하마터면 엇갈릴 뻔했잖아요. 설마 꾹 아저씨 혼자서 점심 먹고 들어오는 길이었던 건 아니죠?"

"아래층에 내려갔다 오는 길이었습니다."

"아래층엔 왜요?"

무심히 묻다가 의미를 파악하고는 입가에 웃음이 번졌다.

"나는 위층으로, 아저씨는 아래층으로. 우리 진짜 엇갈렸던 거구나."

"넘겨짚는 취미가 있나 봅니다."

"칫. 그런 취미는 없거든요?"

"문화센터 사무실에 볼일이 있어 내려갔던 겁니다."

"거짓말."

노래하듯 대꾸하자 국이 말을 돌렸다.

"뭐 먹고 싶어요?"

"꾹 아저씨가 먹고 싶은 거요."

"원숭이 요리여도?"

"원숭이 요리여도. 왜냐하면 오늘을 달라고 한 건 나니까. 오늘은 뭐든 꾹 아저씨가 바라는 대로."

"내일이 걱정되는군요."

"미리부터 걱정은 금물. 아까 내가 해 준 말 벌써 까먹었어요? 매 순간에 집중하라고 했잖아요. 오늘은 오늘만 살아요. 내일은 내일 살면 되니까."

"파이팅."

특유의 덤덤한 어조에 실린 것은 국 나름의 긍정. 크림은 쿡 웃어 버렸다.

"최선의 응답이네요."

국에게서 대답은 없었다. 그는 그저 앞으로 나아갔다. 크림도 그랬다.

곁에서 걷는 걸음걸음마다 보드라운 바람결이 뺨을 만지고 머리칼을 기분 좋게 헤집었다. 봄바람이었다.

❀     ❀     ❀

둘이 함께일 '내일'은 이루어지지 못했다. 쇼핑몰 고객들의 폭발적인 반응 덕분에 급히 잡힌 촬영 스케줄 때문이었다.

국은 별다른 내색이 없었지만 크림은 무척 아쉬웠다. 촬영 장소에 지난번처럼 국이 와서 지켜봐 줄 거라 생각했지만 할머니의 갑작스런 출장 지시 때문에 그마저도 어긋났다.

가만히 따라오던 국의 눈길은 부재했지만, 크림은 오후 내내 형형색색의 옷들을 갈아입으며 사진 촬영을 순조롭게 끝냈다.

이번에도 쇼핑몰 대표가 여러 벌의 옷들을 크림에게 주었다. 촬영 내내 크림이 입었던 옷들이었다. 입고 다니며 살아 움직이는 광고판 역할을 해 달라는 의미라고도 했다.

대타로 내보낸 홍이가 우재와 함께 촬영 구경을 올 줄 알았는데, 나타나기는커녕 저녁이 되도록 둘 다 연락조차 없었다.

촬영도 즐겁게 마쳤고 몸에 착 감기는 예쁜 옷도 몇 벌이나 얻었건만 크림은 마음 한구석이 허전했다. 해가 지고 어둠이 내리며 점점 휘황해지는 도시의 거리를 혼자 걷는 일은 역시 쓸쓸하다.

크림은 근처의 버스 정류장에 들어가 앉아 휴대폰을 꺼냈다. 휴대폰을 처음 받을 때 마음을 반짝이게 만들었던 그 이름에게 전화를 걸었다.

―도국입니다.

"어디예요?"

―가는 중입니다.

"운전 중이에요? 그럼 나중에 할까요?"

―아니, 괜찮아요. 촬영은 잘 마쳤습니까?

"네, 아주 잘. 이제 들어가려고요."

―배고프겠네.

"완전 고파요."

―15분만 참아요.

"15분? 왜요?"

―15분이면 도착할 수 있을 겁니다.

"나한테요?"

—네.

함박웃음이 말을 지웠다. 가는 중이라던 말에 함축된 뜻을 크림은 이제야 알았다. 반갑고 기뻤다.

첫 촬영 때도 그랬듯 말해 주지 않아도 촬영 장소 파악쯤이야 일도 아닌 사람. 뒤에서 묵묵히 필요한 정보를 취합해서 행동으로 보여 주는 사람.

할머니의 비서로서 다져 온 실무 능력 중 한 부분일 수도 있겠지만, 그러한 국이 크림은 미더웠다.

—끝나는 시간에 맞추려고 했는데 조금 늦었습니다.

"올 거면 온다고 말해 주지."

그럼 괜히 허전해하지도 쓸쓸해지지도 않았을 거잖아요.

못다 한 말이 입안에 남았다.

—혹시, 같이 있는 겁니까?

"같이? 누구랑요?"

얼른 대답이 없는 가운데 우재가 떠올랐다. 크림은 웃으며 확인했다.

"그놈의 째요?"

—같이 있는 거라면 차 돌리고.

"돌리지 마요. 절대로 차 돌리지 마. 곧장 앞으로만 직진. 나한테 와요. 15분이든 15일이든 기다리고 있을 거니까."

국의 대답은 조금의 여백 뒤에 다가들었다.

—알았습니다.

크림은 미소 지었다. 어쩌면 지금 국의 입가에도 엷은 미소가 떠 있을지도 모르겠다고 생각하면서.

"나 지금 한참 걸어 내려와서 버스 정류장에 있어요. 건너편엔 한성일보 사옥이고요."

—그럼 10분.

정확히 10분 후, 크림이 일러 준 곳으로 국의 차가 왔다. 국이 차에서 내려 단정한 자세로 조수석 문을 열어 주기 전에 크림은 재빨리 차에 올라탔다.

"오늘도 새 옷이군요."

"응, 예쁘죠?"

차를 다시 출발시켰을 뿐 국에게선 아무런 말도 건너오지 않았다.

"예쁘면 예쁘다 말해 주면 되는데, 또 마음을 홀대하고 있어."

투덜거리는 크림에게 국이 물었다.

"뭐 먹고 싶어요?"

"맥주!"

"배고프다면서."

"배고플 땐 맥주죠. 지난번 그 카페 수제맥주 완전 맛있던데 거기 갈래요?"

"수제맥주에 눈뜨셨네."

"캔 맥주만 고집하던 나의 소확행에 약간의 변화가 오고 있달까요?"

"변화라기보다는 디테일의 차이겠죠."

"변화가 무섭구나, 꾹 아저씨는."

탁구 치듯 툭툭 잘도 받아 주던 말이 끊겼다. 다문 입과 굳은 턱이 크림의 짐작을 확인시켜 주었다. 우연히 짚어 낸 정곡에 크림은 흐뭇해졌다.

"매 순간에만 집중하면 변화 따위 무서워하지 않아도 되는데."

"무섭다고 한 적 없습니다."

"그럼 싫은 건가? 무서운 거나 싫은 거나 거기서 거기. 피차일반이죠, 뭐."

"엄연히 다른 걸 같은 거라 우기고 있으니 유구무언입니다."

크림은 그만 웃어 버렸다.

"사자성어까지 데려다 강하게 주장하시니 그렇다고 해 둘게요."

"그렇다고 해 두는 게 아니라 그런 겁니다."

"알았어요, 알았어. 꾹 아저씨는 절대로 변화를 무서워하는게 아니라는 거. 단지 싫어할 뿐이라는 거. 이제 됐죠?"

"네, 됐습니다."

"네, 됐습니다."

어투를 똑같이 흉내 내자, 국이 크림을 돌아보았다. 못마땅하다는 듯 슬쩍 올라간 눈썹을 보며 크림은 또 흐뭇해졌다. 감정을 감쪽같이 감추는 게 아니라 조그만 조각이나마 드러내어 보여 주는 셈이니까 말이다.

크림은 국을 향해 활짝 웃어 보였다. 그의 시선은 이내 앞으로 돌아갔지만 크림은 얼굴에 가득한 웃음을 지우지 않았다.

차창 밖 거리는 불빛들로 휘황찬란한데 차 안에는 침묵만이 감돌았다. 그러나 불편하거나 어색하지 않았다.

한동안 조용하던 차 안에 문자 날아드는 소리가 울렸다. 크림은 주머니에 넣어 두었던 휴대폰을 꺼내 확인했다.

〈얘 은근 귀여워.〉

국이 넌지시 물었다.

"누굽니까?"

첫 촬영 날 국의 대꾸가 생각나 고스란히 되돌려 주었다.

"신경 쓰이나 봐요?"

"네."

'그럴 리가' 라든가 '아닙니다' 라는 대답이 건너올 줄 알았더니 의외였다. 이 또한 숨기지 않는 감정 표현일 터. 반가워진 크림은 이유를 물었다.

"왜요?"

"옆에서 문자나 통화를 하고 있으면 몹시 신경이 쓰여 운전에 집중할 수가 없습니다."

대답 한 번 사무적이다. 괜한 기대가 머쓱해져 툴툴거렸다.

"굉장히 까다로우시네요."

문자가 또 날아들었고, 국이 또 물었다.

"누굽니까?"

"홍인데요."

"아."

크림은 홍이의 두 번째 문자를 확인했다.

〈순박하게 내 말도 잘 듣고 외모도 이만하면 합격점. 남친 삼을까 봐.〉

맘에 없는 말은 하지 않는 홍이다. 국에게 했다던 포기 선언만큼이나 우재에 대한 호감 표시도 진심일 테다.

크림은 곧장 홍이한테 답을 보냈다.

〈축하해!〉

홍이의 답은 'ㅋ'의 대향연이었다.

크림은 입가에 미소를 띠운 채 말했다.

"꾹 아저씨 방금 차였어요."

"무슨 뜻입니까?"

"홍이가 째를 남친 삼고 싶대요. 아저씨한테 준 고백했던 게 언젠데 그새. 거 봐. 내가 그랬잖아요. 변화무쌍한 게 마음이 하는 일이라고. 아무튼 꾹 아저씨 좀 서운하겠다."

"즐겁지는 않군요."

담백한 음색 탓에 농담인지 진담인지 헷갈렸다. 지금이야말로 '아닙니다'라고 단단히 말해 주면 좋았을 것을.

"나도 뭐, 썩 즐겁지는 않네요. 홍이랑 노느라 째가 날 까맣게 잊어버렸나 봐요. 어쩜 전화도 한 번 안 하는지 몰라. 내가 해 봐야 하나?"

"그 녀석이랑 통화하라고 사 준 휴대폰이 아닙니다."

소유권이라도 주장하듯 강경한 어조에 크림은 조금 놀랐다. 이참에 휴대폰에 대해 확인을 해 봐야겠다.

"말이 나와서 말인데, 내 휴대폰 말이에요. 할머니가 사 주라고 한 거 아니라던데요? 할머니는 그런 명령 내린 적 없다던데요?"

숨을 길게 내쉴 만큼의 틈을 둔 뒤에 국이 대답했다.

"건의를 드렸고, 회장님께서 허락하신 겁니다."

"할머니가 허락 안 하셨으면 안 사 줬을 거예요?"

"이미 허락하셨으니 불필요한 가정입니다."

"어쨌든 건의를 한 사람은 꾹 아저씨잖아요. 그런 건의 굳이 안 해도 되는데. 왜요? 왜 그랬어요?"

"대도시에서 휴대폰은 필수품이니까. 그래서 건의 드린 겁니다."

"그냥 아무 이유 없이 사 주고 싶어져서가 아니고요?"

"그럴 리가."

"그럼 내가 걱정돼서? 급한 일이라도 생겼을 때 연락이 닿지 않으면 무지 답답하니까? 맞죠?"

"그렇다고 해 둡시다."

"그렇다고 해 두는 게 아니라 그런 거예요."

"하여튼 고집은."

혼잣말처럼 툭 흘러나와 버린 국의 감정이 반가웠다. 할머니의 비서라는 자신의 위치를 되새겨 주려는 듯 매번 사용하는 존대어가 아니어서 좋았다.

크림은 국의 옆얼굴을 가만 바라보았다. 먼 길의 출장을 다녀온 저녁인데도 평온해 보였다.

"오늘은 많이 힘든 일 아니었나 봐요."

"......"

"지난번에 나 아르바이트 면접 보러 가던 날. 그날은 꾹 아저씨가 무척 힘들어 보였거든요. 지쳐서 한 사흘쯤 다 놓아 버리고 쉬고 싶은, 그런 얼굴. 오늘은 그날 같지 않아서 다행이에요."

"......"

"할머니한테 꾹 아저씨 힘든 일 좀 그만 시키라고 말할까 봐요."

침묵을 지우며 국이 말했다.

"힘들지 않습니다."

마음 써 주어서 고맙다는 말로 번역되었다. 건조하기 짝이 없는 대꾸였지만 크림은 그렇게 믿고 싶었다.

차 안에 다시금 침묵이 감돌았다. 평온하고도 나른한 침묵이었다.

엘리베이터가 7층에 멈췄다.

복도를 걸어가며 크림은 좀 설레었다. 오늘의 방문을 미리 일러두지 않았고, 번역 수업도 없는 날이기에 국이 아마 놀랄 것이다. 놀라기만 하지 말고 반가워도 해 주었으면 좋겠다.

국이 예상 밖의 순간들과 만날 때 살짝이나마 흐트러지는 모습을 크림은 보고 싶었다. 꽝꽝 얼어붙은 고드름 나무가 기지개 켜며 오랜 잠에서 깨어나도록 국을 계획에 없던 순간들과 좀 더 자주 만나지게 하고 싶었다.

사무실 문을 노크하고 들어서자, 언젠가 본 적 있는 크림 또래의 직원이 활짝 웃으며 친근하게 인사를 했다. 크림도 웃으며 인사를 하고는 닫혀 있는 안쪽의 문을 가리키며 물었다.

"도 실장님 안에 계세요?"

"어, 도 실장님 지금 안 계시는데."

"어디 가셨는데요?"

"실장님 아까……."

직원의 대답을 자르듯 안쪽의 문이 벌컥 열렸다.

안에서 나온 사람은 국이 아니었다. 몇 주 전의 이른 아침, 대문 앞에서 크림과 실랑이를 벌였던 용 문신이었다. 그다음 날 저녁 사랑채에서의 사과 이후로 맞대면은 처음이었다.

"이게 누구신가. 이런 누추한 데까지 찾아와 주시고, 영광입니다."

용 문신의 과장된 환영 인사에 크림은 꾸벅, 조금은 어색하게 인사를 했다.

"안녕하세요. 잘 지내셨죠?"

"덕분에 아주 잘 지냈습니다만. 그런데 여긴 어쩐 일로?"

직원이 크림을 앞질러 대답했다.

"도 실장님 만나러 왔대요."

연예인이라도 만난 듯 감탄 어린 눈길로 크림을 보는 직원에게 용 문신이 매서운 힐난을 날렸다.

"농땡이 피우지 말고 가서 일이나 해."

잔뜩 주눅 든 얼굴로 직원이 책상 앞으로 가 앉자, 용 문신이 크림 앞에 다가서며 느긋한 어투로 말했다.

"도 실장님 지금 쉬고 계실 텐데."

"어디서요?"

"옥탑방에서."

"아아, 옥탑방."

고개를 주억거리는 크림에게 용 문신이 말했다.

"올라가 봐요. 복도 끝 비상구 계단으로 가면 돼요."

크림은 사무실을 나와 계단으로 향했다. 용 문신이 일러 준대로 계단 맨 위쪽에 옥상으로 나가는 철제문이 보였다. 계단을 한달음에 뛰어올라 문을 밀어 열자 거센 바람이 밀어닥쳤다. 크림은 바람과 맞서듯 옥상으로 나섰다.

광장처럼 넓은 옥상의 난간 아래에는 여러 대의 에어컨 실외기가 놓여 있고, 오른편에선 커다란 환풍기가 거친 소리를 내며 돌아가고 있었다. 왼편에는 높이가 낮은 시설물이 있었는데 드라마에서나 본 옥탑방보다는 낡은 창고라고 칭하는 게 더 어울릴 것 같았다.

크림은 그리로 다가갔다. 노크를 할까 하다 조심스레 문을 열었다. 밖에서 바라본 느낌이 맞았다. 내부는 방이라고 할 수 없는 공간이었다. 마감이 투박한 시멘트 바닥엔 흙먼지가 휘날리고 구석엔 버려진 음료 캔이며 부탄가스 통들도 나뒹굴고 있었다.

"아무도 없잖아."

찜찜한 기분으로 뒤돌아서던 크림은 소스라치게 놀랐다. 문 바로 앞에 서 있는 남자 때문이었다.

"갑자기 그렇게. 놀랐잖아요."

크림의 말에 용 문신이 그녀를 보며 소리 없이 웃었다. 온 몸을 아래위로 끈끈하게 훑어 내리는 웃음이었다.

위기감에 크림의 등으로 식은땀이 흘렀다. 할머니 집에서와는 상황이 달랐다. 소리를 질러도 달려와 줄 사람이 없는 곳. 질러 댄 소리조차 바람 소리와 환풍기 소리가 먹어 치워 버릴, 앞뒤 좌우 모든 곳이 다 막혀 버린 공간.

탈출구는 용 문신이 가로막고 선 문 하나뿐이었다. 그러나 용 문신은 이미 문 안으로 들어섰고 그 손에 의해 문도 닫혔다.

암담했다. 이 시점에서 왜 그런 거짓말을 했느냐고 앙칼지게 따지기부터 하면 용 문신을 더 자극하는 꼴이 될 것 같았다. 비열한 웃음을 짓고 있는 용 문신에게 크림은 침착하게 부탁했다.

"비켜 주세요."

"싫은데."

"도 실장님과 만나기로 약속했어요. 내가 늦으면 찾을 거예요."

"거짓말도 잘 하시네. 대단히 안타깝게도 오늘 도 실장은 지방으로 출장을 갔거든."

출장 간다는 얘긴 듣지 못했다. 용 문신이야말로 좀 전처럼 새빨간 거짓말을 하고 있을지도 모른다.

하지만 대개 그랬듯이 할머니로부터 갑작스레 출장 지시가 떨어졌을 가능성도 높다. 그리고 만일 국의 지방 출장이 사실이라면 상황은 더 심각해질 터였다.

크림은 낙담한 기색을 내비치지 않으려 노력했다. 겁에 질린 모습을 보이면 용 문신이 더더욱 발톱을 세울 것만 같아서였다. 크림은 차분히 다시금 말했다.

"비켜 주세요."

"내가 왜? 지금 당장 네 목을 비틀어도 여기선 아무도 모를 텐데 말이야."

"내 목을 비틀고 싶어요?"

"응, 그러고 싶어."

"만약 여기서 나한테 좋지 않은 일이 일어나면 할머니가 가만 계시지 않을 거예요."

용 문신이 코웃음을 쳤다.

"어림없는 소리. 도 실장이 하늘처럼 떠받들어 모시니까 네가 진짜로 공주님이라도 된 줄 아는 모양인데. 천만에. 회장님은 너 따위한테 어떤 일이 일어나건 눈 하나 깜짝 안 하실 거야. 왜 그런 줄 알아?"

핏줄에 연연하지 않는 냉혹한 분이라서?

머릿속을 스치는 답에 크림은 절망스러웠다. 할머니를 지렛대로 삼아 이 상황을 모면해 보려던 생각도 보기 좋게 어긋났다. 그렇다 해도 이대로 포기할 수는 없었다. 용 문신이 입을 열기도 전에 크림은 생각을 정리하고 입을 열었다.

"원하는 게 뭐예요?"

"원하는 걸 말하면 순순히 들어주겠다는 얘기 같은데?"

그럴 리야 당연히 없다. 그러나 지금은 위기 상황. 어떻게든 빈틈을 찾아야 했다. 크림은 체념한 듯이 말했다.

"기왕 벌어질 일이라면 엉망진창으로 몸이 상하면서 당하고 싶진 않으니까요."

크림 앞으로 바짝 다가선 용 문신이 속삭이듯 말했다.

"그러니까, 기왕 일어날 일이라면 같이 좀 즐겨 보자?"

같이 즐긴다는 표현에 온몸에 소름이 끼쳤다. 하지만 크림은 남자 앞에 혐오감을 드러내지 않으려 애썼다.

"담배 있어요?"

"담배를 피는지는 몰랐는데?"

"원래는 안 피는데, 지금 같은 순간엔 도움이 될 것 같아서요."

"그렇겠지."

용 문신이 담배 한 개비를 꺼내 불을 붙이고는 크림에게 건넸다. 담배를 받아 든 크림은 입에 가져가 무는 척하다 재빨리 용 문신의 팔뚝에다 담뱃불을 찍었다.

"아악!"

질겁한 용 문신이 어깨를 움츠리며 팔을 털어 냈다.

크림은 그 틈을 타서 용 문신을 피해 창고 문을 잡아당겼다. 문 너머로 한 발을 내딛는 찰나, 용 문신의 손에 머리채가 휘어 잡혔다. 아픔보다도 두려움이 훨씬 강했다.

문 밖으로 나가려는 크림과 못 나가게 막으려는 용 문신 사이에 몸싸움이 벌어졌다. 옷이 뜯김과 동시에 단추가 튕겨 나가고 끈 떨어진 백이 어딘가로 날아갔다. 필사적으로 버텼으나 남자의 우악스런 힘을 크림이 감당하기는 역부족이었다.

결국 문 안쪽으로 끌려 들어와 버린 크림은 문을 닫으려는 용 문신의 사타구니를 있는 힘껏 걷어찼다. 문 밖으로 밀려난 용 문신이 외마디소리를 내며 주저앉으면서도 크림이 나가지 못하게 밖에서 문을 닫아 버렸다.

크림은 다급히 문에 달려들어 안쪽의 빗장을 질렀다. 밖으로 나가지 못할 거라면 용 문신이 안으로 들어오지 못하도록 차단할 수밖에. 다행히도 안쪽의 잠금장치는 단단했고, 깨뜨릴 유리창은 하나도 없었다. 그럼에도 크림은 몸으로 막듯 문에 등을 대고 앉았다.

문 밖에서 듣도 보도 못한 쌍욕들이 연거푸 터졌다. 눈앞에서 용 문신이 없어졌으니 욕설 따위야 상관없었다. 한고비를 넘겼다고 생각하니 긴장이 풀린 몸이 비로소 덜덜 떨려왔다. 두피가 화끈거리고 목덜미가 쓰라렸다.

찢어진 옷자락을 여미는데, 돌연 문이 덜컹거렸다. 이미 잠겨 있다는 걸 알면서도 크림은 반사적으로 온몸에 힘을 주어 문을 방어했다. 열고 들어오려 몇 번을 시도하던 용 문신이 다시금 험한 욕설을 터뜨렸다.

"안에서 잠갔다 이거지. 거기서 얼마나 버티는지 보자."

이어 찰캉거리며 금속이 부딪쳐 나는 소리가 울렸다. 짐작컨대 바깥쪽에서 문에다 자물쇠를 채우는 소리였다. 용 문신이 중간 중간 욕을 섞어 가며 말했다.

"옥상 문도 잠그고 갈 거니까, 나올 생각은 안 하는 게 좋아. 그리고 여기 이 가방은 내가 보관한다."

발자국 소리가 멀어졌다. 쾅, 옥상의 철제문이 닫히는 소리가 들렸다.

크림은 여전히 문을 등지고 앉은 채로 모아 올린 두 무릎을 껴안았다. 휴대폰이 든 가방을 빼앗겨 버려 더 막막했지만 울지 않으려 노력했다. 기다리고 있으면 국이 반드시 찾아오리라 믿으며 눅눅한 어둠 속에서 시간을 버텼다.

막막한 시간이 흐르는 동안 어둠의 밀도가 짙어지자 할아버지 생각이 났다. 산속의 집에서 살 때 할아버지가 가장 걱정했던 부분이 바로 오늘과 같은 일이었다.

산장엔 밤이고 낮이고 낯선 등산객들이 드나들었다. 숙박과는 상관없이 지나가는 길에 물이나 음식을 청하는 사람들도 많았다. 개중엔 파렴치한 이들도 없지 않았다. 크림을 함부로 대하거나 탐욕스러운 눈으로 쳐다보며 수작을 걸던 남자들.

꼭 그런 이들이 아니라도 옆방에 남자들이 숙박하는 날이면 할아버지는 밤 내내 잠을 설치기 일쑤였다. 자신이 깊은 잠에 빠져 크림에게 닥친 위험을 감지하지 못할까 봐. 그 사이에 혹여 크림에게 불상사라도 닥칠까 봐.

할아버지는 당신이 죽고 나면 산장에 혼자 남을 크림을 걱정했다. 괜한 걱정이라고 크림은 할아버지한테 큰소리를 쳤더랬다. 그런 놈들 쯤이야 혼자서도 얼마든지 감당할 수 있노라고 허세도 부렸다.

그땐 충분히 알지 못했다. 할아버지가 우려하는 상황이 생각보다 드물지 않으며, 깊고 외진 산속이 아닌 도시 한가운데에서도 종종 처할 수 있다는 것을.

할아버지가 그래서 산을 아주 떠나 버린 걸까.

내가 산에서 살아가지 못하게 하려고.

새삼 깨닫게 된 결론이 가슴을 뭉클하게 저몄다.

국을 기다리며 단단하던 마음이 할아버지 생각으로 차츰 허물어졌다. 비죽 눈물이 나려는 걸 간신히 눌렀다.

"울어 봐야 봐 줄 사람도, 달래 줄 사람도 없거든?"

어린아이한테 말하듯 크림은 스스로를 타일렀다.

바깥 세상에 해가 졌는지 서서히 한기가 몰려들었다. 크림은 몸을 한껏 웅크리고 치렁치렁한 원피스 자락을 최대한 겹쳐 여몄다. 하지만 바닥과 맞닿은 엉덩이로 파고드는 냉기는 어쩔 수 없었다.

밤늦게까지 집에 들어오지 않으면 할머니가 국에게 찾으라는 명령을 내리겠지. 그러면 그가 어디에 있었건 지구 끝에서라도 그 즉시 달려오겠지.

그런데…… 여기 갇혀 있을 줄을 어떻게 알까? 그가 여기저기 엉뚱한 데를 열심히 헤매 다니는 사이 밤이 깊어 가면 어쩌지?

꼬리를 무는 생각 끝에 다시금 암담해졌다. 이 와중에 배까지 고팠다. 허기를 인식하자마자 갈증도 밀려왔다.

"나가면 제일 먼저 맥주부터 한 캔 마셔야지. 그리고 할머니한테 보고를……."

아까 용 문신이 했던 말이 되살아나 말문을 막았다.


"회장님은 너 따위한테 어떤 일이 일어나건 눈 하나 깜짝 안 하실 거야."


"아니, 할머니는 두 눈 다 아주 크게 깜박이실 걸?"

씩씩하게 반박해 보았지만 자꾸만 마음이 가라앉았다. 한 번도 웃어 준 적 없는 할머니의 얼굴이 스르르 스쳐 갔다.

크림은 고개를 저어 할머니의 차가운 얼굴을 털어 냈다.

한밤까지, 어쩌면 내일까지도 이렇게 갇혀 있어야 할지 모르니까 체력을 비축해야 했다. 몸의 힘은 물론이거니와 무엇보다도 마음의 힘을.

"기분 전환엔 노래를!"

기왕이면 크림은 신나는 노래를 부르고 싶었다. 노래에 맞춰 춤도 추고 싶었다. 그런데 춤 출 만큼 즐거운 노래가 선뜻 떠오르지 않았다.

이 순간 가슴속으로 스며드는 노래는 하나.

'거짓말 거짓말 거짓말'.

슬퍼질지도 모르겠다고 생각했지만 그냥 불렀다. 암흑과도 같은 어둠 속으로 노랫말이 아득히 번져 나갔다.

❀　　　❀　　　❀

어딘가에서 희미하게 문을 두드리는 소리가 들려오는 것 같았다. 이름을 부르는 귀에 익은 목소리도 함께.

"이크림!"

선잠을 떨치며 벌떡 일어나려던 크림은 다리가 저려 풀썩 주저앉았다. 문에다 대고 확인하듯 국을 불렀다.

"꾹 아저씨?"

문손잡이가 바삐 비틀리는 소리. 그리고 다시 국의 목소리.

"문 열어요."

몸을 일으킨 크림은 손을 더듬더듬 짚어 문에 질러 놓았던 쇠 빗장을 빼냈다. 문이 열리며 바깥의 빛과 공기가 한꺼번에 쏟아져 들어왔다. 열쇠를 손에 쥔 채 나무처럼 우뚝 선 국의 어깨 너머로 올려다 보이는 하늘이 연푸른빛이었다.

드디어 국이 자신을 찾아냈다는 안도감에 크림은 웃으며 중얼거렸다.

"아침이네."

"지금, 웃음이 나와요?"

국의 얼굴은 그 어느 때보다도 더 서늘하게 굳어 있었다.

"꾹 아저씨 걱정했구나? 나 괜찮은데."

"괜찮다고? 하……. 지금 이게 괜찮은 겁니까? 지금 그 꼴이 정말 괜찮은 거라고 생각하는 겁니까? 오지 말라고 했잖아. 사무실엔 드나들지 말라고 했는데 왜 말을 안 듣고 이 지경까지 만드는 겁니까!"

국이 이렇게 언성을 높이는 모습은 처음이었다.

상냥하게 도닥여 줄 거란 기대는 아예 안 했다. 덤덤한 태도로 다친 데가 없는지를 살핀 다음, 이 상황을 초래한 용 문신에 대해서 크림이 납득할 만한 뒤처리를 해 줄 거라고만 생각했다.

그런데 지금 국은 감정을 마구 터뜨리며 크림을 책망하고 있었다. 괜찮은 거냐는 체크도, 어떻게 된 거냐는 질문도 다 건너뛴 채 분노를 발산하고 있었다.

그런 국이 서운하진 않았다. 오히려 기뻤다. 처음 만나는 그의 모습이 반가웠다.

"화내고 있다."

크림은 나직이 중얼거렸다.

"꾹 아저씨가 나 때문에 막 화내고 있어."

국의 표정에 균열이 일었다. 스스로도 충격 받은 듯한 얼굴이었다.

"아니라고 해 봐야 소용없어요. 엄청 화난 거 다 보이니까. 참지 못하고 막 화내 버린 거 다 봐 버렸으니까."

크림을 외면하며 국이 탄식과도 같은 숨을 내쉬었다. 아마도 날뛰는 감정들을 조율하려는 것일 터.

크림은 짐짓 아무 일도 없었던 것처럼 옷에 묻은 먼지를 털었다. 문 앞에 선 국을 지나쳐 옥상으로 나섰다.

먼 산에서 이제 막 떠오른 해가 도시의 하늘을 환히 밝히기 시작했다.


국을 졸라 찜질방으로 갔다.

집에 가 할머니와 마주 대하는 일을 되도록이면 뒤로 미루고 싶었던 것이다. 용 문신의 말이 꺼림칙해서는 아니었다. 옷까지 찢어진 채 형편없는 몰골로 들어갔다가 할머니한테 또 어떤 소리들을 들을지 뻔했고, 생각만 해도 피곤했다.

크림은 그저 편안히 쉬고 싶었다. 따뜻한 데다 몸을 누이고 싶었다. 불안과 기다림으로 밤을 견디다 새벽녘에야 설핏 들었던 잠을 마음껏 보충하고 싶었다.

드라마에서나 보던 찜질방이란 델 꼭 한 번 가 보고 싶었다는 말에 국도 더는 반대하지 않았다. 그는 크림을 찜질방 안에 들여 보내기만 하고 함께 들어가진 않았다. 따로 할 일이 있다고 했다.

크림은 뜨거운 물로 샤워를 하고 뜨끈한 온돌 바닥에다 노곤해진 몸을 뉘었다. 긴장이 풀린 탓인지 눕자마자 잠이 솔솔 쏟아졌다.

한숨 달게 자고 일어나 국이 사다 준 청바지와 스웨터로 갈아입었다. 옷은 크지도 작지도 않게 꼭 맞았다.

먼저 나간 국이 차에서 기다리고 있었다. 뛰어가 차에 오르자, 국이 약봉지를 건넸다. 상처에 바르는 연고와 밴드가 들어 있었다.

"나 자는 동안 꾹 아저씨 무지 바빴네요. 새 옷들도 맞춤으로 골라오고, 약국까지 뛰어갔다 오고."

뛰어가진 않았습니다.

평소처럼 그렇게 제동을 걸 줄 알았다. 그런데 옷을 건네어 줄 때도, 약 봉지를 내밀 때도 그러했듯이 국은 침묵만 지키고 있었다.

크림은 손등과 턱 밑과 쇄골 등 자잘하게 긁힌 자리에다 연고를 발랐다. 밴드도 하나씩 뜯어 붙였다. 남은 밴드와 연고를 도로 봉지에 넣으려는데 국이 되가져 갔다.

"왜요?"

대답 없이 국의 손길이 크림의 목덜미 뒤쪽으로 뻗어 왔다. 아까부터 목 뒷부분이 살짝 쓰라리긴 했다.

"거기도 있어요?"

역시 대답은 없었다. 그저 맡은 바 책무를 수행하듯 묵묵히 머리칼을 들추어 연고를 바르고 밴드를 붙여 주었을 뿐이었다.

따뜻하지도 차갑지도 않은 손길이었다. 상처를 눈여겨보았다가 약을 발라 주는 사람치고는 냉정하게까지 느껴지는 태도였다.

크림은 좀 혼란스러웠다. 국의 심리가 궁금하기도 했다. 그가 지금 무슨 생각을 하고 있는지 알고 싶었다. 그러려면 집으로 들어가는 시간을 좀 더 미루어야 했다.

어떤 말이 국의 걸음을 멈추게 하는지 크림은 몇 번의 경험으로 알고 있었다.

"나 배고파요."

거짓말은 아니었다. 어제 점심때부터 지금까지 만 하루를 꼬박 굶었으니까.

국이 크림을 데려간 곳은 아담한 한식당이었다. 크림에겐 묻지도 않고서 주문을 했고, 맑은 대구탕이 나왔다.

크림은 따끈한 국물부터 몇 숟갈 떠먹었다. 맛도 맛이려니와 비어 있던 속이 든든히 채워지는 것 같았다.

"맛있어요."

밥을 말아 부지런히 퍼먹는 크림과는 달리 국은 뜨는 둥 마는 둥 했다.

"먹는 게 왜 그래요? 나 잠든 새 꾹 아저씨 혼자 밥 먹은 건

377

아니겠죠?"

이번에도 대꾸는 없었다. 대답하지 않으면 안 될 질문을 던져야겠다.

"나 거기 있는 건 어떻게 알고 왔어요?"

"아침에 사무실 직원한테 들었습니다."

"아아."

크림은 끄덕였다. 용 문신 앞에서 끽 소리도 못 하던 직원의 얼굴이 떠올랐다. 그 직원이 국에게 저간의 상황을 귀띔해 주는 용기를 내지 않았다면 창고에서의 막막한 시간이 언제까지 흘러갔을지 모를 일이었다.

정말 그랬다면 탈진해서 쓰러져 버렸을지도 몰랐다. 그리고 막 화를 내는 국의 모습을 못 보게 되었을지도. 생각만으로도 아찔했다.

"고맙네. 언제 가서 인사라도 해야겠어요."

국이 비스듬히 내려 두고 있던 고개를 들고 크림을 보았다. 딱딱하게 굳은 턱과 입매만 봐도 심중을 알겠다.

"알았어요, 알았어. 사무실엔 절대로 안 갈게요. 그러니까 이제 그만 화내요. 앞으론 말 잘 들을게요. 네?"

국이 눈길을 내렸다. 크림은 다시 밥을 먹다가 조심스레 말을 꺼냈다.

"나 거기 가둔 그 사람 말이에요."

기계적으로 숟가락질을 하고 있던 국의 손이 움직임을 멈추었다.

"지난번처럼 사과 같은 건 받기 싫어요. 얼굴 다시 보는 것도 싫으니까."

"다시 볼일 없을 겁니다."

국의 어조가 너무도 비장해서 반은 장난삼아 묻고 말았다.

"죽였어요?"

"……."

"꾹 아저씨가 직접?"

"밥 먹어요."

더 묻지 말라는 뜻.

크림은 더 캐묻지 않았다. 할머니께 보고하고 모종의 지시를 받든 국이 자기 선에서 처리하든, 용 문신에 대해서는 더 생각하고 싶지 않았다.

크림이 밥을 다 먹자마자 국도 수저를 내려놓았다. 반이나 넘게 남아 있는 국의 밥을 보니 마음이 안 좋았지만 더 먹으라고 강권할 수가 없었다. 억지로 떠넘겨 봐야 체하기나 할 때가 있는데 오늘의 국이 그런 것 같아서였다.

나 때문이라는 생각.

미안하면서도 뭔가 모르게 감미로웠다.

식당을 나온 국은 곧장 차를 출발시켰다. 당연히 할머니의 집으로 가는 줄 알았다. 그러나 차는 어느새 도심을 벗어나 고속도로로 진입하고 있었다.

"어디 가는 거예요?"

잠자코 운전만 하는 국에게 크림은 기대를 품고서 물었다.

"설마, 최초의 기억 찾으러?"

아무런 대답도 건너오지 않았지만 크림은 설렘과 더불어 생각했다.

말 대신 행동으로 실천하는 사람이라고. 어제 낮부터 오늘 아침까지의 나쁜 기억들은 깡그리 지워 버리도록 국이 뜻밖의 시간을 열어 주고 있는 거라고.

국이 차창을 반 뼘 내렸다. 날이 더없이 화창해 코끝으로 스며 오는 공기가 상쾌했다.

서주에 도착했다. 아직 해가 기울기 전이었다.

보육원이 자리한 곳은 중심지에서 벗어나 조용한 마을이었다. 보육원의 대문이 보이는 공터에 차가 멈췄다.

"여기구나."

차창 너머로 국이 자랐던 보육원을 건너다보며 크림은 가만히 중얼거렸다.

최초의 기억이 반드시 행복한 빛깔일 수는 없다. 누구에게는 다시 떠올리고 싶지 않을 순간일 수도 있을 것이다. 외로움이라는 긴 그림자를 숙명처럼 거느리고 사는, 국 같은 사람에게는.

크림은 어두운 동굴 속에 갇혀 있을 국의 그 순간을 밝은 데로 끄집어내 주고 싶었다. 함께 되짚어 보며 나름의 의미를 발견하도록 해 주고 싶었다. 오래 가둬 둔 그날의 기억 가운데서 반짝이는 조각 하나라도 찾게 해 주고 싶었다.

그럴 수만 있다면. 그리하여 국이 거느린 그림자가 조금 더 짧아질 수 있다면. 그래서 일상의 그가 조금 더 환해질 수 있다면. 꽝꽝 얼어붙은 고드름이 조금이나마 녹아내릴 수 있다면.

그렇지만 역시 애잔하다.

자신이 버려진 보육원에서 생애 첫 기억을 찾아야 하는 남자. 그리고 그런 그를 곁에서 바라보는 것.

"생각나요?"

침묵하는 국에게 크림은 제안했다.

"눈을 감아요."

"최면이라도 걸려는 겁니까?"

"최면에 걸릴까 봐 무서워요?"

"그럴 리가."

"그냥 현재를 잠시 지우고 처음 그날로 날아가 보는 거예요. 눈을 감으면 아무것도 안 보이잖아요. 그럼 오래된 기억을 불러들이기가 훨씬 쉬울 거예요. 눈 감은 채 나만의 시간을 거슬러 올라가는 거죠."

국이 눈을 감았다. 딱딱한 어깨가 눈에 들어왔다. 눈만 감았을 뿐 현재에 머물러 있는 그에게 크림은 장난스럽게 채근했다.

"최면 같은 거 절대 안 걸 테니까 뒤로 기대고 편안히 앉아요."

국이 상체를 시트에 기댔다.

"한결 편안해 보이네. 이제부터 꾹 아저씨는 멀고 먼 시간의 강을 건너가는 거예요. 천천히…… 아주 천천히……."

"최면 같은 거 안 건다더니?"

"최면 아니거든요?"

"그럼 주문인가."

"내가 무슨 주술사라도 돼요? 신비한 주문을 외는? 최면엔 안 걸려들고 주문엔 걸려들 거예요?"

"집중할 수가 없어."

툭 내뱉는 말투가 정겨웠다. 크림은 미소 지었다.

"나 때문에요? 알았어요. 그럼 난 입 꼭 다물고 있을게요. 이제부턴 꾹 아저씨 혼자 옛 시간 속으로 걸어가는 거예요. 출발!"

낮은 외침을 신호로 크림은 입을 다물었다. 곧 차 안에는 부드러운 고요가 공기처럼 맴돌기 시작했다.

크림은 숨죽인 채 국을 지켜보았다. 이토록 세심하게 그의 옆얼굴을 뜯어본 적이 있었을까. 그가 이렇게 마음껏 응시를 허용하는 순간도 없었다. 그의 두 눈이 감겨 있어 가능한 일.

국을 보며 크림은 생각했다.

이따금 국이 두 눈을 감아 주었으면 좋겠다고. 이렇게 자신만의 세상으로 침잠하는 동안만이라도 차가운 결계를 느슨히 풀고 안온해졌으면 좋겠다고.

국에게로 향하는 소망들이 당황스럽지는 않았다. 아지랑이처럼 피어오르는 감정들을 굳이 휘저어 내치고 싶지도 않았다.

국 곁에서 크림도 눈을 감았다. 어린 날의 국의 모습이 마치 추억처럼 머릿속에 아련히 그려졌다. 한 번도 본 적 없는 소년이 낯설지 않았다. 그때도 국은 지금과 크게 다르지 않은 이미지였다.

그 누구에게도 완전한 겹침을 허용하지 않는 존재. 처음부터 오롯이 혼자였을 것만 같은 사람. 그래서 타고난 외로움이 거추장스럽지도 두렵지도 않은 남자.

그런 사람을 크림은 또 하나 알고 있었다.

할아버지.

지금은 곁에 두어도 언젠가는 등을 돌려 다시 혼자인 시간으로 되돌아갈까, 이 사람. 할아버지처럼.

상상의 끝자락에 와락 쓸쓸함이 밀려들었다.

그러니까 이런 사람한테 마음 건네면 안 되겠지. 할아버지와 이별했듯이 너무도 갑작스레 서로 등지게 될 테니까. 그런 날엔 마음이 아프겠지. 어쩌면…… 할아버지 때보다도 더 많이. 그러니까, 그러니까…….

일종의 다짐과 함께 크림은 눈을 떴다. 국을 돌아보니, 그는 이미 눈을 뜬 상태로 보육원 쪽만 바라보고 있었다.

"시간 여행은 잘 다녀왔어요?"

"……."

"나도 살짝 다녀왔어요. 꾹 아저씨의 먼 시간들 속으로 날아가서, 소년이던 꾹 아저씨를 훔쳐봤어요."

"어땠습니까?"

"음, 지금이랑 거의 비슷했어요."

"재미없었겠군요."

"꾹 아저씨는요? 꾹 아저씨는 어땠어요?"

"나는, 가지 못했습니다."

"아플까 봐 가지 않은 건 아니고요?"

"그럴지도."

가슴속 저 어딘가가 따끔, 아팠다. 건조하기 짝이 없는 대꾸 하나가 가슴속 깊은 데까지 건드리고 침투할 수 있음에 크림 은 난감한 기분이 되었다.

이러면 곤란한데. 조금 전에 되새겼던 다짐이 금세 무색해 지잖아.

"순순히 인정하니까 꾹 아저씨 같지 않잖아요."

"인정하진 않았습니다."

"네, 네. 어련하시겠어요."

크림은 부러 툴툴거렸다.

일순 국의 입가에 흐린 미소가 스쳐 갔다. 찰나여서 방금 입술에 스쳐 간 그 움직임이 미소였는지 확인하기조차 어려웠 다.

하지만 크림은 맘이 푸근해졌다. 국에게는 아마도 흐트러짐 이라서. 그의 흐트러짐을 이끌어 낼 수 있어서.

크림은 안전벨트를 풀어내고 몸을 시트 깊이 묻었다. 보육 원 뒤편의 낮은 산과 맞닿은 하늘이 살굿빛으로 물들어 가고 있었다.

"해가 지고 있어요."

"……."

"노을이 예쁘죠?"

"……."

"먼 어느 날엔가는 오늘, 지금 이 순간도 기억이 되겠죠? 그때 돌이켜본 오늘은 어떤 빛으로 기억될까요?"

"……."

"내가 모르는 어딘가에서 할아버지도 지금 저 노을을 바라보고 있겠죠?"

할아버지를 생각하며 크림은 소망을 품었다.

"어디에서든 할아버지의 오늘이 따뜻했으면 좋겠어요."

침묵을 지키고 있던 국에게서 하아, 낮고도 깊은 숨결이 흘러나왔다.

저 숨결이 만약 손에 닿으면 델 듯이 뜨거울까. 몸에 닿으면 어떨까. 어지러울까. 무거울까. 어쩌면 반짝거릴까.

무심코 들이닥치는 상상에 소스라친 크림은 황급히 국을 외면했다. 낮에 국의 손길이 스치듯 머물렀던 목덜미에 열꽃이 돋는 것만 같았다.

차에 시동을 걸고는 국이 말했다.

"갑시다."

"이젠, 어디로요?"

크림의 질문과 시선 앞에서 국은 이내 대답하지 못했다. 어찌할 바를 모른 채 고민에 잠긴 사람 같기도 했는데, 그런 그의 얼굴이 크림은 싫지 않았다.

생각의 갈피를 열어 하나하나 들여다보고 싶은 마음과 그대로 덮어 두고 외면해야 한다는 마음. 두 가지가 대등해서 크림 또한 잠시 고민스러웠다.

그새 주위는 조금 더 어두워지고 노을 색은 조금 더 진해졌다. 이윽고 국의 목소리가 귓가로 다가왔다.

"지와타네호로."


한 시간 남짓 달려온 차가 낯선 곳에 멈춰 섰다.

잠을 떨친 크림은 목을 앞으로 빼고 차창 너머를 내다보았다. 가로로 길게 뻗은 5층 건물은 창마다 흰 불빛을 밝히고 있었다.

이곳은 크림의 지와타네호가 아니었다. 크림에게 있어 지와타네호는 추억이 알알이 깃든 산과 산속의 작은 집.

국은 분명 지와타네호로 간다고 말했는데.

그렇다면 여기는…….

"여기가…… 어디예요?"

불안한 직감을 확인하려는 질문인지도 몰랐다. 눈앞의 건물에 걸린 네온사인에서 요양 병원이라는 글자를 또렷이 보고 난 뒤였으니 말이다.

"지와타네호로 간다고 했잖아요."

"여깁니다."

"거짓말."

"어르신께선 5층에 계십니다."

"어르신? 그게 누군데요?"

이미 무슨 상황인지 예감하면서도 크림은 따지듯 물었다. 아니기를 바랐다. 할아버지의 지와타네호가 요양 병원일 리가. 갈 수 없도록 아주 먼 곳이어도 괜찮으니 차라리 다른 곳이었으면 했다.

국이 차에서 내렸다. 차와 크림을 등지고 병원을 향해 서 있는 국의 모습이 짙은 그림자 같았다.

크림도 차에서 내려 국 앞에 섰다.

"할아버지가 왜 여기 와 계신 거예요?"

"암입니다."

숨이 막혀 할 말을 잊었다. 믿을 수 없었다. 받아들일 수 없었다. 아니, 믿기도 받아들이기도 싫었다.

"죽어요? 죽는 거예요? 우리 할아버지 돌아가시는 거예요?"

깊이를 알 수 없는 눈으로 잠시 크림을 내려다만 보고 있던 국이 무거운 입을 뗐다.

"사람은 누구나 죽습니다."

안다. 잘 알고 있다. 누구나 한번은 죽음과 직면한다는 것을. 남겨진 이들의 슬픔 따위 아랑곳없이 한순간 이 생을 떠나버린다는 것을. 순서도 예고도 없이, 언젠가 다시 만나지리란 희망 같은 것도 없이 영원히 끝. 아빠가 그러했던 것처럼.

그럼에도 지금은 맹렬히 저항하고 싶다. 국이 거짓말이라고 말해 주었으면 좋겠다. 남은 시간들이 아직은 많다고, 치유의 방법들도 충분하다고, 그러니 재회의 기쁨을 더 크게 누리라고 말해 주었으면.

그러나 국이 지키는 침묵은 엄혹한 사실을 그대로 보여 주고 있었다. 헛된 기대는 접어라 말하고 있었다.

크림은 국을 노려보고 또 노려보았다.

몸속의 모든 눈물이 얼어붙도록. 그리하여 결코 뺨을 타고 흘러내리지 못하도록. 가슴 안에 눈물을 품고도 단단히 버틸 수 있도록.

시린 정적을 깨며 국의 휴대폰이 울리기 시작했다.

chapter 11

아이스크림

창밖에 햇빛이 가득했다.

국은 병실 복도 끝 창가에 서서 여태 쥐고 있던 휴대폰을
만지작거렸다.

이제 곧 5월. 크림을 그녀의 할아버지가 있는 요양 병원으
로 데려다준 날로부터 여러 날이 흘렀다.

그날 크림은 국과 처음 만나던 날 그러했듯이 사뭇 시린 눈
으로 국을 쏘아보았다. 만지면 쨍하고 금이 가 버릴 것만 같던
그 눈빛을 국은 단 하루도 지울 수가 없었다. 크림의 눈빛은
국의 가슴 안에서 시시때때로 얼음 조각처럼 반짝였다.

그날 국은 요양 병원으로 크림과 함께 들어가지 않았다. 이
회장이 갑자기 쓰러졌다는 연락을 받아 크림을 거기 둔 채 돌
아서 와야만 했다.

지금껏 크림에게선 어떤 연락도 날아들지 않았다. 그 침묵은 국을 허용하지 않겠다는 고집과 원망처럼 느껴지기도 했다.

하루, 이틀, 사흘.

그럭저럭 견딜 만했던 시간은 꼭 거기까지였다. 그 사흘마저도 입원한 이 회장 곁을 밤낮으로 지키고 있느라 가능했던 것인지도 몰랐다.

매일매일 국은 크림의 안부가 궁금했다.

할아버지와 해후하며 서로 간에 부딪침은 없었는지, 간병하느라 병실에서 불편하게 지낼 것도 걱정스러웠지만, 가장 알고 싶은 건 크림의 마음속 풍경이 어떤 빛깔인지였다.

이따금 환청처럼 크림의 목소리가 귓가로 찾아들곤 했다. 꾹 아저씨, 하고 국을 부르는 목소리가.

"도 실장!"

신경질적인 부름이 크림으로 가득 찬 국의 상념을 깼다.

이 회장 문병을 마치고 나온 서 대표가 병실 문 앞에서 국을 쳐다보고 있었다. 가까이 다가가자, 못마땅한 표정으로 서 대표가 말했다.

"어머니께서 자넬 찾으시네."

"네, 들어가 보겠습니다."

"그런데 말이야."

서 대표가 닫혀 있는 병실 문을 흘끔거리더니 국의 소맷부리를 잡아끌고는 복도 끝으로 걸음을 옮겼다.

"도대체 크림, 그 아이는 누군가?"

의아해진 것은 국이었다. 서 대표의 의중을 헤아리느라 즉답을 않고 있으니, 불만스러운 물음이 연이었다.

"대체 누구기에 손녀딸도 안 찾으시는 분이 편찮으신 와중에도 그 아이를 먼저 찾아? 크림이라는 아이, 혹시 자네 동생인가?"

어이없는 질문이 아닐 수 없었다.

그러고 보니 크림이 이 회장의 집에 온 지 얼마 되지 않았던 때에 그녀를 일하는 사람처럼 대하던 서 대표의 태도가 떠올랐다.

의혹에 찬 서 대표의 눈길 앞에서 국은 일단 깔끔하게 잘랐다.

"아닙니다."

"아니지? 난 또 너한테 숨겨 둔 동생이라도 있었나 싶었지."

점잖은 체하며 '자네'라 칭하더니 그새 '너'라고 바뀌었다. 늘 천한 아랫사람 대하듯 해 왔으므로 딱히 마음 어지러울 일도 아니었다.

"미리 일러두겠는데 말이야. 너 하나만으로도 모자라서 없던 동생까지 집으로 끌어들여 어머니 눈을 흐리게 만들려는 짓은 안 하는 게 좋아. 그런 꼴은 내가 절대로 가만 두고만 보진 않을 것이니. 명심해 두라고."

허세에 찬 엄포쯤이야 두려울 것도 없었다. 다만 서 대표가 크림에 대해서 전혀 모르고 있다는 것이 마음에 걸렸다.

"입원하신 김에 회장님께서 종합 검진을 받으시면 좋을 것 같습니다만."

"검진 같은 건 질색하는 분 아닌가?"

"가족력도 있고 하니, 대표님께서 권해 보시면 어떨……."

"가족력이라니?"

"외숙부님께서 암 투병 중이시지 않습……."

"외숙부? 뭔 소리를 하는 거야? 나한테 외숙부가 어디 있다고? 우리 엄마는 무남독녀 외딸이라고. 우리 아버지도 일찌감치 돌아가시고 핏줄이라곤 딱 나 하나뿐인데, 뜬금없이 웬 외삼촌?"

서 대표가 모르는 게 아니라 이 회장이 숨기는 것이라면?

혹은 서 대표의 말이 사실이라면?

두 가지 전제를 염두에 둔 채 국은 꺼낸 말들을 수습했다.

"회장님의 외숙부님 얘기였습니다."

"어머니한테 외삼촌이 있었다고? 금시초문인데. 아무튼 종합검진에 관해서는 어머니 뜻을 따르는 게 좋겠어. 싫다는 사람 억지로 병원에 묶어 둘 생각 말고. 긁어 부스럼이란 말도 있잖아? 검진 받고 괜히 안 좋은 데라도 발견되면 수술이다 뭐다 해서 어머니 연세에 고생 밖에 더 하시겠어?"

이 회장으로부터 하루빨리 재산을 상속받고 싶은 욕망을 잘도 에둘러 말하고 있다는 생각에 서 대표에게 혐오와 경멸이 솟구쳤다.

"회장님 건강에 관한 부분은 주치의와 상의해서 결정하겠습니다."

서 대표가 인상을 썼다.

"주치의는 나도 이미 만났어. 혈압이 살짝 높은 것만 빼면 특별한 문제는 없다더군. 그나저나 비서라는 게 어디서 뭘 하느라고 어머니 혼자 계시다 쓰러지시게 만들어? 그거 직무유기야. 알아?"

"죄송합니다."

"죄송한 거 알면 앞으로 일 좀 똑바로 하라고."

"네."

정중하게 대답하자, 더 할 말이 없는 듯 서 대표가 휙 돌아섰다. 크림이 누구인지 캐묻더니만 그새 존재 자체를 잊어먹은 것 같았다. 서 대표의 궁극적 관심은 이 회장의 재산. 새삼스러울 것도 없었다.

병실로 들어서니 미간을 잔뜩 찌푸린 이 회장이 국을 기다리고 있었다.

"얼른 들어오지 않고 밖에서 뭔 꿍꿍이들이야?"

"걱정하셨습니까?"

"없는 병도 만들어서 병원에 가둬 두라 할 놈이니."

그리 긴 시간은 아니었지만 실신했다 깨어나는 과정을 겪으며 강건하던 정신의 한 부분이 취약해졌나 보다.

"서 대표님이 감히 그럴 리도 없겠지만, 혹여 그런 상황이 벌어진다면 제가 반드시 회장님을 지킬 것입니다."

"네가 무슨 수로?"

"저를 믿지 못하시는 겁니까?"

믿는다는 말을 이 회장의 입으로 직접 듣지 않아도 국은 잘 알고 있었다. 이 회장도 대답 대신 딴소리를 했다.

"답답하니 그만 집에 가야겠다."

"며칠 더 지켜봐야 합니다. 그러는 게 좋겠습니다."

"크림, 그 아이는 왜 코빼기도 안 보이는 게야?"

"사실은……."

"사실은?"

"할아버지께 데려다주었습니다."

"기어이 쓸데없는 짓을 했구나. 모르는 게 약이라고 내 말 했거늘."

이제 크림과 크림 할아버지의 실체에 대해 확인할 시점이 되었다고, 국은 생각했다.

"조금 전에 서 대표님한테서 뜻밖의 말을 들었습니다."

"그 녀석이 또 무슨 헛소리를 했기에? 그게 뭐든 귀담아 들을 필요 없다."

"회장님."

"오냐."

"이크림 씨는 누구입니까?"

잠시 국을 쳐다만 보고 있던 이 회장이 눈길을 창 쪽으로 돌렸다. 환자복 깃 위로 목에 깊게 잡힌 주름이 이 회장이 살아온 험난한 세월을 재현하고 있는 듯 보였다.

"알고 싶습니다, 회장님."

국은 차분하면서도 단단히 청했다. 단순히 크림의 존재만을 뜻하는 건 아니었다. 이 회장의 가슴속에 담겨 있을 사연들까지도 포함된 청이었다.

이 회장의 시선이 정면으로 되돌아왔다. 국을 비껴나 먼 어디쯤을 바라보고 있는 것만 같았다.

"회장님."

"옛날, 옛날. 어느 산골 마을에 순덕이란 아이가 살았더란다."

마치 옛이야기를 들려주듯 고즈넉한 목소리로 이 회장이 말을 시작했다.


순덕이와 재덕이는 한 마을에서 태어나고 자랐다.

성도 같은 데다 끝 자도 같은 이름 때문에 또래들에게 쌍둥이가 아니냐는 놀림을 받기도 했지만, 재덕이가 순덕이보다 한 살 아래였다.

조실부모하여 친척들 집을 전전하며 눈칫밥을 먹고 자라던 순덕이는 어여쁜 데라곤 찾아볼 수 없는 생김새에다 왈패 같은 성격까지 더해져 마을 사람들한테서 천덕꾸러기 취급을 받았다.

차츰 여자애 꼴을 갖춰 가면서부터 순덕이는 남몰래 재덕이를 마음에 품었으나 그 누구에게도 말하지 못한 혼자만의 짝사랑이었다.

진중하고 말수가 적은 재덕이는 묵묵히 집안일을 거들며 건실한 청년이 되어 갔고, 고아 소녀 순덕이한테 있어서 대가족 집안의 귀한 외아들 재덕이는 쳐다볼 수조차 없게 높다란 나무였다.

어느덧 스무 살이 넘은 재덕이가 집에서 정해 준 처녀와 혼인하던 날, 텅 빈 마을엔 순덕이만 혼자 남겨졌다. 처녀의 집이 있는 이웃 마을에서 혼인 잔치가 열렸기 때문이었다.

쓸쓸한 마음으로 재덕이네 집 앞을 배회하던 중 재덕이의 신발이 순덕이 눈에 들어왔다. 마루 아래 덩그러니 놓인 신발 한 켤레가 꼭 자기 신세만 같았다.

순덕이는 화가 났다. 재덕이고 뭐고 세상이 다 미웠다. 마당으로 뛰어 들어가 재덕이의 신발을 움켜쥐고는 아궁이 앞에다 내팽개친 순덕이는 재가 묻은 채 뒹구는 신발을 뒤로 하고 그 집을 뛰쳐나왔다.

신발을 아예 태워 버리고 싶었던 것은 아니었다. 새 신부와 같이 집에 돌아온 재덕이가 더러워진 신발을 보며 마음이 상했으면 했다. 누가 그랬는지 금세 알아차리고는 찾아와서 화를 내도 좋으니 뭐라고 말을 건네어 주었으면 했다.

빈집 아궁이에 불씨가 남아 있는 줄은 맹세코 몰랐다. 신발을 태우며 자라난 불씨가 불꽃으로 변해 재덕이네 집 전체를 모조리 삼켜 버릴 줄을, 구석방에 구순의 증조할머니가 누워 계신 줄도 순덕이는 정녕 몰랐다.

집이 타오르기 시작하자 무서워진 순덕이는 뒷산으로 도망쳤다. 산등성이에 서서 활활 불타는 재덕이네 집을 보며 소리 죽여 울었다. 도움을 청할 사람도, 도와줄 사람도 없었다. 집이 잿더미가 되고 컴컴한 밤이 다 가도록 순덕이는 산에서 내려오지 못했다.

잿더미가 되어 버린 집터를 보자마자 재덕이네 어머니가 혼절했다. 자리에 누워 며칠을 앓던 재덕이네 할아버지는 마침내 세상을 떠나고 말았다. 혼인 날 벌어진 흉사를 두고 마을 사람들은 저마다 입길을 놀렸다.

결국 재덕이네 남은 가족들은 고향 마을을 정리하고 서울로 떠나게 되었다.

떠나기 전날 밤, 순덕이는 재덕이를 찾아가 다짜고짜 고백했다.

"내가 그랬어."

순덕이의 말을 듣고도 재덕이는 묵묵했다. 이미 알고 있었던 것처럼 무엇을 그랬다는 것인지 따져 묻지도 않았고, 식구들에게 순덕이 짓이라고 입을 떼지도 않았다.

재덕이가 새 신부를 데리고 부모님과 함께 마을을 떠나던 날, 순덕이는 언덕배기의 나무 뒤에 몸을 숨기고 서서 재덕이를 훔쳐보았다. 이제 다시는 재덕이를 볼 수 없을 거란 생각에 눈물이 목을 타고 올라왔다.

흙먼지가 이는 산길을 걸어가던 재덕이가 길모퉁이쯤에서 문득 걸음을 멈추고는 고개를 돌렸다. 뒷모습이나마 조금이라도 더 보려고 나무 앞으로 나와 서 있던 순덕이는 올려다보는 재덕이와 눈이 마주쳤다.

먼 재덕이가 일순 아슴푸레하게 흐려졌다. 재덕이 모습이 사라질까 봐 순덕이는 두 눈에 차오른 눈물을 얼른 주먹으로 닦아 냈다. 재덕이는 그 자리에 서서 순덕이를 올려다보고 있었다.

재덕이가 앞선 가족들 뒤를 따라 다시 걸음을 떼기까지는 채 5분도 지나지 않았지만, 순덕이한테는 아주 긴 시간이 흘러간 것 같았다.


"그 눈빛이 아직도 선연하다."

회한에 찬 이 회장의 목소리가 멀고도 먼 과거를 현재로 불러들였다. 이야기에 빠져 있던 국도 그제야 숨을 내쉬었다.

"차라리 내 따귀를 치고 윽박지르기라도 했더라면. 그랬더라면 지금껏 마음에 빚으로 품고 살진 않았을 것을."

과연 그랬을까. 마음에 남겨진 것이 과연 빚뿐일까.

"그것뿐입니까?"

이 회장이 국을 보았다.

"지금껏 회장님께서 품고 있는 마음이 죄책감이라는 이름의 빚뿐이냐는 말씀을 드리고 있는 겁니다."

이 회장은 입을 굳게 다물었다. 끝내 대답하지 않는 이 회장을 보며 국은 깨달았다.

침묵을 지킴으로써 건네는 대답도 있다는 것을. 그럴 때의 침묵이야말로 그 어떤 말보다 무게감이 크다는 것을.

"피곤하구나. 좀 자야겠다."

이 회장이 눕는 것을 보고 국은 병실을 나왔다.

사실을 알게 된 지금 국에게는 묘한 안도감이 다가들었다. 크림이 이 회장과 혈연관계가 아니라는 점 때문이었다.

이 회장의 조카 손녀라는 선이, 금을 그어 놓듯 어쩔 수 없이 의식해 온 그 거리가 이젠 지워져 버렸으니.

창밖에는 여전히 봄 햇살이 넘실대고 있었다.


❀          ❀          ❀


이 회장이 퇴원하는 날, 국은 넌지시 제의했다.

더 늦기 전에 크림의 할아버지를 만나야 하지 않겠느냐고.

마음의 빚을 덜어 내기 위해서 이제라도 진심 어린 사과를 하는 게 어떻겠느냐는 말을 꺼내기 위한 포석이었다.

그런데 이 회장에게서 이미 만났다는 대답이 건너왔다. 크림을 데려오기 직전에 만났던 모양이었다. 아마도 크림의 할아버지 쪽에서 손녀를 부탁하려 만남을 청해 온 것일 터.

그날의 만남이 어떤 그림이었을지, 둘 사이에 과연 어떤 말들이 오갔을지 궁금해졌다.

"그러면 사과도 이미 하셨겠습니다."

"사과?"

뜨악하게 되묻더니 이 회장이 단호한 어투로 말했다.

"내 크림을 거두어 주지 않았느냐? 할 도리는 내가 알아서

403

할 것이니 너는 상관 마라. 나는 내가 진 빚을 내 방식대로 갚을 것이다. 크림, 그 아이 앞으로도 한 몫 단단히 떼어 놓았으니, 내가 죽고 없더라도 평생 돈 걱정하는 일 없이 살게 될 게다."

"그렇지만……."

"그렇지만?"

"돈으로는 다 하지 못할 부분이 있는 것입니다."

이 회장이 코웃음을 쳤다.

"세상에 돈으로 못 할 것이 무엇이더냐?"

"마음의 허기는 태산같이 쌓인 돈으로도 채워지지 않을 것입니다."

"그러하냐?"

'너도'가 생략된 질문처럼 들렸다. 국은 굳이 되묻지 않고 덤덤히 대답했다.

"네."

입을 굳게 다문 채 침상에 앉아만 있는 이 회장의 얼굴에 옛이야기를 시작하던 며칠 전의 그 순간처럼 아득한 그늘이 서렸다.

국은 몸을 낮추고 이 회장의 신발을 발 앞에다 가지런히 놓았다. 환자용 슬리퍼를 벗기고 신발을 신기는데, 이 회장의 음성이 머리 위에서 들려왔다.

"나한테는 돈이 최선이자 최고의 가치였다. 내가 이룬 돈이 아니었으면 세상의 그 누구도 나 같은 여자한테 공손히 머리

를 조아리지 않았을 것이다. 하물며 내 배에서 나온 아들조차
도."

이 회장이 안쓰럽다는 마음이 처음으로 들었다.

"모두가 다 그런 것은 아닙니다, 회장님. 예외에 속하는 사
람들도 분명 있습니다."

"그야 아직 돈 맛을 몰라서 그러는 게지."

"이크림 씨처럼 말입니까?"

"니은이도 그랬지."

"저는 어떻습니까?"

"그걸 왜 나한테 묻느냐?"

"저도 아마 예외일 겁니다."

"거짓말 한번 유창하구나."

거짓말.

청랑하게 내쏘던 크림의 목소리가 머릿속으로 파고들어왔
다. 그때 자신만만하던 크림의 표정도 함께 떠올랐다.

잘 있을까. 병마와 싸우는 할아버지 곁에서 날마다 울음을
누르며 억지웃음을 짓고 있지는 않을까. 배고프진 않을까. 마
음이 고프지는 않을까.

"그래서, 언제 온다더냐?"

국은 고개를 들고 이 회장을 쳐다보았다. 크림 생각에 잠겨
말의 맥락을 놓쳐 버린 것이다.

"크림, 그 아이 말이다."

언제 올까. 돌아오기나 할까?

불안이 대답의 타이밍을 건너뛰게 만들었다.

"데려오너라."

"당분간은 거기 그대로 두는 것이 나을 듯합니다."

"지금 내 명을 거역하는 거냐?"

이 회장의 음성에 노기가 어렸다.

국은 몸을 바로 세웠다.

크림의 의사와 상관없이 어딘가로 데려오고 데려가는 일, 더는 안 하고 싶었다. 무엇을 선택하건 그것은 온전히 크림의 의지여야 했다.

국은 크림의 의지를 지켜 주고 싶었다. 아니, 지켜 주어야 했다.

"회장님."

간절히 부르자, 이 회장이 웃을 듯 말 듯 입을 씰룩이며 대꾸했다.

"내가 명령이라도 내려야 네가 당장 그리로 달려갈 것이 아니냐."

국은 아무 말도 할 수 없었다. 지금 당장 달려간다 한들 크림이 그 시린 눈빛을 지우고 환히 웃어 줄 거란 생각은 들지 않았다.

지금 할 수 있는 일은 기다리는 일. 크림이 그녀의 삶에 대해서 어떤 선택을 하건 받아들이고 지지해 주는 일.

그것이 크림을 위한 최선이라 믿고 다짐할 뿐이었다.

❀          ❀          ❀

크림이 없는 날들이 하루하루 덧없이 흘러갔다.

무소식이 희소식이라 여기며 무미건조한 나날들을 보내던 어느 오후, 국은 스스로도 이해할 수 없는 충동에 휩싸여 차를 몰았다. 지켜야 할 약속이라도 있는 것처럼 서둘러 달려온 차가 멈춘 곳은 고속도로 휴게소였다.

산속의 집에서 크림을 서울로 데려오던 그 첫날 들렀던 곳이자, 산장으로 돌아가려 몰래 이 회장의 집을 나갔던 크림이 멀미를 견디지 못하고 버스에서 내렸던 곳이기도 했다.

국은 그날의 그 벤치에 앉았다. 바삐 오가는 사람들과 이런저런 소음들 속에서 크림을 생각했다. 생각하지 않으려 해도 저절로 생각이 나서 어쩔 수가 없었다.

저녁녘의 하늘엔 추억처럼 노을이 번지기 시작했다.

갑자기 사라진 크림으로 인해 피가 마르던 기억이 생생히 떠올랐다. 크림의 자취를 찾아 여기저기 헤매던 시간들 속에도 노을이 있었다.

노을이 아주 사라지고 어둠이 도시를 잠식해 갈 그때에 국은 목이 졸리는 것 같은 기분이었다. 밤을 꼬박 새며 크림의 동선을 하나하나 되짚어 살피는 동안 누구에게 향해 있는지 모를 분노가 가슴을 끊임없이 태웠다.

크림을 찾아낸 새벽에서야 국은 분노의 방향이 자신에게 향해 있었음을 알았다. 여자 하나 때문에 제정신을 잃을 정도로 휘청거리는 자신의 모습을 발견했기 때문이었다.

존재의 뿌리를 송두리째 뽑아내 버릴 만큼 위태로운.

그때 국에게 크림은 그러한 위기감으로 닥쳐왔다.

돌이켜 보건대, 떼어 내고 싶었던 것도 사실이다. 크림을 바로 곁이 아닌, 저만큼 먼 곳에다 두고 싶었다. 그래야만 안전할 것 같았다. 크림이 아니라 국, 자신의 삶이.

어떤 변화도 없이, 위태로운 흔들림 따위 없이, 외로워도 괜찮으니 곧게 뻗은 겨울나무처럼 살아가고 싶었다.

그러나…….

정작 멀리에 떼어 놓고 온 이후로는 단 하루도 평온할 날이 없었다. 가슴속에 날마다 바람이 불었다. 매일매일 얼굴을 보던 날들보다 더 거세고 포악한 바람이었다.

어디선가 노랫소리가 들려왔다. 누군가의 휴대폰에서 이적의 목소리로 흘러나오는 그 노래는 '거짓말 거짓말 거짓말'.

가사가 구절마다 마음을 저몄다. 대중가요의 노랫말이 가슴으로 파고드는 건 처음이었다.

산마을의 길가에서 크림이 했던 말이 선연하게 되살아났다.


"만약에, 한 번만 더 그러면, 꾹 아저씨 다신 안 볼 거예요."


국은 고개를 숙인 채 이마를 두 손에 묻었다. 신열이 오르듯 이마가 뜨거웠다. 노래가 끝나 갈 무렵 환청처럼 크림의 목소리가 다가들었다.

"꾹 아저씨."

국은 고개를 들었다. 눈앞에 서 있는 크림이 보였다. 환각은 아니었다. 실체였다.

"꾹 아저씨."

크림이 다시금 국을 불렀다. 환청이 아닌, 크림의 진짜 목소리가 실재하는 크림을 증명해 주었다.

그 첫날처럼 크림이 국 옆으로 와 앉았다. 해가 완전히 기울어 주위로 어둠이 내리기 시작했다. 크림이 말했다.

"내가 보고 싶었구나."

국은 아니라고 즉각 대꾸하지 못했다.

"그래서 무작정 여기로 달려왔어. 맞죠?"

너는?

목구멍에서 물음이 치솟았다. 국의 마음을 읽기라도 한 듯 크림이 말했다.

"나는, 보고 싶었어요."

국은 숨을 삼켰다. 크림이 찬찬히 말을 이었다.

"내내 잘 참았는데 더는 참을 수가 없었어. 아저씨가 보고 싶어서. 자꾸만 생각이 나서. 달려온다고 만난다는 보장도 없는데 그냥 여기로 오고 싶었어. 마치 여기서 만나자고 손가락 걸고서 약속이라도 해 둔 것처럼 무작정 달려와 버렸어. 나만 그랬음 무지 억울할 뻔했는데 꾹 아저씨도 그랬어. 아니라면 아니라고 거짓말해 봐요."

그간 국은 크림을 두고 보고 싶다는 생각을 해 본 적은 없었다. 매 순간 생각하고 또 생각하면서도 보고 싶다는 구체적인 마음을 무의식중에 회피해 왔는지도 몰랐다.

그런데 지금 크림에게 정곡을 찔린 것 같았다. 지난번에 크림이 말했듯이 마음을 홀대해 왔던 것인지도 모르겠다. 보고 싶다는 그 마음을.

"좀 전에 그 노래요."

"거짓말 거짓말 거짓말."

"응. 그거 옥상 창고에 갇혀 있을 때 나 혼자서 불렀던 노래예요. 꾹 아저씨가 달려오길 기다리고 또 기다리면서."

국은 크림을 돌아보았다. 시린 눈빛 대신에 반짝이는 웃음이 국을 마주 보고 있었다. 마음이 놓였다.

"어르신께선 좀 어때요?"

"어쩜 둘이 똑같을까."

"둘이?"

"할아버지랑 꾹 아저씨요. 못 보고 지낸 동안의 내 안부는 제쳐 두고 왜 둘 다 서로의 안부를 먼저 묻는 거죠? 친한 사이도 아니면서. 할아버지도 아저씨 안부부터 물었어. 나를 반가워해 주지도, 웃어 주지도 않고. 둘 다 똑같이 이상해."

"반갑지 않아서가 아니라."

"아니라 뭐요?"

"마음이 아파서 그러셨을 겁니다."

"꾹 아저씨는요? 꾹 아저씨도 아파서 그랬어요?"

"나는……."

국은 선뜻 대답하기 힘들었다. 아팠다고도 아니라고도 말할 수 없었다. 양쪽 다 거짓말인 것만 같았다. 흔한 말로는 표현하기 어려운 감정들에 시달리고 있었다고 말하면, 크림이 끄덕여 줄까.

"나는, 꾹 아저씨가 미웠어요."

"혼자 두고 가 버려서?"

"응. 미련 없이 돌아서서 가 버렸죠."

"미련 없이."

"아니었어요?"

"아니었습니다."

"아니었구나. 돌아서 가는 발걸음이 무지 무거웠구나. 사실은 나랑 같이 있어 주고 싶었구나. 나만 거기 두고 혼자 돌아와선 내내 발등을 찍으며 후회했구나. 밤마다 내 생각으로 잠 못 이루며 베갯잇을 흠뻑 적셨구나."

발등을 찍지도 베갯잇을 적시지도 않았지만, 크림의 상상력에 굳이 제동을 걸고 싶진 않았다. 그게 크림의 바람이라면 상상하는 대로 두어도 괜찮을 테다.

"꾹 아저씨 다신 안 보려고 했는데. 보고 싶은 마음에 져 버렸어."

그래서 다행이라고 말할까. 고맙다고 말할까. 기쁘다고 말할까.

"아무래도 나 할아버지한테도 질 것 같아요."

크림더러 이 회장의 집으로 돌아가라 강권하고 있을 노인의 얼굴이 눈에 선했다. 독하게 먹었던 마음을 돌이킬 바엔 애초에 크림을 떼어 보내지도 않았을 터.

"매일매일 가라고 등 떠밀잖아요. 고집이 여간하셔야 말이죠. 그 고집으로 부디 오래오래 살아 계셨으면."

"그러실 겁니다."

"참. 이번에 새로운 사실을 알게 됐어요. 아니, 진실이라고 해야 하나?"

"진실?"

"네. 엄마가 어떻게 아빠랑 나를 떠나게 됐는지, 할아버지한테 들었어요. 그동안에 나는 엄마가 나한테 참 무책임한 사람이라고 생각해 왔었거든요. 그런데 내가 모르고 있었던 사실이 한 가지 있었어요. 아빠가 한때 엄마 아닌 다른 여자를 만났다는 거. 엄마가 느꼈을 배신감과 외로움이 얼마나 사무쳤을지."

북받치는지 가슴께를 손으로 지그시 누르고는 크림이 말을 이었다.

"엄마는 나를 데리고 나가려고 했대요. 근데 내가 아빠 품에 꼭 안겨서 떨어질 줄을 모르더래요. 아빠 품에서 떼어 내려고만 하면 내가 너무나도 서럽게 울어 대서, 결국 엄마 혼자 떠나 버릴 수밖에 없었대요."

서럽게 울어 대는 어린 크림이 눈으로 본 듯 그려졌다. 울게 할 수 없어 두고 떠날 수밖에 없었을 그 마음 또한 손에 잡힐 듯했다.

문득 국은 생각했다. 오래 전의 어느 날엔가, 보육원 앞에 아이를 두고 떠나야 했던 여자에게도 뼈아픈 진실이 숨어 있는 것은 아닐까를.

"엄마한테 많이 미안해요."

"아무것도 모르던 아이였을 때니까."

"그래도요. 아빠한테만 매달리는 나로 하여 더 상처 받았을 거예요. 더 외로웠을 거예요. 내가 엄마 편이 되어 주었어야 했는데. 엄마 옆에 있어 주었어야 했는데."

"아빠가 밉거나 원망스럽지는 않아요?"

"그래야 마땅할 것 같은데 사실을 알고서도 딱히 그렇지는 않더라고요. 그냥 아빠한테 서운하고 조금 실망스러운 정도. 이미 세상에 없는 사람이니까 얼마쯤 너그러워지는 면도 있는 것 같아요."

진실에서 오는 충격파가 심각하게 크지 않아 다행이었다.

"엄마를 만나러 곧장 달려가지 않았던 거, 잘했다 싶어요. 마음과는 달리 내 감정을 주체 못 하고 미움의 말을 퍼부었을지도 모르니까요. 만약에 그랬으면 지금 더 아프고 더 미안할 거잖아요."

국은 끄덕였다.

"만남을 미루어 두었던 그때 내 마음의 80%가 일종의 복수심이었다면, 그러니까 원한을 갚으려는 그런 의미가 아니라 엄마 없이도 잘 자란 나를 보란 듯이 증명해 보여 주겠다는 마음 말예요. 이제부터의 내 마음은 위로일 거예요. 꼭 엄마만큼

멋진 번역가가 되어 엄마를 만날 거예요. 외로웠던 지난 시간 들이 엄마한테도 나한테도 위로가 될 수 있게."

다시금 끄덕여 주는 국에게 크림이 요청했다.

"내 꿈을 응원해 줘야죠."

"이크림 파이팅."

"파이팅에 맥주가 빠지면 섭섭한데."

"갑시다."

일어서는 국을 올려다보며 크림이 물었다.

"맥주 마시러?"

턱을 끄덕이자, 크림의 얼굴에 환한 웃음이 퍼졌다. 국 옆에 바짝 붙어 걸으며 크림이 물었다.

"참! 우리 덕이는요? 나 없이도 잘 지내고 있는 거죠?"

"둘 다 잘 있습니다."

"둘 다?"

"큰 덕이랑 작은 덕이, 둘 다."

크림이 깔깔 웃었다. 곁에서 터지는 웃음소리가 너무도 듣기 좋았다. 좀 더 자주 듣고 싶다고도 생각했다.

"할머니한테 일러야지."

"맘대로."

"꾹 아저씨가 생전 안 하던 농담까지 하면서 이렇게 날 웃겨 주니까, 특별히 용서해 줄게요. 할아버지 일 나한테 숨기고 있었던 거랑, 나 모르게 산속의 우리 집 정리해 버린 거랑, 병원 앞에 나만 혼자 두고 가 버렸던 거랑, 지금까지 마음을 홀대하며 나한테 했던 거짓말까지 전부 다."

"황송하네."

"황송하면 웃어 주기."

국은 미소 지었다. 국 앞을 막아선 크림이 입가에 떠오른 미소를 확인하곤 활짝 웃었다.

❀         ❀         ❀

노인의 얼굴은 평온했다.

크림과 같이 온 국을 보고서도 노인은 반가워하거나 웃음 짓거나 하진 않았다. 어제 보고 오늘 또 보는 사람 대하듯 국의 인사도 무덤덤하게 받았다. 국으로선 노인의 그러한 태도가 오히려 편안하게 느껴졌다.

크림이 잠깐 자리를 비운 사이 노인이 입을 열었다.

"우리 아이가 고등학교를 채 마치지 못했다오."

이 회장에게서 들어 알고 있던 부분이라 국은 담담히 대꾸했다.

"네."

"알고 있었소?"

"네, 알고 있습니다."

"열일곱에 제 아비가 갑자기 죽고 나서……. 많이 힘들어했지. 처참한 마지막 모습을 봐 버렸거든. 그 일 있고 얼마 뒤에 학교를 그만두었다네."

천천히 고개를 끄덕이는 국에게 노인이 덧붙였다.

"학교 다닐 때 공부는 곧잘 했다오."

국은 네, 하며 다시금 끄덕였다.

"학교를 그만두고는 집에서 내가 한문이며 문학이며 이것 저것 가르쳤다오. 요즘 말로 홈스쿨링이라고들 하던가."

"네, 그러셨군요."

"영특하여 뭐든 가르치는 족족 제 것으로 새기더군. 산에서 만 살게 하기엔 아까운 아이라고 생각했소."

"언어 쪽으로 재능이 있는 것 같습니다."

"맞소. 우리 아이가 영어도 능하고 독일어도 제법 잘한다 오. 읍내 도서관을 제 집 드나들 듯 하며 책도 많이 읽어서 어 휘력도 또래에 비해 특출하지. 대학에서 공부한 아이들에 견 주어도 절대로 뒤떨어지진 않을 거요."

처음엔 크림이 못다 한 학업을 다시 이어 가게 해 달라는 부탁을 하려는 줄 알았다. 그런데 노인의 말들은 하나같이 크 림에 대한 자부심과 믿음으로 귀결되고 있었다.

"요즘 우리 아이가 번역을 배우고 있다 들었소."

"네, 맞습니다."

"번역가가 되는 데에 혹 학교 졸업장이 필요하진 않은지, 대학에서 관련 공부를 마쳐야 하는 것은 아닌지 걱정이 되 어……."

"크림이 원한다면, 그리고 필요하다면 대학에 다닐 수 있도 록 이끌겠습니다. 회장님께서도 도와주실 겁니다."

고개를 끄덕이고서 노인이 말했다.

"고맙소."

짧은 침묵이 지나간 뒤, 노인이 국에게로 손을 내밀었다. 검버섯이 군데군데 핀 손등에 혈관들이 도드라져 마른 가지 같은 손이었다.

"손 한 번 잡아 주겠소?"

뜻밖의 말에 조금 당황스러웠지만 어쩔 도리가 없었다. 국은 두 손으로 노인의 손을 감싸듯 잡았다. 국의 손 위로 다독이듯 노인의 왼손이 얹혔다.

"우리 아이를 잘 부탁하오."

노인한테서 처음 듣는 말은 아니었다. 그럼에도 국은 뭉클해져 겨우 대답했다.

"네."

때마침 병실 문이 열리며 크림이 꽃병을 안고 들어섰다.

"두 분 지금 뭐 하시는 거예요? 손 꼭 부여잡고 무슨 맹세라도 하는 사람들 같잖아요. 나만 빼고 둘이서 무슨 약속했어요?"

노인이 먼저 손을 빼내 제자리로 가져갔다. 지금껏 어떤 말도 나누지 않았던 것처럼 덤덤한 얼굴로 돌아가 있었다.

이름 모를 작은 꽃들로 풍성한 꽃병을 볕이 잘 드는 창가에다 놓고는 크림이 할아버지 곁에 걸터앉았다. 그리곤 할아버지 손을 어루만지며 인사했다.

"저 이제 갈게요, 할아버지."

"그래."

"아주 가는 거 아니에요. 주말마다 올 거니까요. 할아버지 아마 내가 오는 주말을 손꼽아 기다리게 될 걸요?"

"그래."

고개를 주억거리며 대답하는 노인의 눈가에 희미하나마 어른대는 것은 분명 미소였다.

노인과 크림을 지켜보며 국의 눈가에도 미소가 머물렀다.

✿    ✿    ✿

맑은 일요일 한낮, 크림이 말했다.

"꼭 아저씨랑 아이스크림 먹으러 가고 싶어요. 시나몬 아이스크림."

국은 크림을 차에 태우고 예전의 그 젤라또 가게로 갔다. 아이스크림 주문은 크림이 했다.

"많이 가까워졌네요, 두 사람."

가게 주인의 말에 크림의 눈이 동그래졌다. 내색하진 않았지만 국도 좀 놀랐다.

"2월이었죠? 여기 두 분 같이 왔던 첫날. 그날은 창가에 나란히 앉아 있는데도 이만큼의 거리가 보였거든요."

'이만큼'을 말하면서 가게 주인은 두 손을 양옆으로 한껏 펼쳐 보이기까지 했다.

"그런데요?"

기대에 찬 목소리로 크림이 묻자, 가게 주인이 말을 이었다.

"그런데 오늘은 그 거리가 하나도 안 보여요. 아주 친밀해진 사람들 같아요. 그동안 긴 세월이 흐른 것도 아닌데 그새 둘 사이에 어떤 마법이라도 일어났던 걸까요?"

"마법이요?"

되묻고서 크림이 활짝 웃었다. 대답도 스스로 했다.

"아마도 그건, 시나몬 아이스크림."

크림의 명랑한 목소리가 종소리처럼 들렸다. 저 멀리까지도 은은히 퍼지며 긴 여운을 남기는.

"요 시나몬 아이스크림이 마법을 부린 게 틀림없어요."

크림이 덧붙인 말에 가게 주인이 환하게 웃었다. 국의 입가에도 미소가 번졌다. 크림이 기쁨 어린 눈으로 쳐다보았으므로 미소를 거두어들이지 않았다.

시나몬 아이스크림 하나씩을 손에 쥐고 크림과 같이 햇빛 찬란한 거리를 걸었다. 크림의 머리칼이 5월의 햇빛을 반사하며 더욱 아름다웠다.

"손잡고 걸어요, 우리."

야무진 말투로 크림이 말했다.

"꾹 아저씨랑 손 꼭 잡고 걷고 싶어요."

"아이스크림 먹고 싶다면서."

"손잡고 걸으면서 아이스크림 먹고 싶단 말이에요."

"요구 사항도 많아요."

"그래서 성가셔 죽겠어요?"

"네."

"대답 한 번 빠르네. 세상에 성가셔서 죽는 사람은 없어요. 그리고 그깟 손 좀 잡고 걸으면 하늘이라도 무너져요?"

"그깟?"

"응, 그깟. 꾹 아저씨 손에는 뭐 금테라도 둘렀어요? 왜 그렇게 비싸게 굴어요? 내가 꼭 안아 보자고 한 것도 아닌데."

"하."

한숨처럼 내뱉었지만 무겁지는 않았다. 웃음이 나려고도 했다.

"꼭 안아 보자고는 안 할 테니까, 이제부터 우리 손은 좀 잡고 걷죠?"

"이제부터."

의미심장하게 되짚는 국에게 크림이 태연스레 말을 바꾸었다.

"날마다."

그러고선 크림이 손가락 끝으로 톡톡 국의 손등을 두드렸다. 닫힌 문을 향해 '거기 있나요? 내가 들어가도 되나요?' 라고 묻듯이.

국은 손을 열어 쏙 들어와 안기는 크림의 손을 힘주어 쥐었다. 처음 쥔 크림의 손은 작고 부드럽고 따뜻했다.

손 꼭 잡은 채 몇 걸음을 걷다가 크림이 선심 쓰듯 말했다.

"꼭 안아 보자는 말은 꾹 아저씨한테 양보할게요."

"그런 말을 할 리가."

"꾹 아저씨가 그런 말을 하는지 안 하는지는 앞으로 두고 보면 알겠죠."

당당히 장담하고선 크림이 이내 덧붙였다.

"우리는 시나몬 아이스크림을 이제 겨우 한 입 베어 물었을 뿐이니까요."

국은 미소 지었다. 그리고 다른 손에 쥐고 있던 시나몬 아이스크림을 한 입 더 베어 물었다. 시리고도 달콤했다.

—*fin*

시나몬

초겨울이었다.

서주시 교외에 자리한 보육원이 모처럼 들썩들썩했다.

가족 단위로 봉사하러 온 사람들 덕분이었다. 김치를 담근
다, 이불 빨래를 한다, 대청소를 한다, 등등 다들 야단법석이
었다.

보육원 아이들도 모두 신이 났다.

친절한 방문객들이 가져온 선물 상자들을 개봉할 시간만 기
다리며 고사리 손으로 일손을 거드느라 바빴다.

봉사자들 주변을 강아지처럼 맴도는 아이들이 대부분인데,
한 소년만이 유독 멀찌감치 떨어져서 투명한 벽 너머를 바라
보듯 서 있었다.

그 소년의 이름은 국, 열세 살이었다.

소년은 기쁨도, 슬픔도, 즐거움도, 안타까움도 쉽사리 얼굴에 드러내지 않는 아이였다. 사춘기에 접어들고 있어서 그런 것만은 아니었다. 어려서부터 그랬다.

때문에 입양할 아이를 찾으러 온 사람들 눈길에서 늘 비켜갔고, 그럴수록 소년은 점점 더 서늘해져 갔다.

오늘도 소년은 보육원을 찾아온 사람들 가운데로는 섞여들지 않았다. 소년에게 있어 그들은 잠시 머물렀다 썰물이 빠지듯 떠나가 버릴 사람들에 불과했다.

그리고 그들 중 누구도 애완동물처럼 굴지 않는 아이를 좋아하지 않았다.

소년이 잎들을 모두 떨어뜨리고 가지만 앙상하게 남은 나무 아래 앉아 저 시끌벅적한 행사들이 빨리 끝나기만을 기다리고 있을 때였다.

마당 저편에서부터 이쪽으로 아장아장 걸어오는 아이가 보였다. 처음 보는 아이였다. 봉사자 가족 중 누군가가 데려온 아이가 분명했다.

넘어질 듯하다가도 용케 균형을 잡으며 걸음마를 떼던 아이가 소년이 앉아 있는 나무 가까이까지 왔다.

세 살 남짓, 여자아이였다.

귀까지 덮은 빨간 털모자 밑으로 연갈색 머리칼이 곱슬곱슬 흘러내렸다. 유난히 하얀 피부가 특이하다 느끼는 순간, 아이가 소년을 보며 방긋 웃었다.

늘 그랬듯이 소년은 마주 웃지 않았다.

소년에게 다가오려는 듯 몇 걸음 더 아슬아슬 걸어오던 아이가 그만 콩 넘어지고 말았다. 아이는 넘어진 채 울까 말까 망설이는 얼굴로 소년을 쳐다보았다.

소년이 아이를 외면하자, 아이가 으앙 소리를 내며 울음을 터뜨렸다.

소년은 일어나 넘어진 아이에게 다가갔다. 손을 잡고 일으켜 주었더니, 아이는 금세 울음을 그치고 방그레 웃었다.

눈물과 웃음을 함께 머금은 아이의 눈망울이 투명한 얼음 알갱이처럼 반짝였다.

겨울 편지

겨울입니다.

크림과 국이 좋아하는 계절이지요.

봄을 제일 좋아하는 저에게는 다가올 따뜻한 날들을 기다리는 시간들이기도 하고요.

마지막 페이지까지 함께해 주신 분들께 고마움을 전하며 다정한 마음을 담아 안부를 묻습니다.

평안하신가요?


글을 다 쓰고 나서 저도 최초의 기억을 떠올려 보았답니다.

아마도 대여섯 살 무렵이었던 것 같아요.

따뜻한 방바닥에 배를 깔고 엎드려 사촌언니랑 만화책을 보고 있네요. 조그만 몸이 이불 속에 쏙 들어가 있으니 그때도 겨울날이었던 모양입니다.

머리맡에는 시장에서 사온 꽈배기가 종이 봉지에 그득 담겨 있고요. 꽈배기에 잔뜩 뿌려진 설탕 가루들도 또렷이 보입니다.

평화롭고 달콤했던 시간이라 그맘때의 여러 순간들을 제치고 최초의 기억으로 떠오르지 않았나 싶습니다.

여러분들에게 생애 최초의 기억은 어떤 순간이었을까요?

〈시나몬 아이스크림〉의 발화점은 전작인 〈오렌지 하모니카〉입니다.

사실 〈오렌지 하모니카〉를 쓰기 시작할 때만 해도 국의 이야기를 따로 쓰게 될 줄은 몰랐습니다. 후반부쯤에 와서야 예상하게 되었죠. '도국'이라는 인물이 궁금해졌고, 그를 더 깊이 알고 싶어졌거든요.

〈오렌지 하모니카〉를 읽으며 저와 비슷한 생각을 하셨던 분들에게는 〈시나몬 아이스크림〉이 소소한 반가움으로 다가가지 않을까 싶습니다.

〈시나몬 아이스크림〉을 먼저 읽고서, 이 회장의 친손녀 니은의 이야기를 다룬 〈오렌지 하모니카〉가 궁금해지실 분들도 어쩌면 있을 텐데요.

어떤 분들에게든 책을 읽는 동안이 아깝지 않은 시간으로 기억되었으면 좋겠습니다.

늘 좋은 글을 쓰고 싶다는 마음만 앞설 뿐 제자리걸음을 하고 있는 것은 아닌지, 그도 모자라 뒷걸음질이나 치고 있는 것은 아닌지 두렵습니다.

출간을 앞두면 어김없이 닥쳐오는 우울과 불안도 여전합니다. 길고 풍성한 에필로그를 내놓으라는 원망과 불만의 소리가 들려오는 것도 같습니다.

결혼이나 본격적인 연애로 진입하기 직전에 엔딩을 내는 글을 쓰고 싶었습니다. 국과 크림에게 어울리는 결말이자 흐뭇한 가능성들로 가득한 시작이라 생각해 봅니다.

시나브로 거리를 좁혀 오다가 마침내 두 사람이 손을 마주 잡게 되었듯이, 저와 독자들 사이의 거리도 조금씩이나마 좁혀지기를 바랍니다.


어느 순간에는 국이 크림에게 편안히 말을 놓고, 또 어느 순간에는 크림을 꼭 안아도 보겠지요. 그리고 다시 어느 날엔가는 둘이서 입도 맞출 거고요.

함께 걸어가며 찬란할 그들의 모든 순간들을 응원하면서 이 겨울에 쓰는 편지를 맺을까 합니다.

따뜻한 겨울 보내세요.

고맙습니다.



—2018년 겨울에,

김지운 드림.